KB046012

Characters
자하 에렉실
레인
빅토리카 블러드레인
튜테
메어리 레가리야
사피나 카르샤나
피피
마기루카 후톨리카

큭큭큭, 뭐 좋습니다.
이 만남 또한
세계가 정한, 피할 수 없는 운명이니까요.
그래요, 당신과 저의,
피로 피를 씻는 어둠의 무대가 지금 막을 연 겁니다.
아무것도 놀랄 거 없습니다.
이건 운명이니까요.

아무래도 제 몸은
완전무적인 것 같아요
4

Contents

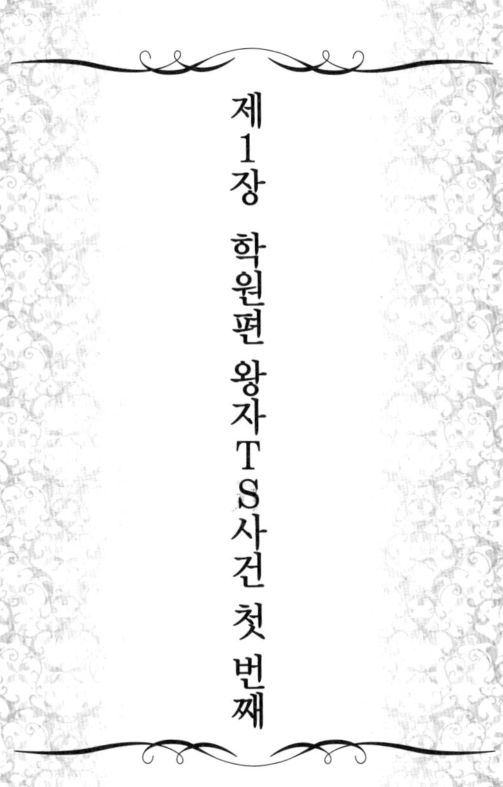

제1장 학원편 왕자TS사건 첫 번째

01 차분히 이야기를 돌이켜보죠

빛을 쬐어 아름답게 반짝이는 긴 금발이 바람에 나부끼고, 그 아래 숨겨진 동그랗고 커다란 눈동자는 하늘처럼 투명한 푸른 빛으로 아름답게 빛나고 있었다.

도톰하고 귀여운 분홍색 입술은 굳게 다물고 있었으며, 몸은 약간 놀랐는지 살짝 굳어 있었지만, 성장기 여자답게 두드러진 곡선은 감출 수 없었다.

그녀의 이름은 '레이포스 루크아 달포드.'

우리 알디아 왕국의 제1왕자다.

다시 한번 말하겠다. 제1 왕 · 자 · 님이 내 앞에 서 있었다.

(아~음, 왜, 왜 이런 일이 벌어졌더라? 진정하자. 침착하게 기억을 되감아 보자.)

나는 전생 때 병실에서 숨을 거둔 뒤 이세계에서 환생했고…….

(너무 되돌렸잖아아아! 진정해, 진정하자. 메어리!)

나는 크게 심호흡을 하고서 시간을 거슬러 오르듯 의식을 집중했다. 사건의 발단은 그래, 몇 시간쯤 전이었다.

"학원 탐색이요?"

평소처럼 담화실에서 한가롭게 지내던 나는 왕자님의 호출을 받고 옆방을 찾았다. 왕자님은 내가 방 안으로 들어가자마자 바로 용무를 꺼냈다.

"탐색이라…… 뭐, 사실상 그렇게 되려나."

왕자님은 조금 복잡한 얼굴로 자세한 설명을 들려주었다.

그의 이야기에 따르면, 얼마 전부터 학생들 사이에서 구교사의 관리 권한을 주도적으로 찾아오려는 움직임이 일어나기 시작했다고 한다. 꾸준히 제도를 개선해온 왕자님의 수완이었다.

그런데 옛날부터 학원의 방관 속에서 학생들이 구교사에서 남몰래 벌여왔던 일들이 표면 밖으로 드러나면서 문제가 불거지기 시작했다.

그래서 왕자님은 그간 학생들이 구교사에서 무엇을 해왔는지 조사하기로 했다.

자세히 말하자면, 옛날부터 몇몇 학생들이 구교사에서 개인적인 연구를 무단으로 해왔는데, 그중에는 졸업하자마자 그 연구를 그대로 버려두고 떠나버린 학생도 있어, 정체 모를 연구들이 곳곳에 남아있다는 모양이다.

다행히도 이번에 밝혀진 것은 라라이오스 학생이 벌였던 학술 연구였기에 그다지 위험하지 않았지만, 만약에 이것이 아레이오스 학생이 벌인 마법 연구였다면 그냥 넘어가지는 못했을 거다.

(뭐, 앨리스 선배가 벌였던 언데드 사건과 비슷하네. 그런 걸 아무도 모르게 내버려 뒀으니.)

"다시 말해서 무단으로 연구를 벌였을 뿐만 아니라 후배에게 물려주지도 않고 내버려 둔 사례가 있는지 찾겠다는 건가요?"

내가 묻자 왕자님이 고개를 끄덕였다.

"그런 셈이지. 그래서 메어리 양이 그 조사를 도와줬으면 좋겠어."

"……제가요?"

"응. 무단으로 활동하던 자들은 연구를 어떻게든 숨기려고 비밀의 방이나 은신처를 만들어뒀을 거야. 이런 말 하면 좀 이상하게 들릴 수도 있지만, 메어리 양은 지금껏 그런 곳을 잘 찾아내곤 했으니까. 그 관찰력과 통찰력이 필요해."

왕자님이 미안한 듯 쓴웃음을 짓자 나는 식은땀을 약간 흘리며 애매하게 웃었다. 돌이켜보면 나는 여태껏 사람들이 숨겨뒀던 것들을 자주 찾아내곤 했다. 뭐, 관찰력이나 통찰력이 있어서가 아니라 단순히 치트 능력 때문이긴 하지만…….

"레이포스 님의 지시이니 메어리 레가리아, 기꺼이 돕도록 하겠습니다."

나는 왕자님 앞에서 공손하게 숙녀의 예를 표했다. 평소였다면 눈에 띄기 싫어서 어떤 이유든 들먹이며 달아났을 테지만, 이제부터는 방침을 바꾸기로 했다.

(틈만 나면 왕자님을 무조오오오건 치켜세우는 거지! 왕자님

의 위업을 왕창 만들어서 내 존재를 지워버리는 거야! 과거는 바꿀 수 없으니까…….)

무심코 지금까지 벌여왔던 사건들이 떠올라서 마음이 울적해졌다. 나는 그만 천장을 올려다보고 말았다.

"메어리 님, 왜 그래? 천장에 뭐 있어? 아, 혹시 배고파?"

내가 울적해 있으니 방에 있던 자하가 뜬금없는 소리를 하며 다가왔다. 나는 웃으면서 대꾸했다.

"지금 뭐라고 했나요?"

"아니, 아무 말도."

사람이 뿜어내는 아우라를 통해 분위기를 읽을 줄 알게 된 바보를 내버려 두고서 나는 다시 왕자님 쪽으로 시선을 돌렸다.

"그럼 지금부터 조사를 시작해도 될까요?"

"그래야지. 나도 동행할 테니 잘 부탁해."

그리하여 우리는 넓은 학원을 구석구석 조사하러 나갔다.

"아, 리리 님. 그쪽으로 가면 안 돼요."

내 뒤에 대기하고 있어야 할 튜테가 아까부터 이리저리 분주하게 돌아다녔다. 그야 그럴 만도……. 지금 학원 건물 밖을 걷고 있는 우리 일행 속에 호기심이 왕성해서 한시도 가만히 있질 못하는 아이가 섞여 있기 때문이다.

굳이 설명할 필요는 없겠지만, '리리'는 어린 신수님의 이름이다.

참고로 신수가 학원 내를 돌아다닐 수 있도록 이미 학원장님의 허가를 받아놓았다. 뭐, 솔직히 말해서 신수님의 행동에 이러쿵저러쿵 참견할 수 있는 처지가 아니라서 포기했을 뿐이지만.

그래서 마음대로 하라는 것이 학원의 공식 입장이다.

보충 설명을 더 하자면 스노우와 리리 자매가 우리 집에서 지내도 되는지 아버님에게 허락을 구한 적이 있었다. 아버님은 좋다고 즉답하면서 스노우의 풍성한 모피에 얼굴을 묻고는 황홀한 표정을 지었다.

(아버님이 정말로 신수님이라는 이유로 허락을 한 건지는 의문이 들긴 하지만.)

"리리, 튜테를 곤란하게 하면 못써. 이쪽으로 오세요."

내가 손짓을 하자 멀리서 학원을 보고 있던 리리가 고개만 홱 돌리더니 폭신폭신하고 동그랗고 앙증맞은 몸으로 힘차게 뛰어왔다. 어찌나 귀여운지 정신을 차릴 수가 없는 수준이었다.

나는 무심코 두 팔을 벌려 그 귀여운 물체를 맞이하려고 했다. 그러나 그 귀여운 물체는 무정하게도 나를 홱 지나, 뒤에 있던 튜테에게로 달려갔다.

〈푸풉! 부끄러워!〉

내가 웃으면서 두 팔을 벌린 채 굳어 있자 머릿속에서 비웃음이 울렸다.

이 목소리의 주인공은 커다란 설표 신수인 '스노우'다. 그녀도 수업이 끝난 자유 시간에 이렇게 종종 얼굴을 내밀곤 했다.

몸집이 워낙 큰지라 근처에 나타나면 다른 학생들이 창백한 얼굴로 벌벌 떨거나, 몸이 굳어버리는 등 카오스가 펼쳐지곤 했으나 신수라는 사실이 꾸준히 퍼져나가고 있는지 요즘은 학생들이 점점 그녀를 받아들이기 시작했다.

그러나 신수가 왜 우리 곁에 있는지는 정보를 철저하게 통제했다. 주로 나를 위해서…….

이유를 알려달라고 끈덕지게 매달리는 사람이 나오면 '왕자님', 다시 말해 '왕족'과 관련이 있다고 엄포를 놓으며 억지로 입을 다물게 했다.

참고로 왕자님은 하하하, 하고 웃으면서 이를 묵인하고 있었다. 관대한 분이라서 정말 다행입니다.

이야기가 벗어났는데, 여하튼 리리에게 무시당한 나는 그대로 고개를 푹 숙인 채 무릎을 털썩 꿇었다.

"아, 아가씨. 리리 님은 아가씨께서 제 곁으로 돌아가라고 말한 줄 알고 착각했을 뿐이에요."

〈평상시에 튜테가 리리를 돌봐주고 있으니까 그렇지~. 네가 리리라면 누구한테 갈지 한 번 생각해봐~.〉

튜테가 위로해줬지만 공허한 울림일 뿐이었다. 내 머릿속에만 울리는 시답잖은 핀잔을 듣고서 나는 벌떡 일어나서 따졌다.

"나도 리리랑 놀고 싶다고! 하지만 난 여러모로 바빠, 여러모로! 온종일 현관 홀에서 한가하게 빈둥대는 너랑은 다르다고!"

〈그런 소리를 해본들 전혀 설득력이 없는걸~. 종종 내 몸에 기대어 쿨쿨 잤던 사람이 누구였더라~.〉

"그, 그건, 저기……."

질세라 스노우도 되받아쳤다. 나는 말문이 막히고 말았다.

그야 스노우의 폭신폭신한 털에 파묻히는 게 너무 기분 좋아서 종종 그녀를 찾아가긴 했지만…….

내가 대꾸하지 못하고 우물쭈물하자 기운을 북돋아 주고 싶었는지 리리가 폭신폭신한 몸으로 내 발을 비볐다. 나는 무심코 아래를 내려다봤다.

나는 사랑스러움이 물씬 풍기는 어린 설표를 안아 올리고서 뺨으로 비볐다.

"리리! 이 장난꾸러기 같으니!"

마치 리리가 아까 그건 농담이에요, 하고 말한 것처럼 들려서 나는 무심코 꼬옥 끌어안고 말았다. 꽤 세게…….

〈자, 잠깐! 메어리! 리리가 이상한 소리를 내고 있잖아! 너무 꽉 끌어안았어. 너무 세게 끌어안았다고! 이 힘만 센 바보가!〉

"누가 바보야! 이건 애정 표현……. 아, 아아, 리리가 축 늘어졌어."

이상한 소리를 하는 스노우에게 불평을 하면서 리리를 놔줬더니 그녀의 몸이 축 늘어졌다. 나는 정신 차리라며 황급히 그 몸을 흔들었다.

이 광경을 지켜보던 튜테가 무슨 일이 벌어졌는지 이내 깨달고서 황급히 리리를 넘겨받아 간호했다. 튜테가 매우 공감한다는 표정을 살짝 내비친 것 같은데 분명 기분 탓이겠지. 응, 그렇게 생각해두자…….

(혹시 리리가 이따금 내게서 거리를 두는 이유가 이건가? 자중해야겠어.)

"메어리 님, 저희 먼저 갑니다?"

내가 스노우와 리리와 함께 소동을 벌이고 있으니 마기루카가 어이없다는 얼굴로 말하고서 걸어 나갔다.

이 대화는 나와 스노우에게만 들리기에 옆에서 보면 나 혼자서 끼이~ 끼이~ 외치고 있는 것처럼 보인다. 마기루카는 '또 무슨 시시한 일이 생겼구나' 하고 생각했으리라.

"아, 잠깐, 잠깐만! 나도 갈 거야!"

내가 황급히 그녀 뒤를 쫓아가자 스노우도 태연한 얼굴로 우리 뒤를 따랐다.

조금 탈선하긴 했지만, 나는 애초 목적대로 조사를 시작하였다.

02 찾는 거예요

나를 선두로 튜테와 리리, 스노우, 마기루카와 사피나, 왕자님 순으로 학원을 걸었다.

특별한 목적지는 없었다. 우리는 상당히 막연하게 걷고 있었다.

"너무 계획 없이 움직였나? 구역을 정하고 나올 걸 그랬군."

내가 주변을 두리번거리며 걷고 있으니 왕자님이 그런 말을 했다. 확실히, 그 말대로 학원이 너무 넓어 조사하기에 막연한 구석이 있었다.

"레이포스 님, 지금부터는 뿔뿔이 흩어져서 조사하는 편이 좋지 않을까요?"

"흩어져 찾더라도 저희는 메어리 님처럼 숨겨진 물체를 찾아내는 능력이 없으니 그냥 지나쳐버릴 거예요."

내가 진언하자 마기루카가 곧바로 이의를 제기했다.

(아, 그런가……. 하긴 모두가 숨겨진 물체를 찾아낼 수 있다고 장담할 수는 없지. 으~음, 그럼 어쩌지?)

나는 팔짱을 끼고서 눈을 감은 채 끙끙대며 고민했다.

하지만 나는 궁리하는 건 딱 질색이다. 이런 건 마기루카에게 맡겨두는 게 최고지만, 그녀도 뾰족한 수가 없는지 곧장 행동에 나서지 않고 있었다.

"리리 님, 무슨 말씀을 하고 계시는 건가요?"

끙끙거리고 있는 내 귀에 튜테의 목소리가 들렸다.

리리를 보니 땅에 코를 대고서 킁킁거리다가, 다시 고개를 들고서 다른 지점에서 킁킁거리기를 반복하고 있었다. 마치 개가 후각을 이용하여 무언가를 찾아내는 것 같은 동작이었다.

(그건 개의 특기잖아? 설표도 할 줄 아나?)

"리리도 함께 찾아주고 싶은가 보네. 하지만 목표물의 냄새가 없어서 어렵지 않을까 싶은데."

〈음, 꼭 그렇지도 않아~.〉

내가 중얼거리자 스노우가 대답했다.

"무슨 소리야?"

나는 팔짱을 풀고서 스노우 쪽으로 시선을 돌렸다. 다들 내 목소리에 이끌려 나와 스노우를 쳐다봤다. 어쩐지 기대 어린 눈으로 보고 있는 것 같은데 착각인가? 응, 착각이야. 아마도…….

〈우린 마력에 꽤 민감하니까. 리리는 지금 냄새가 아니라 마력을 더듬고 있는 걸걸? 크으, 열심히 일하려는 여동생의 열의에 이 언니는 감동했어~.〉

스노우가 한쪽 앞발을 들어 능숙하게 눈물을 훔치는 시늉을 하자 나는 활짝 웃어 보이며 말했다.

"정말 그래. 언니 쪽은 밥만 왕창 축내면서 아무 도움도 되질 않는데 말이지~."

내가 평소에 스노우가 얼마나 게으름을 부리는지 말하자 눈물을 훔치는 시늉을 하던 스노우가 도끼눈을 뜨고서 이쪽을 쳐다봤다. 나도 얼굴에서 웃음기를 확 지우고는 도끼눈으로 노려봐 주었다.

〈…….〉

"……."

나와 스노우는 한동안 묵묵히 서로를 쳐다봤다.

(그러고 보니 동물 사회에는 눈을 돌리는 쪽이 패배라는 규칙이 있었던 것 같은데? 아, 그것도 개였나?)

나는 침묵하는 동안에 별 쓸데없는 생각을 했다.

그리고 스노우가 도발에 넘어갔다.

〈좋아, 그 싸움 받아주겠어~! 내 진짜 실력을 보여주지.〉

"우~와, 그거참 든든하다~."

스노우가 씩씩거리며 단단히 벼르자 나는 무미건조하게 환영해주었다. 솔직히 말하자면 아무런 기대감도 없었다. 그냥 무언가를 찾아낼 자그마한 계기나 마련해준다면 족했다.

그리고 스노우가 탐색을 개시하였다.

〈킁킁킁, 킁킁킁. 이쪽에서 수상쩍은 마력이 느껴져.〉

신수님이 땅바닥뿐만 아니라 벽, 코가 닿는 여기저기를 마구 킁킁거렸다.

저 거구가 하도 여기저기를 돌아다녀서 지나가는 사람들에게 엄청 민폐를 끼쳤다.

더욱이 느닷없이 다가가 킁킁거리자 화들짝 놀라 굳어버린 학생도 있었다.

(응, 뭐, 그보다도…….)

"수상쩍은 마력이 뭐야 대체? 민폐도 아랑곳하지 않고 뭘 찾고 있는 건데?"

스노우의 몸집이 조금만 더 작았다면 목에 손날치기를 먹여서 저지했을 테지만, 저 덩치에 손날치기를 먹일 수 있을 것 같지는 않았다.

〈뭐냐니? ……글쎄, 뭐였지? 저기~, 뭘 찾고 있었더라?〉

"이 신수는 글러 먹었군."

스노우가 킁킁거리는 것을 일단 멈추고서 이쪽을 쳐다봤다. 자기 자신도 뭘 하고 있는지 모르는 눈치였다.

(티끌만큼이라도 기대한 내가 바보지. 지금까지 민폐를 끼쳐서 대단히 죄송합니다. 전부 저 신수님이 잘못한 거예요. 부추긴 제가 아니고요.)

나는 어깨를 축 늘어뜨린 채 마음속으로 지금껏 본의 아니게 돌아다니게 만든 우리 일행과 저 거구와 맞닥뜨린 학생들에게 사죄하며 책임을 회피했다.

"이제 네게 아무 기대도 안 할 테니까 어서 돌아가……."

〈킁! 이건……! 강력한 마력이 느껴져!〉

내가 어이없다는 얼굴로 스노우를 부르려고 하자 그녀가 가늘게 뜬 눈으로 다른 지점을 쳐다보며 내 말을 끊었다.

그러나 아무리 심각한 분위기를 연출하더라도 나는 속지 않는다.

어차피 자기가 쓸데없는 존재라는 걸 인정하기 싫어서 발버둥 치는 걸 테니까. 애당초 뭘 찾는지조차 모르는, 아니, 까먹은 저 신수님은…….

나는 한숨을 크게 내쉬고서 눈을 감고 고개를 저었다.

"자자, 발버둥은 그만 치도록 하고……엇, 잠깐! 어디 갔어?!"

그리고 다시 눈을 떴을 때, 그녀는 이미 사라진 뒤였다.

황급히 주변을 둘러보니 사람들에게 민폐를 끼치는 줄도 모르고 폭주하여 멀어져가는 덩치만 큰 바보 설표가 보였다.

잠시 침묵이 흘렀다.

곧 저 멀리서 비명이 들려왔다.

"으음…… 메어리 양. 이게 대체 무슨 일이지? 설명을 해줬으면 좋겠는데."

왕자님이 무척이나 곤혹스러운 표정으로 물었다.

그야 물어볼 사람이 나밖에 없지만…….

(근데 저도 모르겠어요! 하지만 그렇게 대답할 수는 없겠지!)

어쩐지 '애완동물이 친 사고는 주인의 책임'이라는 생각이 들어 선뜻 대답이 나오질 않았다.

"저기, 전하. 일단 스노우 님을 쫓아가는 편이 좋지 않을까요?"

"마, 맞아요. 일단 쫓아가죠. 설명은 이따가 하겠습니다."

왕자님 옆에서 상황을 지켜보던 마기루카가 지극히 옳은 소리를 하기에 나는 바로 동의했다.

그리하여 우리는 스노우가 달려간 쪽으로 뛰어갔다.

그곳에는 이미 작은 소동이 벌어졌는지 사람들이 모여 있었다.

자하와 마기루카가 모여 있는 학생들 사이로 들어가더니 왕자님이 지나갈 거라고 말하며 길을 텄다. 그러자 학생들 사이로 길이 생겨나더니 저 앞이 훤히 보였다. 왕자님은 나와 사피나를 대동하고서 그사이를 지나갔다. 튜테의 품속에 있는 리리는 학생들에게 흥미가 있는지 주변을 두리번거렸다.

그리고 학생들을 지나 눈에 띈 것은…….

〈후핫핫핫! 여기야, 여기예요! 보물 냄새.〉

스노우는 온갖 물건, 온갖 사람들의 냄새를 맡으며 학원 안을 천방지축 돌아다닌 끝에 개방된 곳에서 앞발로 능숙하게 땅을 파헤치고 있었다.

"……파고 있네."

"파고 있네요."

신수님이 무척 신나게 땅을 파고 있자 왕자님이 곤혹스러운 얼굴로 식은땀을 또르르 흘리며 중얼거렸다. 그리고 나도 덩달아 그렇게 대답했다.

한동안 침묵이 흘렀다.

그러나 그동안에도 스노우는 땅을 파는 것을 멈추지 않았다. 나는 멍하니 있을 때가 아니라며 고개를 가로젓고는 앞으로 나섰다.

"레이포스 님, 죄송합니다. 출금을 먹기 전에 저 멍청이를 제지하도록 하겠습니다."

나는 너무나도 당황한 나머지 왕자님 앞에서 존댓말로 말하면서도 저속한 단어를 쓰고 말았다. 그만큼 나는 초조했다. 그냥 못 본 척해줘.

"출금? 먹어? 멍청이……. 아~, 그래……. 부탁해."

"예, 그럼!"

왕자님이 뺨을 긁적이며 헛웃음을 짓자 나는 당장 행동에 나섰다.

평범한 동물이나 사람이었다면 '너, 대체 무슨 짓이야. 으랴!' 하고 외치며 드롭킥을 날렸을 테지만, 일단 신수님이라서 그렇게 무례한 짓은 할 수가 없었다. 그리고 사람들도 다 보고 있고…….

나는 한 번, 아니 두 번, 아니, 세 번 심호흡하며 마음을 진정시키고서 지금도 신나게 킁킁거리며 땅을 파고 있는 설표에게 종종걸음으로 다가갔다.

"뭐, 뭐 하는 거예요~. 스노우~."

큰소리가 나오지 않도록 목을 너무 억누른 탓인지 목소리가 떨리고 톤이 낮아졌다.

나는 억지로 웃으며 관자놀이에 핏줄을 세운 채로 신나게 흔들리는 스노우의 꼬리를 꽉 움켜쥐었다.

〈우냐아아아아아아?!〉

예상대로 스노우가 땅을 파헤치는 것을 멈추고서 펄쩍 뛰어올랐다.

〈꼬, 꼬리는 안 돼애애애애!〉

"이상한 소리 내지 마!"

그녀가 예상치 못한 반응을 보이자 나는 핀잔을 주며 황급히 꼬리를 놔주었다.

〈좀~, 난폭하게 굴지 말아~ 지금 한창 재미있던 참인데!〉

내 손에 붙잡혔던 꼬리를 살랑살랑 흔들며 스노우가 항의했다.

"한창 재미있던 참……. 너 말이야. 너무 제멋대로 굴면 진짜 출금을 당할지도 몰라."

〈출금?〉

내 말을 이해하지 못했는지 스노우가 고개를 갸우뚱거렸다.

"출입 금지 말이야."

〈엥~, 왜~? 난 그냥 수상쩍은 곳을 발견했을 뿐인데~.〉

스노우가 내 말을 듣고 불평을 늘어놓았다. 그러고는 항의하는 듯이 한쪽 앞발로 땅을 가볍게 두드렸다.

"수상쩍은 곳?"

〈맞아, 맞아~. 여기서 수상쩍은 느낌이 든단 말이야~.〉

스노우가 다시 땅을 파헤치기 시작했다. 나는 그 모습을 보면서 어떤 현상이 벌어졌는지 확인했다.

(늘 봐왔던 패턴처럼 마법을 걸어서 숨겨둔 것 같지는 않은데.)

나에게는 환각 마법이나 인식 저해 마법이 통하지 않는다. 오히려 그곳에 무언가가 숨겨져 있다는 것만 알려줄 뿐이다.

그러나 스노우가 파고 있는 곳에서는 그런 기척이 느껴지지 않았다.

"거기에는 아무것도 없어. 이제 적당히 포기……."

〈앗, 뭔가 바위가 나왔어~. 우랴아아!〉

내가 어이없다는 얼굴로 스노우를 만류하려고 하자 땅을 파던 스노우가 머리를 구멍 속으로 들이밀었다. 그 뒤에 무언가가 콱, 하고 부서지는 소리가 들리더니 스노우가 머리를 더욱 깊숙이 집어넣었다.

〈오오~, 뭔~가 넓은 공간이 나왔어~.〉

"어, 말도 안 돼!"

스노우의 말을 듣고 나는 원래 목적도 잊고서 그녀의 곁으로 다가갔다. 그러자 그녀가 구멍 속에서 고개를 홱 빼고는 콧김을 으흠, 하고 내뿜으며 우쭐거렸다.

〈짜잔~, 이게 바로 신수의 진짜 실력이야~.〉

"너무 가까워."

커다란 설표의 얼굴이 점점 내 시야를 가득 채워나갔다. 나는 한걸음 물러선 뒤 대기하고 있는 일행을 돌아봤다.

"레이포스 님, 아무래도 스노우가 뭔가를 발견한 것 같아요."

"역시 신수님이로군. 용케도 그런 데를 찾아냈어."

내 말을 듣고 왕자님이 스노우를 칭찬했다. 그녀는 기분이 좋아졌는지 자랑스럽게 윗몸을 일으키고는 또다시 콧김을 마구 내뿜으며 우쭐거렸다.

〈훗훗훗, 어때? 메어리. 나 대단해? 말해줘~, 대단하지~?〉

"아, 예, 예. 장하네요, 장해."

스노우가 또다시 머리를 들이밀자 나는 짜증이 치밀어 그녀의 머리를 밀어냈다. 뭐, 분명 대단한 일을 했다고 볼 수도 있겠지. 아무 정보도 없는 상태에서 미약한 마력을 감지하여 찾아낸 거니까. 그러나 결과가 아무리 좋더라도 그 과정에 문제가 있었기에 솔직히 기쁘지 않았다.

(이거 제대로 저질렀네……. 이따가 스노우가 민폐를 끼친 사람들한테 사과해두는 편이 나으려나? 일단 내가 부추겼으니…….)

나는 스노우를 밀쳐내면서 그녀가 땅을 파면서 주변에 흩뿌린 대량의 흙과 이토록 제멋대로 굴면서까지 파괴한 곳, 그리고 아직도 놀란 마음을 추스르지 못한 학생들을 보면서 헛웃음을 흘렸다.

스노우가 무언가를 찾아낸 뒤 다 함께 곧장 행동에 나섰다.

나는 홀로 사죄의 여행을 떠났다. 여행을 마치고 돌아온 뒤에 현장을 보니 제법 그럴듯하게 꾸며져 있었다.

자하와 사피나가 이 일대를 관계자 외 출입 금지지역으로 설정한 뒤 보초까지 서고 있었다.

(KEEP OUT이라고 적힌 테이프가 감겨 있었다면 분위기가 더 그럴듯했을 텐데. 그리고 그 테이프를 들어 올리며 현장 안으로 들어가는 거지. 크, 한번 해보고 싶다.)

"앗, 메어리 님. 어서 오세요."

사피나가 나를 발견하고서 달려왔다.
"사피나, 이럴 때는 수고 많으십니다, 하고 경례를 해야지."
"예?"
"크흠, 아무것도 아냐."
두 사람이 일하는 모습을 보면서 나는 시시한 생각을 실행하려고 했다. 그러자 사피나가 고개를 갸웃거렸다. 당연한 이야기지만, 그런 걸 알고 있는 건 나뿐이었다. 내가 그 사실을 깨닫고서 생각을 고치고 있으니 왕자님이 찾아왔다.
"이곳을 발견했다고 학원장한테 보고도 할 겸 마기루카한테는 정보 수집을 맡겼어."
"그런가요? 그럼 내부 조사는 어떻게 할까요? 반장님."
"어?"
완전히 다 떨쳐내질 못했는지 나는 무의식적으로 망상을 내뱉고 말았다. 왕자님이 어리둥절한 표정으로 나를 쳐다봤다.
"아뇨, 아무것도 아닙니다. 가시죠, 레이포스 님."
나는 자신이 무슨 말을 내뱉었는지 퍼뜩 깨달았다. 속으로 식은땀이 삐질삐질 났지만 웃으면서 얼버무렸다. 그리고 이야기를 억지로 진행하고자 그 구멍 쪽으로 재빨리 걸어갔다.
공을 세운 스노우는 내가 선물로 만들어준 간판을 목에 걸고는 투덜거리면서도 리리와 함께 바깥에 흩어진 흙을 긁어모으고 있었다.
튜테는 그녀들을 옆에서 지켜보고 있었다.

참고로 간판에는 '제가 학원 안을 파괴하고, 사람들을 놀라게 하고, 흙을 마구 파헤친 범인입니다'라고 적혀 있었다.

문득 나는 현장에 자신과 왕자님밖에 없다는 걸 깨달았다.

(단둘이서 어두컴컴한 지하 속으로. 그리고 불운하게도 지하에 갇히게 된 두 사람은 서로를 북돋우며 협력하며 탈출을 시도, 그리고…….)

형사 드라마 다음에는 재난 영화. 나는 또다시 시시한 망상을 되풀이한 자기 자신에게 넌더리가 났다.

"아, 메어리 양."

"예, 왜 그러세요? 레이포오……."

왕자님이 부르는 소리에 망상에서 깨어난 나는 뒤를 돌아보며 대답하려다가 말을 미처 끝마치지 못했다.

뭐, 간단하게 말하자면 떨어졌다.

창피하지만 앞을 보지 않고 걷다가 스노우가 판 구멍에 떨어지고 말았다.

그것도 쏙, 하고.

그리고 떨어지면서 치맛자락이 화라락, 하고 펼쳐져…… 응, 잊자.

그러나 이 정도로는 다치지 않는 나는 그대로 아름답게 착지했다. 누가 봐도 개그로 받아들일 수밖에 없는 이 신체 능력과 창피한 상황 때문에 나는 뺨을 붉혔다. 그래서 스노우가 판 구멍 속에 머리를 집어넣은 채로 고개를 숙였다.

"괘, 괜찮아? 메어리 양!"

위에서 왕자님의 다급한 목소리가 들렸다.

"괜찮습니다……. 저기, 지금 제 모습을 보지 말아주셨으면 좋겠어요. 그리고 아까 그 추태는 기억 속에서 당장 지워주시길 바랄게요."

나는 두 손으로 새빨개진 얼굴을 가렸다. 그리고 왕자님을 차마 올려다볼 수가 없어서 고개를 숙인 채로 부탁했다.

"…………응……."

왕자님이 묘하게 뜸을 들이며 대답하자 나는 더더욱 부끄러워졌다. 아마도 내가 이상한 소리를 한 바람에 왕자님이 아까 그 한심한 광경을 떠올렸겠지.

(아아, 창피해. 구멍이 있다면 들어가고 싶은 심정이야. 앗, 이미 구멍에 들어가 있잖아? 어머, 싫다. 난 정말 깜박쟁이야. 에헷♪)

이런 상황인데도 속으로 혼자서 만담을 주고받고 있는 자기 자신이 너무 바보 같아서 무심코 눈앞에 보이는 흙벽에 머리를 찧고 싶어졌다.

03 현장 검증입니다

내가 흙벽에 머리를 찧으며 심란해하고 있으니 뒤에서 줄사다리가 내려왔다. 나는 그제야 마음을 다잡을 수 있었다. 뒤를 돌아보니 왕자님이 능숙한 솜씨로 사다리를 타고 쭉쭉 내려오고 있었다.

(곰곰이 생각해보면 왕자님은 뭐든지 빈틈없이 해내는 것 같아. 만능형 인간 같다는 느낌?)

무난하게 내려오는 왕자님을 지켜보며 나는 그런 생각을 했다.

"읏차……. 메어리 양, 정말로 괜찮나?"

왕자님이 멋지게 땅바닥에 착지한 뒤 다시 나를 걱정해주었다. 그런 마음 씀씀이도 신사답다. 왕자님은 장래에 무지 인기 많은 완벽 초인이 되는 게 아닐까, 하는 생각이 문득 들었다. 그만큼 몸가짐에 군더더기가 없었다.

(이게 왕족이구나. 아니, 그 엉터리 왕을 생각하면 꼭 그렇다고 할 수만은 없나…….)

"메어리 양, 왜 그러지?"

내가 왕자님을 물끄러미 쳐다보며 생각에 잠겨 있으니 그 시선을 느낀 왕자님이 갸웃하며 물었다.

"아, 아무것도 아닙니다. 자자, 어서 조사를 시작하죠."

왕자님을 관찰하고 있었다는 말은 차마 할 수 없었다. 나는 황급히 얼버무리고서 넓은 공간으로 걸어갔다.

위에서 빛이 새어들고 있긴 하지만 안쪽은 역시 어두웠다. 살펴본 바로는 사람이 만든 방 같은 구조였다.

"라이트."

나는 마법으로 실내를 환하게 비추었다.

역시, 라고 해야 할까? 몇 년씩이나 파묻혀 있었기에 최근에 누가 머물렀던 흔적은 전혀 보이지 않았다.

그러나 그건 어디까지나 내 주관일 뿐 확실한 증거는 없다.

나는 다시금 실내를 둘러봤다. 누군가가 사용했을 책상과 책장이 있었다. 그러나 너무 낡아서 해져 있었다. 책이나 무언가가 놓여 있던 흔적은 없었다. 아주 말끔했다.

"최근에 쓴 흔적은 보이지 않네요."

나는 눈에 보이는 대로 왕자님에게 전했다.

"그렇군. 내버려 둔 게 아니라 완전히 버린 방인 것 같아. 그나저나 왜 땅속에 묻혀 있었던 거지? 그게 좀 이상하군."

왕자님이 그런 의문을 품을 만하다. 아무도 쓰지 않는 지하실 같은 공간을 왜 일부러 묻어둔 걸까?

(이건 마치 무언가를 봉인한 것 같은데…….)

문득 무서운 생각이 떠오르자 나는 부정하듯 고개를 마구 가로저었다.

"메어리 양?"

내 행동을 보고 왕자님이 의아해했다.

“아, 아뇨, 아무것도 아닙니다. 책상 속도 살펴보죠.”

(억측이야, 억측. 요즘에 연달아 불운한 일들을 겪어서 생각이 자꾸 나쁜 쪽으로 쏠리는 것 같아. 조금 더 긍정적으로 생각하자. 이곳에는 아무것도 없었어. 그럼 잘 된 거잖아?)

나는 마음속으로 글러 먹은 사고방식을 수정하면서 앞으로는 조금 더 편하게 생각하자고 결심했다. 그러고는 낡은 책상에 다가가 그대로 서랍을 열어봤다.

덜컥.

그리고 책상 서랍 안에서 불온한 상자가 하나 나왔다.

(으아아아아아악! 뭔가 나왔어어어어!)

나는 속으로 절규하면서 무심코 서랍을 다시 닫으려고 했지만 낡아서인지 삐걱거리기만 했다. 그런데 바보처럼 억지로 닫으려다가 그만 서랍에 금이 가버려서 더는 닫을 수 없게 돼버렸다.

“무슨 상자 같은데.”

내가 동요한 것을 눈치챘는지 왕자님이 뒤에서 서랍 안을 들여다봤다. 못 본 척하고 싶었지만 결국 나는 체념하고서 서랍에서 손을 뗐다.

“그런 것 같네요.”

꽤 큰 상자였다. 나는 그것을 두 손으로 들어 올려 책상 위에 올려놓았다.

내가 아까부터 그것을 애써 무시하려고 했던 이유는 그 상자가 너무 말끔했기 때문이다. 주변에 있는 물건들은 하나 같이 풍화되거나 낡았는데 이 상자만은 무슨 영문인지 새것처럼 멀쩡했다. 나는 이런 물건을 그냥 상자라고 부를 수 있을 만큼 속편한 성격이 아니었다. 지금까지 겪었던 경험이 '이 녀석은 위험하다'고 경고하고 있었다.

"이상할 만큼 깨끗하군…… 뭔가 마법이 걸려 있나?"

왕자님 역시 똑같은 의문을 품었는지 조금 경계하면서 상자를 봤다.

"위험해 보이지는 않습니다만, 조심하십시오, 레이포스 님."

어차피 위험한 마법이 걸려 있다면 내가 손을 대자마자 무슨 일이 벌어졌을 거다. 반대로 아무 일도 없다는 건 저주 같은 게 걸려 있거나 하진 않다는 의미다.

"그래, 이건 이대로 열지 말고 위로 가지고 올라……."

왕자님이 갑자기 말을 끊고서 주변을 두리번거렸다. 마치 누군가 그를 부른 것처럼. 참고로 내 귀에는 아무 소리도 들리지 않았다.

"왜 그러세요?"

왕자님의 갑작스러운 행동에 나는 고개를 갸웃거리며 물었다.

"아니, 무슨 소리가 들린 것 같아서 말이야……. 환청이었나?"

왕자님이 쓴웃음을 지으며 어쩐지 으스스한 말을 했다. 나는 유령이 나타난 게 아닌지 황급히 주변을 둘러봤다. 그러나 이곳은 컴컴한 밀실일 뿐 유령은 전혀 보이지 않았다.

"아무도 없는 것 같은데요."

"음, 기분 탓이겠지."

나는 긴장한 몸을 이완시키고자 숨을 후우, 하고 내뱉으며 책상에 기댔다.

그런데 그게 화근이었다.

아까 서랍을 억지로 닫으려고 힘을 주다가 망가졌는지 내가 기대자마자 풍화된 책상에 균열이 일더니 부서지고 말았다.

(미리 말해두겠지만 난 무겁지 않아. 응, 하나도 무겁지 않아! 중요하니 두 번 말할게.)

책상다리가 뚝 부러졌는데도 속으로 그런 변명부터 했기 때문에 나는 그대로 바닥에 쓰러지고 말았다.

"우냐아아아아아!"

"메, 메어리 양!"

한심한 목소리를 들은 왕자님이 이내 내 손을 잡아주었다. 쿵, 하는 무거운 소리가 울리더니 책상 위에 놓여 있던 상자가 땅바닥에 떨어졌다.

그러나 나는 그걸 보고 있을 여유가 전혀 없었다.

지금 나는 새빨개진 얼굴로 왕자님의 품속에 있으니까…….

(우냐아아아아! 이게 뭐야, 이게 뭐냐고오오오! 오오오오오오, 진정하자! 쿵쾅거리는 심장아, 제발 가만히이이이이!)

머릿속이 혼란스러워진 나는 이상한 생각을 하면서 어떻게든 마음을 가라앉히고자 애썼다. 다행히도 내가 난동을 부린다면 왕자님이 다칠 수도 있다는 이성이 남아 있었기에 불의의 사고는 피할 수 있었다.

"괜찮아? 메어리 양."

"에에……. 자꾸 귀찮게 해서 죄송함다……."

왕자님에게서 떨어지자 나는 아직도 두근거리고 있는 심장을 필사적으로 억눌렀다.

왕자님의 시선이 문득 바닥에 떨어진 상자로 향했다. 어느샌가 상자 뚜껑이 살짝 열려 있었다. 상자 안쪽에서 무언가가 살짝 반짝거리고 있었다. 왕자님은 무언가에 홀린 듯 상자에 다가갔다.

"……목소리가 들려……."

왕자님은 그렇게 중얼거렸다. 아무런 망설임도 없이 땅에 떨어진 상자 뚜껑을 열어버렸다. 일단 나도 귀를 기울여봤지만, 목소리는 들리지 않았다.

왕자님이 상자에서 꺼낸 건 아름다운 서클릿이었다.

그러나 나는 서클릿에서 아름다움보다 오싹함을 느끼고 있었다. 왕자님의 눈이 완전히 서클릿에 홀려 있었다.

"안 돼요, 레이포스 님! 어서 그걸 버리세요!"

그러나 내 외침이 무색하게 왕자님은 그대로 서클릿을 머리에 쓰고 말았다.

그 직후, 방에 깔려있던 어둠을 밀어내듯 서클릿이 반짝이기

시작했다. 시야가 한순간 새하얘졌다. 나는 반사적으로 실눈을 뜨면서 손바닥으로 앞을 가렸다.

이윽고 빛이 잠잠해졌을 때 나는 내 눈을 의심하지 않을 수가 없었다.

위에서 새어든 지상의 빛을 받아 금색으로 반짝이는 아름다운 머리카락을 비추었다. 사랑스러움이 물씬 풍기는 동그랗고 커다란 푸른 눈동자. 도톰하고 귀여운 분홍색 입술. 여성스러움이 묻어나는 풍만한 가슴과 잘록한 허리, 아름다운 곡선을 그리는 엉덩이.

그렇다. 이 가련하고도 아름다운 금발 여성의 이름은 '레이포스 루크아 달포드.' 바로 알디아 왕국의 제1왕자였다.

(어? 뭐야? 신님, 이게 뭐예요?!)

왕자님도 제정신을 차렸는지 눈동자에 빛이 돌고 있었다. 그리고는 자기 몸을 보더니 그대로 다시 굳어버렸다.

우리 둘은 상황을 이해하지 못하고 그대로 멍하니 서 있을 뿐이었다.

여기서 이 이야기의 첫머리로 되돌아가자. 응, 참 길었어…….

(아, 이거…… 내 책임은 아니겠……지?)

04 공주님입니다

"메어리 양…… 난…… 어떻게 된 거지?"

왕자님이 먼저 정신을 되찾았다. 왕자님은 자신의 치렁거리는 긴 머리카락을 만지며 나에게 물었다.

"으음……. 저기, 제 봤을 때는 말이죠……. 으음, 그게……."

이 현실을 이해하지 못한 나는 뭐라 말을 해야 좋을지 몰라서 우물쭈물했다. 왕자님은 묵묵히 내 대답을 기다리고 있었다. 어쩌면 이미 마음의 준비를 끝냈는지도 모르겠다.

"공주님이 되셨습니다."

결국, 여러모로 생각한 끝에 나는 가장 멍청한 답을 내놓고 말았다.

(어쩔 수 없잖아! 그 말밖에 떠오르는 게 없었다고!)

금색 실 같은 긴 머리카락 속에서 빛나는 서클릿이 더욱 공주님 같은 분위기를 내고 있었다. 옷은 남자 옷이지만…….

"공주님……? 왕자가 아니라?"

왕자님이 반신반의하며 내 말을 듣고는 자신의 몸을 이리저리 만졌다.

왕자님이 셔츠 밖으로 쏟아질 것 같은 두 언덕을 만졌다. 그리고는 물컹거리는 감촉에 스스로 깜짝 놀라 얼굴을 붉혔다.

(……뭐지? ……꽤 묵직해 보이는 것 같은데?)

나는 그 광경을 재빠르게 포착한 뒤 시답잖은 것에 신경을 쓰고 말았다.

내가 의아한 표정으로 쳐다보자 왕자님은 무언가를 퍼뜩 깨달았는지 자신의 가슴에서 손을 떼고서 이마에 있는 서클릿 쪽으로 손을 뻗었다. 그리곤 식은땀을 흘리기 시작했다.

"저기…… 메어리 양……."

"……왜 그러세요? 레이포스 님."

왕자님이 대단히 곤혹스러운 표정으로 서클릿에 손을 댄 채 나에게 말했다. 그러나 그 광경을 보니 왕자님이 무슨 말을 할지 예상되어서 굳이 듣고 싶지 않았다.

"……빠지질 않아……."

"그런가요……."

이런 상황에서 왕자님이 농담할 리가 없다. 그리고 서클릿을 빼내려고 꽤 힘을 주고 있다는 것이 내 눈에도 보였다.

서클릿은 마치 몸의 일부가 된 것처럼 단 1mm도 움직이지 않았다.

우리는 어찌할 바를 몰라서 또다시 그대로 시간만 보냈다.

문득 내 힘으로 저 서클릿을 찌그러뜨리면 되지 않을까, 하는 생각이 들었다. 그러나 저 서클릿 때문에 왕자님의 몸이 변했을 가능성이 있다. 혹여나 파괴했다가 왕자님의 몸에 무슨 변고라도 벌어진다면 큰일이다. 누가 뭐라고 해도 그는 이 나라의 왕자님이다. 섣부르게 생각할 문제가 아니었다.

"전하! 메어리 님!"

우리가 어찌할 바를 모르고 망설이고 있으니 구멍 밖에서 마기루카의 목소리가 들렸다. 나와 왕자님이 위를 올려다봤다. 마기루카가 서투른 손놀림으로 줄사다리를 타고 내려오다가……

아, 떨어졌다.

"마기루카, 괜찮아?"

바닥으로 거의 다 내려왔을 때 떨어진 거라 그리 크게 다치지는 않은 듯했다. 어쨌든 나는 엉덩방아를 찧은 그녀 곁으로 황급히 달려갔다.

"아파라……. 괘, 괜찮아요. 그보다 방 안은 어떤가요?"

달려오려는 나를 손으로 제지하고는 마기루카가 치마에 묻은 흙을 털며 일어섰다. 다행히도 괜찮은가 보다. 우리는 하나도 안 괜찮은 상황이지만…….

"으~음……. 오래전에 버려진 방 같아. 방은 별문제가 없었어…… 방은……."

어떻게 설명해야 좋을지 모르겠다. 아니, 나도 무슨 상황인지 모르겠다. 말도 제대로 나오지 않았다.

마기루카가 고개를 갸웃거리고 있자니 내 뒤에서 왕자님이 다가왔다.

구멍 안으로 새어드는 빛이 왕자님을 비추었다. 그 모습을 본 마기루카의 눈이 휘둥그레졌다.

"어?! 전, 전하……?"

마기루카가 떨리는 손을 부여잡으며 침을 꿀꺽 삼키고서 내 뒤에 서 있는 왕자님을 봤다.

"응, 나야……."

왕자님이 평소처럼 뺨을 긁적이며 곤혹스러운 표정을 내보였다. 몸짓이나 표정은 평소와 비슷했는데, 목소리와 몸매가 전혀 달랐다. 지금 왕자님은 누가 보더라도 넋을 잃을 만큼 아름다운 공주님이었다.

"저……저, 저저저, 전하가…… 고, 공주, 공주, 님으로……."

충격이 워낙 컸던지 마기루카는 그 말만은 남기고서 휘청거리다가 뒤로 넘어질 뻔했다.

"마, 마기루카, 정신차려어어어! 네가 유일한 동아줄이란 말이야!"

나는 황급히 그녀를 안고서 몸을 흔들었다. 늘 대책을 마련해주는 우리의 브레인이 여기서 쓰러지면 안 되지!

나는 이 상황을 어찌 해결할지 고민조차 하기 싫었다. 마기루카에게 모든 걸 떠넘기려면 여기서 꿈의 세계로 가게 놔둘 순 없었다.

"메, 메어리 님, 이제 괜찮아요……! 괜찮으니까 그만 흔드세요!"

꿈의 세계에서 억지로 끌려 나온 마기루카가 몸이 흔들리는 와중에도 항의했다. 나는 안도하며 그녀를 풀어주었다.

"무슨 일이 있었는지 설명부터 해주세요."

나와 왕자님은 서로를 마주 보며 그동안 겪었던 일들을 돌이켰다.

"으음…… 메어리 양이 구멍에 떨어져서……."

"예? 떨어져요?"

"레이포스 님, 그건 잊어달라고 말씀드렸는데."

"아, 그랬었지."

왕자님이 기억을 너무 뒤로 되돌리자 나는 다시 한번 잊어달라고 부탁했다. 왕자님이 미안해하는 표정을 지었다. 마기루카가 무슨 얘기냐는 표정으로 바라보고 있었다. 그녀의 눈빛이 됐으니까 어서 자초지종을 이야기하라는 듯 날 찌르고 있었다.

"어, 음……. 어쨌든 이 방에 들어왔는데, 아무것도 없었어."

"그래, 메어리 양이 서랍을 열어 이상한 상자를 찾아내기 전까지는."

"…………."

왕자님의 말을 듣고 마기루카가 도끼눈으로 나를 쳐다봤다. 이 소동이 어쩐지 나 때문에 벌어진 것 같다는 생각이 든 나는 애써 그녀의 눈을 외면했다. 속에서 식은땀이 삐질삐질 났다.

"그래서요?"

마키루카의 말이 이젠 어쩐지 나를 심문하는 것처럼 들리기 시작했다.

"으~음. 메어리 양이 책상에 기댔는데 많이 낡아 있었는지 그대로 부서지더군. 그녀를 구하려다가 상자를 떨어뜨렸고 그 충격으로 뚜껑이 조금 열렸는데, 목소리가 들렸어."

"목소리요?"

왕자님이 말하자 마기루카가 의아해하며 나를 쳐다봤다. 나는 아무것도 모른다는 걸 전하기 위해서 고개를 마구 가로저었다.

"그 뒤로는 기억이 모호해. 정신을 차렸을 때는 이미 머리에 이 서클릿을 쓰고, 몸이 이런 꼴이 된 후였지."

왕자님이 앞머리를 쓸어올려 이마에 씌워진 서클릿을 보여주며 쓴웃음을 지었다. 서클릿은 존재감을 주장하려는 것처럼 새어든 빛을 반사하여 신비롭게 빛나고 있었다.

"그리고 이게 문제인데, 이 서클릿을 벗을 수가 없어."

"……벗을 수가 없……."

내가 왕자님의 마지막 말을 되뇌자 마기루카는 또다시 휘청거리며 꿈의 세계로 여행을 떠나려고 했다.

"마기루카아아아! 안 돼, 너만이 유일한 동아줄이라구우우우우!"

나는 휘청거리는 마기루카의 두 어깨를 쥐고서 다시금 강제로 귀환시켰다.

"어, 어쨌든…… 전하께서는 이 방에서 조금 떨어져 주세요. 메어리 님, 뭔가 또 없는지 찾아보도록 하죠."

마음을 다잡은 마기루카가 왕자님을 출입구인 구멍 근처에 대기시키고서 나와 함께 다시 방 안으로 들어갔다.

"마기루카, 어쩔 거야?"

"상자 안을 조사할 거예요. 뭔가 정보가 있으면 좋으련만."

"그렇구나. 앗, 그러고 보니 이 방 이야기를 학원장님한테 전했다고 했지?"

상자가 떨어져 있는 곳으로 걸어가면서 나는 문득 마기루카가 자리를 비웠던 이유를 떠올렸다. 그녀는 학원장에게 보고하러 갔으니 이 방에 관한 정보를 얻었을 것이다.

"그게 기억이 없다는 대답밖에 듣지 못했어요. 정말이지…… 옛날 학원은 너무 자유분방해……."

마기루카가 평소답지 않게 푸념을 내뱉었다. 그만큼 구교사를 엉망으로 관리했다는 뜻이겠지. 뭐, 어제오늘 일도 아니긴 하지만…….

대화를 나누는 사이에 우리는 상자 앞에 도착했다. 그리고 마기루카가 매우 조심스럽게 상자를 툭툭 건드리기 시작했다.

"이건가요? 평범한 상자처럼 보이는데요. 전하께서 말씀하셨던 '목소리'도 안 들리고."

"아마 서클릿이 낸 목소리가 아니었을까? 이 상자는 그냥 보관용이겠지."

건드렸는데도 아무 일도 벌어지지 않자 마기루카는 상자를 들어 올리고는 이리저리 돌려가며 자세히 살펴보기 시작했다.

"메어리 님도 목소리는 듣지 못했죠?"

"응, 전혀."

마기루카가 상자를 보면서 묻자 나는 고개를 끄덕이며 그녀의 행동을 지켜보기만 했다. 자칫 내가 움직였다가 2차 재난이라도 벌어지는 날에는 모두를 볼 면목이 없어지니까.

나는 마기루카의 행동을 객관적으로 보다가 한 가지를 깨달았다.

"있잖아, 마기루카. 그 상자, 쓸데없이 바닥이 두꺼운 것 같지 않아?"

그렇다. 마기루카가 곁에 있어 준 덕분에 냉정함을 되찾은 나는 그녀가 상자를 이리저리 돌리며 살펴보는 동안에 상자 바닥이 깊은 것 같다는 느낌을 받았다. 내가 지적하자 마기루카도 그 사실을 깨달았는지 상자를 귀에 가까이 대고서 흔들어봤다.

그러자 안에서 작은 무언가가 덜컹덜컹, 하고 부딪치는 소리가 들렸다.

"바닥이 이중으로 되어 있네요."

"어, 어떻게 할 거야? 열 거야?"

또 이상한 물건이 나올 가능성이 있어서 나는 그다지 권하고 싶지 않았다.

"뭔가 장치가 되어 있을지도 모르니까요."

마기루카는 경계하면서도 바닥 판을 들어내기 시작했다.

바닥 판은 의외로 쉽사리 분리되었다. 안에는 역시나 무언가가 숨겨져 있었다.

"……책? 아니, 이건 수첩이네요."

마기루카가 낡은 수첩을 꺼냈다.

(수첩이라……. 공포물에서는 중요한 대목에서 글이 끊어지거

나, 종이가 뜯겨 있거나 하던데. 게다가 안에 적혀 있는 내용이 이상하게 변해가기도 하고……. 설마 저 서클릿, 그쪽 계통인 건 아니겠지……?)

나는 홀로 게임이나 영화 속에서 봤던 패턴을 떠올리며 몸을 떨었다. 내 이변을 눈치채지 못한 마기루카는 또다시 신중하게 수첩을 살펴보았다. 그리고 아무 일도 벌어지지 않자 수첩을 천천히 펼쳤다. 내가 그녀처럼 신중했더라면 이런 일이 벌어지지 않았을 텐데. 스스로가 저지른 어리석은 행동을 돌이켜보니 후회만 들었다.

"으~음, 어디 보자……. '우선 말해두겠다. 이 몸은 완벽 초인이자 초절정 인기남이다.'"

""…………….""

마기루카의 말을 듣고서 나는 뭔 소리야? 하는 표정으로 입술을 꾹 다물었다. 마기루카도 비슷한 감상이었는지 읽는 것을 멈추고서 굳어버렸다.

(초장부터 이딴 문장이 나오다니. 불길한 예감밖에 들질 않아.)

그러나 우리의 조사는 이제 막 시작된 참이다. 갑자기 그만둘까, 하는 생각이 샘솟긴 하지만…….

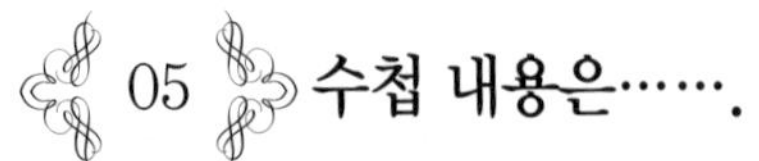

05 수첩 내용은…….

조용한 실내에 미묘한 공기가 흘렀다.

마기루카가 한 번 헛기침하고서 분위기를 다잡았다.

"으음……. '물론 이 몸은 여자들한테도 인기를 한 몸에 받고 있다. 너무너무너무 많이 받아서 곤란할 지경이다.'"

그 대목까지 읽은 마기루카가 수첩을 덮으려고 했다. 그 마음은 잘 알지만, 꾹 참고서 계속 읽어줬으면 한다.

"마기루카, 읽으면 읽을수록 부아가 치미는 문장인 건 알겠지만, 꾹 참고서 계속 읽어주면 안 될까?"

"그럼 메어리 님이 읽어주시죠."

마기루카가 설마 포기할 줄은 예상하지 못했기에 나는 깜짝 놀랐다. 그래도 그녀가 건넨 수첩을 받아들었다. 마음을 진정시킨 뒤 천천히 펼쳤다.

내가 이 수첩을 읽다가 짜증이 치민다면 무심코 수첩을 찢어버릴지도 모르기에 평정심을 유지해야만 한다.

"……'그러나 그 어떤 여성도 이 몸에게는 어울리지 않는다. 누가 뭐라고 해도 이 몸은 완벽 초인에다가 초절정 인기남이니 그에 걸맞은 사람과 사귀지 않는다면 완벽한 이 몸을 낳아주신 신께서 용납하지 않으시겠지.'"

나는 일단 천장을 올려다보며 심호흡을 했다.

(평정심, 평정심, 평정심, 평정심.)

수첩을 바닥에 내팽개치고 싶은 충동을 억누르고자 나는 속으로 평정심이라는 단어를 염불처럼 되뇌었다.

"……'그때 이 몸은 깨달았다. 이건 그야말로 하늘의 계시일지도 모른다. 그래, 완벽한 이 몸한테 어울리는 여성은…… 이 몸밖에 없다는 것을!'……에엥?"

다시 수첩 읽기에 도전한 나는 무심코 목소리를 뒤집었다.

왜 이런 결론이 나오는 건지 도저히 이해할 수가 없었다. 마기루카도 마찬가지였는지 내가 아가씨답지 않은 목소리를 냈는데도 알아채지 못했다.

나는 설마, 하고 생각하며 계속 읽어나갔다.

"……'그래서 이 몸은 만들기로 했다. 남자가 여자로 변하는 마법 아이템을!'"

그리고 상상했던 문장이 나오자 나는 찢어버리고 싶은 충동을 억누르고자 "바보냐아아아!" 하고 외치며 수첩을 땅바닥에 내팽개쳤다.

수첩을 찢지 않은 날 칭찬해주고 싶었다.

우리는 고개를 돌려 왕자님의 모습을 다시 확인했다. 그는 수첩의 내용을 듣고서 그저 쓴웃음만 짓고 있었다.

여하튼 바보 같은 내용에 변화가 생겼다. 마기루카는 내가 떨어뜨린 수첩을 주워서 기가 막힌다는 표정으로 이어서 읽어나갔다.

"……'이 몸은 마법 아이템 개발에 전념하기로 했다. 뭐, 시간이 그리 오래 걸리지는 않겠지. 누가 뭐라고 해도 이 몸은 천재이니까.'"

(완벽 초인에다가 초절정 인기남도 모자라서 천재라는 수식어까지 붙이네. 이 나르시시스트 녀석.)

내가 반쯤 기막혀하며 수첩을 보고 있으니 그녀가 책장을 넘겨 낭독을 이어나갔다.

"……'이상하다……. 이 몸이 고작 이런 아이템 하나를 완성하지 못하다니. 대체 어떻게 된 거지? 신께서 이 몸의 재능을 시기하여 방해하시는 건가?'"

예상과 달리 수첩 내용이 갑자기 이상해지기 시작했다. 나는 고개를 갸웃거리며 귀여겨들었다.

"……'이런 곳에서는 안 돼! 연구에 몰두할 수 있을 만한 장소를 만들자! 이 몸은 완벽 초인이니 방 한두 개쯤 몰래 만드는 건 일도 아니지! 마법 아이템이 완성되지 않는 건 이 몸의 잘못이 아니야. 환경이 나빠서 그런 거야!'"

(자칭 완벽 초인이 변명을 늘어놓기 시작했군. 아니, 그런 이유로 이 방이 만들어진 거구나.)

수상하기 그지없는 내용을 듣고서 이 방이 만들어진 이유를 알아차린 나는 실내를 둘러봤다.

지금은 아무것도 없지만, 당시에는 온갖 도구들이 즐비하게 놓여 있었을지도 모른다. 물론 학원 몰래…….

"……'뭔가 이상하다. 완벽한 개발 환경을 갖추었다. 아이템 제작에 필요한 최신 장비도 빌려왔다. 그런데 왜 안 되는 거냐! 이 몸께서 손수 제작하고 있거늘! 이건 이상하잖아!'"

(앗, 이 녀석, 결국 부아가 치밀었나 봐.)

아이템 개발이 암초에 부딪혔다는 내용이 나오자 나는 실례라는 걸 알면서도 앞으로 어떻게 전개가 될지 두근거리기 시작했다.

마기루카도 은근히 흥미가 솟았는지 책장을 넘기는 손이 가벼워 보였다.

"……'완전히 꽉 막혀버렸다……. 어라? 혹시 이 몸은…… 아니, 난 완벽 초인이 아니었던 건가? 뭐든지 할 수 없는 천재가 아니었나? 그냥 일반인이었나?'"

(저런, 슬럼프에 빠져 생각이 부정적으로 굴러가기 시작했군. 게다가 일인칭이 이 몸에서 나로 바뀌었어. 힘내라, 이 몸 씨. 너라면 할 수 있어.)

나는 마음속으로 태도를 싹 바꾼 이 몸 씨를 응원했다.

"…………."

그리고 마기루카가 장을 넘겨 계속 읽으려다가 무슨 영문인지 굳어버렸다.

"마기루카, 왜 그래?"

마기루카의 모습을 보고 나는 고개를 갸웃거리며 물었다. 그러자 그녀가 아무 말 없이 수첩을 펼친 채로 나에게 내보였다.

'안 돼, 안 돼, 안 돼, 안 돼, 안 돼, 안 돼, 안 돼, 안 돼, 안 돼,

안 돼, 안 돼, 안 돼, 안 돼, 안 돼, 안 돼, 안 돼, 안 돼, 안 돼.'

(무서워!)

수첩 한 면에 빼곡하게 휘갈겨진 그 단어를 보고 나는 소름이 돋아 팔을 문질러댔다.

역시 이런 수첩에 적힌 글은 결국 광기에 치닫게 되는구나. 나는 덜덜 떨면서도 마기루카에게 계속 읽어달라고 부탁하기로 했다.

"마기루카……, 계속……."

"이거…… 다 읽으면 저주에 걸리는 건 아니겠죠……?"

마기루카도 광기에 겁을 먹었는지 읽기를 주저했다. 듣고 보니 그럴 가능성도 있겠군…… 어? 가만, 결과물은 여기 있잖아?

"저주가 있는지 어떤지는 모르겠지만, 어쨌든 결국은 성공했잖아? 실제로 레이포스 님이 여자로 변했고. 그러니 이제부터 내용이 확 바뀌지 않을까?"

내 말을 듣고 마기루카가 왕자님을 힐끔 쳐다봤다. 그러고는 다시 머뭇머뭇 장을 넘겼다.

"……'어느 날, 그분께서 바람처럼 나타나셨습니다. 그리고 저능하고 무가치한 데다가 쓰레기 같은 제게 손을 내밀어주셨습니다.'"

(이 몸 씨, 갑자기 자기 비하가 무지 심해졌어! 낙차가 장난 아니네!)

예상대로 전개가 확 바뀌었다. 그러나 나는 그보다도 확 바뀐 그의 문장이 더 놀라웠다.

"……'그분께서 도와주셔서 아이템 제작이 단숨에 진전되었다. 지금까지 뭘 했나 싶을 만큼 순식간에 완성되고 말았다. 음, 내가 봐도 참 멋진 서클릿이다. 역시 이 몸은 천재였다! 이 몸은 완벽 초인이었다.'"

(어머머, 벌써 부활했어.)

실제로 그렇게 빨리 부활했을 리는 없겠지만, 시간이 얼마나 흘렀는지는 기록이 없어 알 수가 없었다. 그냥 막연히 듣고 있으면 이튿날에는 털고 일어선 것 같지만.

"……'마법 아이템을 완성한 이 몸은 다시금 이 몸이 우수하다는 확신을 얻었지만 동시에 중대한 사실을 깨달았다. 그것은…….'"

마기루카가 중요한 대목에서 읽는 것을 일단 멈추었다. 다음 장을 넘겨야 하는 모양이다. 연출이 절묘해서 무심코 긴장되었다. 마기루카가 장을 넘기고 다음을 읽었다.

"……'이 몸이 여자가 된들 아무런 의미가 없다…….'"

"그럼 그렇지."

나는 이내 고개를 저었다.

마기루카가 한숨을 크게 내쉬며 천장을 쳐다봤다. 그녀의 마음이 절실히 와닿은 나는 그녀가 회복하기를 얌전히 기다렸다.

몇 분 뒤 부활한 마기루카가 다시 수첩을 다시 펼쳤다. 아무래도 내용이 더 남아 있는 모양이다.

“……‘애써 만든 마법 아이템이긴 하지만 의미가 없다는 걸 깨닫고서 그대로 상자에 넣어두었다. 하지만 어느 날 이변이 벌어졌다. 갑자기 목소리가 들리기 시작한 것이다. 나를 사용해달라고. 저 아이템이 들어 있는 상자에서! 그 목소리를 유심히 듣고 있자니, 저도 모르게 상자를 꺼내 뚜껑을 열고 있었다. 나는 황급히 상자를 눈에 띄지 않는 곳에 넣어버렸다. 이게 뭐야? 너무 무서워! 부숴버릴까 생각했지만, 서클릿을 눈으로 보는 것조차 두려웠다. 그래서 이 몸은 서클릿을 방과 함께 통째로 봉인하기로 했다. 무슨 일이 있어도 절대로 땅을 파헤치면 안 돼. 혹여나 땅을 파더라도 절대로 서클릿에 다가가면 안 돼. 이 몸과 약속한 거다?’……끝…….”

마기루카가 그 말을 끝으로 팡, 하는 소리를 내며 수첩을 덮었다.

“……이분은 대체 뭐죠?”

“으음, 그냥 바보 아닐까?”

마기루카가 온몸에 힘을 쭉 뺀 채 수첩을 멍하니 쳐다보고 있으니 나는 그렇게 대답할 수밖에 없었다.

“마법 아이템을 만들게 된 동기도 동기지만, 결말도 결말이군요……. 왜 바로 깨닫지 못한 거죠? 깊이 생각하지 않고 좌충우돌했다고 해야 할지, 아니면 머릿속에 떠오르는 대로 바로 행동에 나섰다고 해야 할지. 땅을 파지 말라는 경고가 적혀 있는 수첩을 방과 함께 묻어버렸어요. 게다가 문제의 물건이 담긴 상자

속에 수첩도 함께 담았고요. 이분은 대체 뭘 하고 싶은 거죠?"

"아마도 다시 읽어봤더니 전반부 내용이 너무 창피해서 다른 사람들이 보지 못하도록 함께 숨긴 게 아닐까? 수첩에 경고문을 적어놨다는 것도 까먹고서."

나는 이 몸 씨가 보여준 의미를 알 수 없는 행동을 나름대로 해석해보았다.

"……남성을 여성으로만 바꿔주는 아이템이니 혹시 남성 한정 아이템이 아닐까요? 그래서 메어리 님의 귀에는 목소리가 들리지 않았을지도."

"그럴지도 모르겠네."

"어쨌든 이 수첩을 쓴 분이 원흉인 것 같으니, 그를 찾아내어 벗는 방법을 물어보는 게 가장 빠를지도 모르겠네요."

마기루카가 수첩을 든 채로 빠르게 결론을 내리고서 행동 방침을 제시했다. 정말로 든든하기 그지없다. 나는 무조건 고개만 끄덕였다.

"그럼 이 방은 그대로 아무도 출입하지 못하게 막아두고서 일단 여기서 나가도록 하죠. 전하, 괜찮으시죠?"

마기루카가 멀리서 대기하고 있던 왕자님 쪽으로 시선을 돌리자 그(?)도 고개를 끄덕였다.

"그래야겠지. 다만 오늘은 이만 끝내고 내일 움직이자. 그리고 느닷없이 이런 모습으로 나타나면 왕궁에서 소동이 일어날 테니 오늘은 왕궁 사람들과 되도록 만나지 않도록 할게. 아바마

마와 어마마마는 특히.”

“그게 가능한가요?”

왕자님이 손을 입에 대고서 무언가를 생각하며 말하자 나는 실례인 줄 알면서도 물었다.

“응. 왕궁 밖에는 만약의 사태에 대비해 만든 은신처가 몇 있거든. 뭐, 대부분 아바마마께서 독단으로 만든 거긴 하지만. 아바마마께서 그중 몇 군데를 알려주셨지. 언젠가 필요하게 될 날이 올지도 모른다면서.”

나는 그 엉터리 왕이 어째서 남몰래 은신처를 대량으로 만들었는지 굳이 묻지 않았다. 뭐라고 둘러댈지는 모르겠지만 어차피 허접한 이유가 나올 게 뻔하다.

이렇게 해서 어떻게 할지는 정했지만, 새삼스럽게 큰일이 벌어졌다는 실감이 들어서 나는 한숨을 내뱉었다.

솔직히, 여자로 변한 게 자하였다면 이렇게까지 고민하지도 않았을 거다. 그러나 이번 사건의 피해자는 왕자님이다. 나는 불현듯 불길한 생각이 떠올랐다.

(잠깐? 이 문제를 조속히 해결하지 못하면 이곳을 찾아낸 스노우와 상자를 찾아낸 내 처지가 매우 위태로워지는 거 아니야……?)

책임을 혹독하게 물을지도 모른다는 생각에 나는 전전긍긍했다. 왕자님과 마기루카는 그런 나를 아랑곳하지 않고 방에서 나갔다.

지상으로 올라가 보니 자하와 사피나가 출입금지구역을 더욱 확대하여 누구도 주변에 얼씬하지 못하도록 해놓고 있었다. 아직 우리 말고 왕자님의 모습을 본 사람은 없을 거다. 아니, 봤더라도 왕자님인 줄 깨닫지 못했겠지.

왕자님은 내가 맨드레이크 사건 때 그러했듯이 망토로 몸을 숨기고서 일단 구교사 담화실로 향했다.

여담이지만 사피나, 튜테, 두 사람은 왕자님의 모습을 보고 경악을 금치 못했다. 뭐, 당연하다면 당연한 이야기이지만. 참고로 자하는 경악이 아니라 절망하고 있었다.

"……이럴 수가…… 나만 외톨이가 돼버리다니……."

자하가 그렇게 중얼거리며 털썩 무릎을 꿇었다.

잘 생각해보니 이제 이 멤버 중에 남은 남자라고는 자하 한 명뿐이었다. 이른바 하렘 상태였다. 남자들은 이런 상황을 좋아하는 거 아니었나? 어째서 이 세상이 끝나버린 것 같은 표정을 짓고 있지? 희한하네.

어쨌든 이건 터무니없는 대사건이었다. 큰 소동으로 번지기 전에 사건을 해결해야만 했다.

주변에서 왜 이 지경이 되었느냐고 묻는다면 내가 아주 골치 아프게 될 것 같으니까…….

나는 그런 생각을 하면서 귀가하여 내일을 대비했다.

그리고 이튿날.

나는 왕궁의 정원에서 차를 즐기며 싱글벙글 웃고 있는 왕비, 이리샤 님의 앞에 홀로 앉아 있었다.

(신님…… 이, 이거 혹시…… 벌써 들통 난 건가요?!)

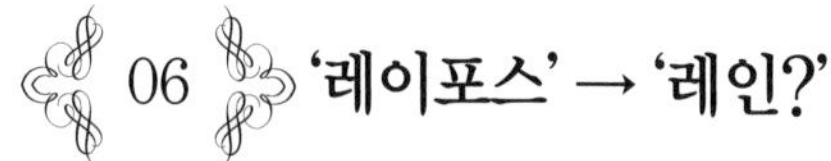

06 '레이포스' → '레인?'

왕비님이 홍차를 우아하게 한 모금 마시고서 찻잔을 받침에 올려놓았다. 그 작은 소리에도 나는 몸을 흠칫 떨었다.

"후훗, 너무 긴장하지 말아요, 메어리. 당신을 나무라려고 부른 게 아니니까."

"아, 예에……."

왕비님이 긴장하지 말라고 했지만, 긴장하지 않을 수가 없었다. 왜냐면 현재 이 탁자에는 나밖에 없으니까…….

그렇다. 평소였다면 어떻게든 마기루카를 끌고 왔을 테지만, 이번에는 혼자서 오라는 통보를 받았다. 더욱이 오늘 학원은 여느 때처럼 수업이 있다. 나 살자고 클래스 마스터인 마기루카를 데리고 올 수는 없었다.

튜테는 멀찍이 떨어진 곳에서 대기하고 있었다. 즉, 나는 사실상 독대 상태였다.

(아니, 한 사람……이 아니라 한 마리가 있긴 하지.)

나는 고개를 숙여 복슬복슬한 꼬리를 쥐고 있는 오른손을 보았다.

당연히 이 꼬리의 주인은 신수인 스노우다. 지금은 내 옆에 앉아 고개를 숙이고 있어서 그녀의 머리와 내 머리가 마침 같은 선에 있었다.

왕비님의 호출을 받았을 때, 모든 게 들통났음을 직감한 나는 그녀를 길동무로 삼기 위해 억지로 붙잡아 이곳까지 끌고 왔다. 일단 이번 사건의 원인을 제공한 동물이니…….

썩어도 신수니, 스노우가 함께 가서 차분하게 있으면 내 긴장도 덜 수 있을지도 모르고——.

〈어어어, 어쩔 거예요, 메어리! 왕비님이 엄청 무섭잖아요! 웃는 얼굴이 너무 무섭다고요~! 사과할까요? 지금 사과해둘까?〉

신수님이 나보다도 더 당황했다.

이미 긴장할 수밖에 없는 상황이었다. 방책 따윈 없었다. 당사자인 내가 단언한다.

심지어 왕비님이 아까부터 계속 이상하리만치 '나무라다'는 단어를 쓰고 계셨다.

(왕비님에게 들통 난 게 틀림 없어어어어어!)

웃으면서 이쪽을 보고 있는 왕비님이 한없이 무서웠다. 눈을 차마 마주칠 수도 없어서 내 시선은 갈피를 잡지 못하고 이리저리 헤맸다.

"그나저나 신수님을 보는 건 처음이군요. 저 위엄이 흘러나오는 풍채며, 지적인 눈동자며……."

스노우를 본 왕비님이 감사하게도 칭찬을 해주셨다. 그러나 정작 당사자는…….

〈아아아아, 날 보지 마요오오오! 나, 나나나, 난 무고해요! 메어리가 억지로 시켰다고요오!〉

위엄도, 지적인 느낌도 전혀 느껴지지 않는 말이 내 머릿속에 울렸다.

"잠깐, 왜 혼자서 달아나려고 하는 거예요?"

나는 흘려들을 수 없는 말을 듣고서 무심코 나처럼 고개를 숙이고 있는 스노우에게 얼굴을 가까이 대고서 나직이 항의했다.

"응? 메어리, 왜 그러죠? 신수님이 뭐라고 말씀하셨나요?"

"아, 예. 이 녀석이 말이죠읍."

왕비님이 갑자기 묻자 당황한 나는 무심코 평소처럼 말할 뻔했다. 스노우가 발바닥으로 연신 때리다가 우연을 가장하여 내 입을 틀어 막아준 덕분에 말이 도중에 끊겼다.

"고마워. 슈노……."

〈천만에요.〉

발바닥 공격을 받으면서도 나는 스노우에게 나직이 감사 인사를 했다.

"후훗, 사이가 좋아 보이는군요."

왕비님이 미소를 짓자 나와 스노우는 점점 부끄러워졌다. 아까는 긴장해서 고개를 숙였지만, 이번에는 창피해서 고개를 숙이고 말았다.

"왕비님, 모시고 왔습니다."

우리가 가시방석에 앉아 있는 것처럼 불편하게 있자니 메이드들이 우르르 다가왔다. 슬쩍 보니 메이드들이 누군가를 숨기듯 원형진을 짜고 있었다. 아니, 도망치지 못하도록 지키고 있었다.

메이드들은 탁자 앞까지 오자, 알아서들 사샤샥 흩어졌고, 그녀들 사이에 있던 사람의 모습이 보였다.

"어머머~♪"

왕비님이 기뻐하자 나도 그 사람에게 시선이 꽂히고 말았다.

아름다운 드레스와 바람에 휘날려 반짝이는 금발이 잘 어울렸다. 얼굴도 예쁘장하니, 마치 그림책에 나오는 공주님 같았다. 아쉬운 점이 있다면 공주님답지 않게 난처한 표정으로 뺨을 긁적이고 있다는 거려나.

"……저, 전하……."

왕자님의 자취가 약간 남아 있긴 하지만, 틀림없는 공주님의 모습이었다. 하지만 지금은 왕자님의 모습은 중요하지 않았다. 왕비님이 모든 것을 알아버렸다는 게 훨씬 더 중요하니까.

"조심하려고 애를 쓰긴 했는데, ……결국 들켰어."

왕자님이 가볍게 웃으며 나에게 말했다.

"'레인'……. 뭔가요? 그 말투는?"

만족스럽게 바라보던 왕비님이 태도를 싹 바꿔 왕자님을 나무랐다.

"하지만 어마마마."

"어머님이라고 부르거라."

왕비님이 재차 나무라자 왕자님은 하아, 하고 한숨을 내쉬고서 저항을 포기했다. 왕자님이 벌써 꺾여있는 걸 보아하니 이미 이 대화도 여러 번 반복한 모양이다. 그나저나 지금 왕자님을 뭐라고 부르신 거지?

나는 실례를 무릅쓰고서 물어보기로 했다.

"저기…… 말씀을 나누시는 도중에 죄송합니다만……."

"그렇게 긴장하지 않아도 됩니다, 메어리. 그래서 뭔가요?"

"예…… 저기, 레인이라 하심은……."

그렇다. 왕비님이 왕자님을 그렇게 불렀다.

"아아, 여자애한테 레이포스라는 이름은 조금 안 어울리는 것 같아서 이름을 바꿔봤어요. 레이포스를 잉태했을 때 여자애면 '레인'이란 이름을 붙여주려고 했거든요. 마침 쓸 기회가 왔길래. 그냥 애칭이라고 생각하세요."

왕비님이 대단히 즐거워하며 말했다. 그래서 나는 일단 왕자님을 '레인 님'이라고 부르기로 했다.

레인 님은 또다시 하아, 하고 한숨을 내쉬고서 메이드가 권하는 대로 자리에 앉았다.

레인 님은 드레스를 처음 입어보는지 행동이 어색했다. 뭐, 당연하다면 당연하겠지. 어제까지만 해도 남자였으니까…….

오히려 드레스를 입고 아가씨처럼 우아하게 행동이 자연스럽게 나왔다면 내가 패닉에 빠졌을 거다.

이 테이블에 사람이 한 명 늘어난 덕분에 나는 여유를 조금 되찾을 수 있었다. 나는 슬쩍 눈을 돌려 레인 님을 쳐다봤다.

원래부터 왕자님은 얼굴이 중성적인 느낌이었는데, 여성으로 변한 뒤에는 여자애의 귀여움이 물씬 풍기고 있었다. 솔직히 말해서 같은 여자가 보더라도 홀딱 반할 만큼 아름다웠다. 몸매 역시 절로 감탄이 나올 정도였다.

(이, 이럴 수가……! 설마 왕자님한테도 지다니이이이!!!)

왕자님의 특정 부위를 보고 현실이 부조리하다는 걸 깨달은 나는 분노를 넘어 낙담하여 어깨를 축 늘어뜨렸다.

“자, 레인도 왔으니 본론으로 들어가도록 하죠.”

내 마음을 모르는 왕비님이 레인 님을 한바탕 구경하고서 만족했는지 이야기를 이어나갔다.

“사건의 자초지종은 이 아이한테서 들었습니다. 그런 매직 아이템이 있다니 놀랍군요. 뭐, 그런 걸 발견해낸 메어리 양도 놀랍지만.”

“어, 아, 아뇨! 발견한 건 제가 아니라 여기 스노우가……!”

〈잠까아아아아안! 비밀의 방을 찾아낸 건 나지만, 그런 이상한 아이템을 찾아낸 건 메어리잖아! 정정해요, 어서 정정해!〉

“아아아, 진짜 시끄럽네! 큰 소리로 머릿속에서 떠들지 마!”

스노우가 큰 소리로 항의하자 나는 관자놀이를 누르며 이쪽으로 얼굴을 들이미는 그녀를 밀어냈다. 그러고는 왕비님이 앞에 있다는 걸 잊고서 불평을 털어놓았다.

“정말로 메어리한테만 들리는 모양이군요. 사정을 모르는 사람이 들었다면 으음, 저기, 뭐라고 해야 할지…….”

왕비님이 뭐라고 표현해야 좋을지 몰라서 당혹스러워했다. 아무 말도 못 하고 그저 쓴웃음만 짓는 레인 님의 모습이 시야 한

구석에 비쳤다.

(예, 말끝을 흐리셔도 압니다. 머리가 이상한 애라고 말하고 싶으신 거겠죠!)

"크흠. 아까도 말했지만 나무라기 위해서 두 사람을 이곳에 부른 게 아니에요. 오히려 저는 재미있……."

"예?"

"아뇨, 아무것도 아닙니다."

왕비님이 불쑥 내뱉은 말을 듣고 나는 그쪽으로 고개를 돌렸다. 그러자 왕비님은 말을 끊고서 마지막에 했던 말을 취소했다.

"하지만 어마마마. 아직 하루도 지나질 않았는데, 대체 어떻게 아신 겁니까?"

나를 대신하여 레인 님이 왕비님에게 의문을 던졌다. 말마따나 왕비님이 너무 빨리 알아차렸다.

왕비님이 레인 님의 말을 듣고 어쩐지 불만스러운 표정을 지었다. 아마도 어머님이라고 부르지 않은 게 불만이겠지.

"……레인이 날 슬금슬금 피하는 모습이 폐하와 똑 닮았기에 뭔가를 저질렀다는 건 금방 알아차릴 수 있었습니다. 정말 피는 못 속이는군요. 폐하가 숨을 만한 은신처는 이미 모두 파악하고 있죠. 아무 말도 하지 않을 뿐 항상 감시 중입니다. 후후훗, 내 앞에서 뭔가를 숨기는 건 불가능합니다. 레이포스, 아니, 레인."

왕비님이 홍차를 우아하게 한 모금 마시면서 왕자님의 질문에 대답했다. 갑자기 그 엉터리 왕이 불쌍해 보이기 시작했다.

레인 님도 그 이야기를 듣고 평소답지 않게 얼굴이 새파래졌다. 사실 나도 여러 가지를 숨기고 있는지라 왕비님의 말이 남 일처럼 들리지 않았다. 내심 식은땀을 삐질삐질 흘렸다.

"알겠습니다……. 그런데 어째서 옷도 모자라 이름까지 바꿔야 하는 겁니까?"

레인 님이 또다시 왕비님에게 질문, 아니, 항의했다. 꽤 불만스러운 모양이다. 분명 머리를 자르고서 남장을 시키면 그럭저럭 왕자라고 속일 수 있지 않을까? 나는 그렇게 생각하고서 그녀를 쳐다봤다. 그러나 저 몸매와 아름다운 얼굴을 보니 불가능하겠다 싶어서 곧바로 백기를 들었다.

그 누가 어딜 보든 단번에 여자애라고 인식하게 만드는 저 무시무시함. 그 매직 아이템, 참 무섭다…….

"그건……."

한숨을 내쉰 왕비님이 눈을 감고서 들고 있던 찻잔을 받침에 내려두고서 침묵했다. 침묵이 너무 무거워서 섣불리 끼어들 수가 없었다. 레인 님도 묵묵히 왕비님을 지켜보았다.

이윽고 왕비님이 눈을 뜨고서 새빨개진 얼굴로 이쪽을 쳐다봤다. 나는 허리를 똑바로 펴고 숨을 삼킨 뒤 다음에 나올 말을 기다렸다.

"요즘에 메어리의 활약담을 듣고 나니 딸도 좋겠구나 싶었던 차에 마침 레이포스가 귀여운 딸이 되어버렸잖니? 신께서 인도해주신 거라 믿고서 딸이 된 아들을 마음껏 즐기고 있답니다♪"

왕비님이 활짝 웃으며 영문 모를 대답을 했다. 나와 레인 님은 멍한 얼굴로 침묵했다.

(혹시 아들이 딸로 변해서 몹시 기뻐하시는 중인가? 아니면 즐기는 중?)

나는 멈춰버린 사고를 어떻게든 움직여서 그렇게 결론을 지었다. 이번 사건이 심각해질 것 같지는 않아서 조금은 안도했다.

"어마마마……."

레인 님이 어이없다는 눈으로 왕비님을 쳐다봤다.

"후훗, 어머머, 농담이에요."

(아니, 농담이라는 얼굴이 아닌데요.)

레인 님의 반응을 보고 왕비님이 키득키득 웃었다. 나는 그 모습을 보고 왕비님이 레인 님을 가지고 놀고 있다는 걸 확신했다.

(왕비님……. 에밀리아와 오랫동안 알고 지내시는 바람에 사고 패턴이 비슷해진 건가? 의외네.)

즐거운 것을 사랑하는 말괄량이 공주님이 떠올랐다. 나는 왕비님의 뜻밖의 일면을 보고 어리둥절했다.

"아, 메어리를 비롯한 친구들도 레인을 여성으로 대해주도록 하세요."

"예? 그럼 마기루카나 자하도……?"

왕비님이 즉석에서 떠올린 것 같은 묘한 명령을 내리자 나는 당황하며 확인했다.

"그래요. 어쩔 수 없는 상황이 아닌데도 혹여나 남성으로 대했을 때는…….”

“……?”

왕비님이 진지한 얼굴로 쳐다보았다. 나는 몸을 약간 뒤로 빼고서 침을 삼키며 다음에 나올 말을 기다렸다.

“엉덩이를 팡팡 때려줄 거예요♪”

왕비님이 홀딱 반할 만큼 아름답게 웃으면서 황당한 소리를 내뱉었다. 나는 그저 고개를 끄덕일 수밖에 없었다. 왕비님은 성을 함락시키기 위해서 바깥 해자를 메우려는 폭거를 벌이고 있었다. 그러나 처지가 처지인지라 나는 저항할 수가 없었다.

“예, 그러니 비밀리에 그 매직 아이템에 관해 조사를 벌이려고 합니다……. 메어리, 당신도 부탁합니다.”

“후에? 아, 옙.”

왕비님이 부르자 전전긍긍하던 나는 놀라 이상한 목소리를 내고 말았다. 그리고 당황했다는 것을 숨기기 위해서 바로 확실하게 대답했다.

“당신이라면 분명 해결해주겠지요. 기대할게요.”

솔직히 그 기대에 부응하고 싶지는 않지만, 이번 사건은 적어도 나 때문에 벌어졌으니 실패를 만회하기 위해서라도 힘낼 수밖에 없었다.

(뭐, 누군가 제작한 매직 아이템을 벗기기만 하면 되는걸. 커다란 사건으로 발전될 가능성은 없겠지. 괜찮아, 괜찮아.)

나는 그렇게 낙관적으로 생각했다. 물론 그렇게 되길 바라는 바람도 함께 담겨 있긴 하지만…….

여하튼 나는 이번 사건만은 적극적으로 해결해야만 하는 처지에 몰리게 되었다.

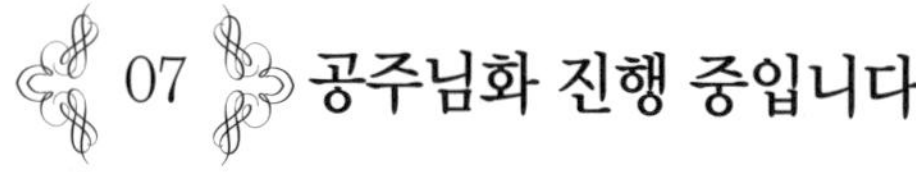

07 공주님화 진행 중입니다

이튿날부터 나는 사건을 해결하기 위해서 수사에 나섰다.

'이 몸 씨'가 누구인지부터 판명하는 것이 사건 해결의 열쇠다. 그러나 학원장님에게 물어봤더니 그런 학생은 매해 한두 명씩은 나오는지라 특정할 수가 없다는 대답이 돌아왔다. 이 몸 씨가 그렇게나 많을 줄이야…….

더 성가신 건, 그런 녀석들은 한껏 자신에게 도취해 있다가 갑자기 현실을 깨닫고 자신감을 잃어 사라지는 경우가 많다고 한다. 즉 있어도 어딘가에 숨어있단 의미다.

"하아~, 사람 찾는 게 꽤 어렵구나. 또다시 명탐정이 필요한 순간이 올 줄이야."

나는 홀로 그 지하실에서 푸념을 늘어놓았다. 혼자라고 해도 튜테가 곁에 대기하고 있지만…….

사실 지하실은커녕 이 근처에 있는 사람이라고는 우리 둘뿐이었다. 다른 사람들은 지금 한창 수업을 듣는 중일 테니까.

학원장님이 나에게 사건 해결을 최우선으로 하라는 명령을 내렸다. 나는 그만한 일이 아니고서는 수업보다는 수사를 우선해야 하는 상황이 되어버렸다.

물론, 수업에 나갈 수 없게 된 레인 님도 마찬가지였다. 그녀도 지금 '이 몸 씨'와 '서클릿'에 실마리가 될 자료나 기록이 없는지 학원 내 자료 보관고를 뒤지고 있다.

"으~ 인원이 너무 부족해! 그렇다고 외부인에게 부탁할 수도 없고……."

"아가씨, 뭔가 찾아내셨나요?"

내가 실내를 어슬렁거리며 푸념을 늘어놓자 튜테가 내 일을 거들 겸 청소를 하다가 손을 멈추고서 나를 쳐다봤다.

"아니, 아무것도 없어. 정말 너무하다 싶을 만큼 아무것도! 아이템을 제작할 때 사용했던 도구 같은 게 남아 있으면 뭔가 알아낼 수 있을 것도 같은데."

그렇다. 이 방에는 서클릿이 담겨 있던 상자 말고는 아무것도 없었다. 기껏해야 텅 빈 책장과 의자와 책상뿐. 이 물건들이 언제 제작되었는지 특정할 수 있다면 명탐정의 얼굴도 새파랗게 질리게 할 수 있겠지.

레인 님의 말에 따르면 왕비님이 마공기술에 정통한 사람에게 조사를 맡긴 결과, 서클릿의 디자인으로 보아 그리 오래된 물건은 아니라는 걸 알아냈다고 한다. 기껏해야 십수 년 전쯤이라나?

다만 왕자님이 그 서클릿을 쓰고 있는 이상 더 조사하기는 어려웠다. 그대로 조사했다가 왕자님에게 더 큰 변고라도 생긴다면 아무도 책임을 질 수가 없으니까.

그렇다고 학원에 대규모 조사단을 파견한다면 큰 소동이 벌어지고 말 것이다. 그래서 선생님의 협력을 얻어 주로 나와 레인 님이 학원 안을 돌아다니기로 했다.

"메어리 양, 거기 있나?"

갑자기 낯선 귀여운 목소리가 들려왔다. 순간 누구의 목소리인지 알아차리지 못해 대답이 늦어졌다.

"……아, 예. 레인 님. 그쪽으로 올라갈 테니 잠시만 기다려주세요."

레인 님의 목소리라는 걸 알아차린 나는 황급히 지하실 밖으로 나갔다. 들어왔을 때처럼 나갈 때도 튜테를 안고서 부유 마법으로 떠올랐다. 구멍을 내려다보던 레인 님이 방해되지 않도록 멀리 물러나 기다려주었다.

"무슨 일이세요?"

"아아, 곧 내가 꼭 참석해야만 하는 수업이 있어서 메어리 양한테 미리 말해두려고."

"예? 그거 중요한 수업인가요?"

수사를 중지하면서까지 출석해야 하는 수업이 있었나? 나는 고개를 갸웃거렸다.

"음…… 나는 그렇게 생각하지 않지만, 어마마마께서 그 수업만은 무조건 들어야 한다고 학원장한테 압력을 넣으신 모양이야. 보기만 해도 좋으니 출석해달라고 학원장이 울며 애원하더라."

레인 님이 하하핫, 하고 웃으며 말했다.

"대체 무슨 수업이길래 그렇게까지 하시는 거죠?"

"글쎄…… 나도 들은 적이 없어서 사실 잘 몰라. 말로는 영애로서 갖추어야 하는 예절과 몸가짐에 관한 수업이라고는 했는데…….”

그 말을 듣고 나는 머리를 싸쥐고 싶어졌다.

(왕비님……! 이런 비상사태에 무슨 생각을 하시는 건가요?! 왕자님한테 영애로서 갖추어야 하는 예절을 배우게 해서 뭐에 쓰려고요?!)

“……알겠습니다. 저도 함께하겠습니다. 처음 듣는 수업이면 레인 님도 당혹스러우실 테니까요.”

“고마워.”

그리하여 우리는 왕비님이 꾸미고 있는 ‘레인 님, 공주님화 계획’에 마지못해 동참하고 말았다.

(진짜, 이러고 있을 때가 아닌데…….)

“여러분, 정숙.”

실내에 선생님의 늠름한 목소리가 울리자 뒤를 힐끔힐끔 쳐다보면서 웅성거리던 여학생들이 고개를 앞으로 돌렸다.

신경이 쓰이는 게 당연했다. 맨 뒷자리, 조금 떨어진 곳에 대단히 공주님다운 미소녀가 앉아 있으니까.

게다가 이 수업을 이미 이수한 나와 같이.

참고로 이 수업은 1학년이 받는 수업이다. 즉, 현재 이곳에 모인 소녀들은 전부 1학년 영애들이다.

"오늘부터 고귀한 분께서 여러분들의 수업을 견학하십니다. 여러분, 정신 똑바로 차리고서 수업에 집중하여 흉한 모습을 보이지 않도록 유념하세요."

(멀리 떨어져 있는데도 목소리가 또렷하게 들리네. 아만다 선생님도 여전히 엄격해 보이고……. 여왕님이 고른 수업이 하필 아만다 선생님의 수업이라니. 레인 님이 괜히 자극을 받지 않았으면 좋겠는데…….)

나는 허리를 꼿꼿이 세운 채 모두의 앞에서 이야기하는 아만다 선생님을 바라보며 터져 나오려는 한숨을 참아냈다. 선생님은 숙녀 교육으로 꽤 유명하다. 소문에 따르면 왕비 교육에도 참여한 경험이 있다나 뭐라나.

그녀의 옷차림은 여전히 온통 새카맣고, 매끈한 흑발도 가지런히 정돈되어 있다. 그러나 절대 수수하지만은 않다. 옷에서는 고급스러운 느낌과 청결한 느낌이 흘러넘치고, 몇 개 없는 액세서리는 하나 같이 세련되었다. 절제된 아름다움이었다. 그녀는 마흔쯤 된 중년 여성인데 그 아우라는 지금도 퇴색되지 않았다. 나조차도 절로 뒷걸음질을 칠 만큼 위압감이 대단했다.

딱 잘라 말해서 엄격하고 무서운 선생님이다.

왜 저런 선생님의 수업을 견학하게 했는지 여왕님의 의도가 뻔히 보였다. 그러나 다행히도 학원장님이 견학만이라도 해달라고 부탁했으니 레인 님이 아만다 선생님의 지도를 받을 일은 없겠지.

(저 사람의 손에 걸리면 불과 며칠 사이에 완벽한 공주님으로 교정 당할 거야. 위험해, 위험해.)

나는 안도하면서 옆에 앉아 있는 레인 님을 곁눈으로 힐끔 쳐다봤다. 그러고는 곁눈질이 아니라 똑바로 바라보고 말았다.

그녀가 진지한 얼굴로 수업을 듣고 있었다.

"저, 저기, 레인 님. 수업에 흥미가 있으신가요?"

"……흥미라기보다는 너희들이 행동할 때마다 하나하나 신경 쓰는 게 참 많았구나, 하고 생각하고 있었어. 나는 전혀 모르는 세상이었으니까. 아주 많이 공부가 되었어."

레인 님이 그렇게 말하고서 다시 선생님 쪽으로 시선을 돌렸다.

(아아, 그러고 보니 레인 님은 외모와 달리 호기심이 왕성해서 도전하는 걸 좋아했었지. 그래서 학원제 때도 새로운 걸 도입하기도 했고 말이야. 천성이 진지해서 뭐든지 진지하게 덤벼들지. 하하핫, 설마 왕비님…… 레인 님의 성격까지 파악했을 줄이야.)

왕자님을 여자로 만들어버린 계기를 제공했기에 죄책감이 들었다. 되도록 빨리 본래 모습으로 되돌려주고 싶었다.

나는 왕자님이 원래 모습으로 되돌아가기는커녕 여자화가 점점 진행되는 것을 두고 볼 수가 없었다.

그러나 현 단계에서는 진지한 표정으로 수업을 듣고 있는 레인 님을 식은땀을 흘리며 그저 바라볼 수밖에 없다. 그녀가 그쪽 세계에 더 발을 들이지 않기를 절실히 바라면서.

그로부터 며칠이 지났다.

수사는 전혀 진전되지 않았다. 서클릿을 개발한 사람이 누구인지 단서조차 아직 발견하지 못했다. 솔직히 초조해지기 시작했다.

아무 수확도 없이 구교사 담화실로 돌아가자 사피나밖에 없었다. 있어야 할 사람이 보이지 않았다. 나는 고개를 갸웃거리며 실내를 둘러봤다.

“어라? 사피나, 레인 님은?”

“아만다 선생님의 수업이 있다며 학원 건물로 돌아가셨습니다.”

사피나가 아무 의문도 품지 않고 태연하게 대답하자 나는 “그렇구나” 하고 흘려들었다. 그리고 의자에 앉으려고 했을 때 비로소 그 말뜻을 이해했다.

“뭐! 그 수업에 혼자 가셨다고?!”

나는 의자에 앉지 않고 그대로 사피나를 추궁했다.

“어, 예, 혼자 가셨는데요…….”

내 박력에 눌린 사피나가 살짝 움츠러들며 대답했다.

“불길한 예감이……!”

내가 진지한 표정을 짓자 덩달아 사피나도 불안한 표정으로 물었다.

“메어리 님. 무, 무슨 문제라도?”

"기분 탓이었으면 좋겠는데! 잠깐 보고 올게!"

"저, 저도 갈게요!"

내가 발걸음을 돌려 문으로 걷기 시작하자 사피나도 황급히 일어서서 나를 쫓았다. 그만큼 내가 절박해 보였나 보다.

나는 사피나와 튜테를 데리고서 뛰지 않도록 최대한 자제하며 종종걸음으로 목적지로 향했다. 뛰어서 교실에 갔다가는 아만다 선생님에게 무슨 이야기를 들을지 알 수 없다.

다급한 마음을 억누르며 교실 근처에 이르렀을 때 안에서 영애들이 꺅꺅거리는 목소리가 들렸다.

(설마, 설마아아아!)

"메, 메어리 님……. 레인 님께 무슨 일이 있나요?"

내가 아무 말도 하지 않고 발걸음을 빨리하자 옆에서 보고 있던 사피나가 더욱 불안해하는 표정을 지었다.

그리고 한창 수업 중인 교실에 도착한 나는 그 장면을 보고야 말았다.

"단기간에 이토록 능숙해지시다니 훌륭합니다, 레인 님. 자세며, 걸음걸이며, 모든 것이 아름답기 그지없습니다."

"그, 그런가?"

"예. 하지만 영애치고는 말투가 난폭하군요. 그쪽도 차차 고쳐나가도록 하죠."

아만다 선생님이 평소답지 않게 학생을 칭찬하는 소리가 들렸다. 학생들도 감탄과 존경을 담아 환호했다.

그 가운데에는 레인 님이 있었다.

어색했던 몸짓은 어디로 갔는지, 전혀 의심할 여지 없는 아가씨가 되어 있었다.

"……느, 늦었다아아아!"

"메, 메어리 님!"

"아가씨!"

내가 복도에서 털썩 주저앉자 사피나와 튜테가 황급히 달려왔다.

내 머릿속에서 '우후훗♪' 하고 위험하게 미소 짓는 왕비님의 얼굴이 떠올랐다.

"뭐, 뭔가요?"

내가 망연자실하게 있으니 옆에서 누군가가 놀라워하는 목소리가 들려왔다. 그쪽으로 고개를 돌리자 수상쩍다는 얼굴로 이쪽을 쳐다보고 있는 마기루카가 보였다.

"하핫, 마기루카아아~"

나는 헛웃음을 터뜨리며 그녀를 맞이한 뒤 교실을 보라고 가리켰다. 그러자 마기루카가 몸을 부들부들 떨다가 뒤로 벌러덩 넘어졌다. 뒤에 있던 사람이 황급히 그녀를 받쳐주었다.

"……무슨 일?"

귀에 익은, 감정이 느껴지지 않는 목소리에 나는 반사적으로 고개를 돌렸다.

뾰족 솟은 여우 귀와 빙글빙글 돌아가는 복슬복슬한 여우 꼬리.

"피피 씨!"

그곳에는 레리렉스 왕국 최고의 마공기사인 기르츠의 제자, 여우 수인 피피 씨가 서 있었다.

그렇다. 이 사건을 해결해줄지도 모르는 '전문가'가 예상하지 못한 순간에 등장하였다.

08 구세주, 나타나다

우리는 구교사 담화실로 자리를 옮겼다.

"오랜만이에요. 피피 씨."

"……응, 오랜만."

나는 조바심을 억누르고서 맞은편에 앉아 있는 피피에게 다시금 인사했다. 그녀도 고개를 꾸벅 숙였다. 여전히 얼굴과 목소리에서 감정이 느껴지지 않았지만…….

"그나저나 피피 씨가 왜 학원에?"

"……의뢰를 받은 매직 아이템 수리를 다 마쳐서 가지고 왔어."

피피 씨가 내 질문에 담담하게 대답했다. 그러고 보니 마기루카가 그런 부탁을 했었지.

"어라? 그건 공주 전하가 가지고 온다고 하지 않았나? 이런 일을 양보할 사람이 아니잖아?"

"공주 전하는 못 오세요. 피피 씨의 말에 따르면 엘리자베스님께서 공주 전하를 붙잡아 그동안에 내버려 둔 공무를 시키고 있대요."

마기루카가 설명하자 피피가 고개를 끄덕였다.

(그 공주님은 여전하네……. 그 광경이 아직도 눈에 선해.)

나는 아이언클로를 맞고서 점점 얼어붙어 가는 에밀리아와 무시무시한 그 마녀님이 떠올라 몸을 부르르 떨었다.

"……엘리자베스 님의 명을 받아 내가 대신 왔어. 뭔가 마음에 들지 않는 부분이 있으면 바로 대처할 수 있도록."

피피는 그렇게 말했지만, 타이밍이 너무 기가 막혔다. 이게 과연 우연일까? 혹시 왕자님의 상황을 알고서 엘리자베스 님이 도와준 게 아닐까? ……아니, 아무리 엘리자베스 님이 대단해도 그래도 그 정도까지는 아니겠지. 하지만 만약 그게 사실이라면…….

나는 그녀가 내 행동을 속속들이 파악하고 있는 것 같아 무서워졌다. 엘리자베스 님과 왕비님은 비공식적으로 연락을 주고받는 사이이니 왕비님이 상담을 요청했을 뿐인지도 모르지만…….

나는 일단 우연이었다고 생각하고 넘어가기로 했다.

"마침 잘 됐어. 피피 씨. 당신의 도움이 필요해요."

나는 당장 이 천재 마공기사의 힘을 빌리기로 했다. 때마침 수업을 마친 레인 님이 담화실로 돌아왔다.

도중에 합류했는지 자하도 뒤이어 나타났는데, 어쩐지 불편한 표정을 짓고 있었다.

"아, 피피 씨. 이야기는 들었어. 수리를 마친 아이템을 전해주러 와줘서 고마워."

말투는 평소대로였으나, 자세와 행동거지는 전혀 다른 사람이었다. 어제까지만 해도 치마가 어색하다고 했는데, 오늘은 우아하게, 춤을 추듯이 걷고 있었다. 어찌나 아름다운지 그 모습을 넋을 잃고 쳐다볼 정도였다.

"대체 어떻게 된 거야, 메어리 님! 잠깐 안 본 사이에 왕자……가 아니라 레인 님이 완전히 공주님이 되어버렸잖아?!"

내 옆으로 다가온 자하가 조심스럽게 물었다. 내가 도중에 째려보지 않았다면 하마터면 금지어를 내뱉을 뻔했다.

그러나 자하의 마음은 잘 안다. 하루 사이에 변해도 너무 변해버렸다. 나는 아만다 선생님의 무서운 지도력을 통감하고 말았다.

아니나 다를까, 피피가 무표정한 얼굴로 고개를 갸웃했다.

"……누구?"

"믿기지 않을지도 모르겠지만, 알디아 왕국의 제1왕자이신 레이포스 님이에요. 지금은 사정이 있어서 여자애로 변신했고, 레인 님이라고 부르고 있습니다."

피피가 묻자 대표로 마기루카가 대답해주었다.

"……여자애로 변신? 새로운 마법? 아니, 마법이라면 오래가지 않을 터. 그렇다면 매직 아이템 때문? 얼핏 보니 그 서클릿이 수상해."

역시 전문가. 슬쩍 보기만 했는데도 원인을 간파해냈다. 그녀의 늠름한 모습을 보자 이 사건을 조기에 해결할 수 있을지도 모른다는 기대감이 현실이 될지도 모르겠다. 나는 속으로 안도했다.

"맞아. 이 서클릿이 원인이야. 게다가 벗을 수도 없어."

레인 님이 곤혹스러운 표정으로 한쪽 손을 뺨에 대고서 고개를 갸웃거렸다. 그 몸짓이 아주 사랑스러웠다.

(당혹스러울 때 보이는 버릇마저도 교정되다니. 아만다 선생님, 무서운 사람…….)

"……아주 흥미로워. 봐도 돼?"

장인의 혼에 불이 붙었는지 피피가 대답도 듣지 않고 레인 님에게 스스슥 다가갔다.

딱히 거절할 이유가 없어서 레인 님은 의자에 앉은 채로 자신에게 다가오는 피피 쪽으로 몸을 돌리고서 가만히 있었다.

그리고 피피가 '감정'하기 시작했다.

"……확실히, 이건 못 벗겨. 어떤 의미에서 저주에 가까울지도."

"저주?"

피피가 서클릿을 보며 중얼거리자 레인 님이 가만히 앉은 채로 물었다.

"……굳이 말하자면 집념 같은 게 느껴져. 조금 성가실지도."

"그거 영영 못 벗긴다는 뜻이야?"

피피가 불온한 발언을 하자 나는 참지 못하고 결론을 말해달라고 재촉했다.

"……억지로 벗길 수는 없어. 무슨 일이 벌어질지 몰라. 하지만 영영 못 벗겨내는 건 아냐. 절차를 밟아서 벗기면 돼."

"그 절차를 몰라. 어떻게 안 될까?"

피피가 대답하자 나는 다시금 부탁했다.

"……내 힘으로는 무리야. 잠깐 내부를 들여다봤는데 이건 '우리'가 만드는 물건과는 근본적으로 달라. 사도(邪道)라고 할 수 있겠지. 이건 매직 아이템이라고도 부를 수 없어. 내가 보기에는 우작(偶作)이야."

피피가 평소답지 않게 타인이 만든 작품을 비난하기 시작했다.

"이 학원 학생이 만든 물건 같던데?"

"……학원? 인족이라는 뜻?"

"응."

피피가 왜 그런 질문을 했는지 의도를 모른 채 나는 고개를 끄덕였다.

"……말도 안 돼. 인족이, 더욱이 전문가도 아닌 학생이 이런 물건을 만들어낼 수 있을 리가 없어."

그 말을 듣고 머릿속에서 불현듯 떠올랐다.

(그 수첩에는 분명 한 사람의 존재가 더 적혀 있었어. '그분'! 그 사람이 도와준 덕분에 순식간에 완성했다고 적혀 있었잖아.)

"수첩에 한 사람이 더 나와. 이 아이템을 제작하는 데 힘을 빌려준 사람이 있다고 적혀 있었어."

"……그럼 그 사람이 이걸 만든 장본인일지도."

새로운 사실이 판명되었지만, 이 사건은 점점 미궁 속으로 빠져드는 듯했다. 나는 정신이 아찔해질 듯했다.

"저기…… 아까부터 자꾸 사도, 사도, 하고 말씀하시는데, 피피 씨는 뭔가 아는 게 있는 거죠?"

망연자실한 나를 대신하여 마기루카가 질문했다.

"……음, 이건 내가 배웠던 '마족'의 마공기술과 이론을 완전히 무시했어. 대단히 과격한 방식으로 만든 거야. 그래서 이런 특이한 효과를 부여할 수 있었던 거지만, 사도는 사도일 뿐."

여전히 무표정한 얼굴로 말을 술술 내뱉는 피피를 보고 나는 그녀가 의외로 분개하고 있다는 걸 깨달았다.

(피피, 화가 나면 무서운 타입인데……. 불똥이 튀는 건 피하고 싶으니.)

"저기, 조금만 더 자세히 말해줄 수 없을까요?"

피피의 감정을 느꼈는지 마기루카가 조심스럽게 재촉했다.

"……이건 '요정의 장난'이라 불리는 기법이야. 우리의 이론과 상식을 무시하고 메르헨틱한 논리를 바탕으로 삼는 포악한 기법이지. '마족'한테서 배운 마공기사는 '그들'의 기법을 싫어해."

"그들이라니?"

피피 씨가 분노를 불태우자 모두 입을 다물었다. 그런 상황에서 오로지 나만이 호기심을 이기지 못하고 되물었다.

"……'요정의 장난'을 사용할 수 있는 건 딱 한 종족뿐. 이 아이템에는 '엘프'가 엮여있어."

피피의 말을 듣고 모두가 경악하는 와중에 나는 속으로 '뭐라고오오오오오. 꺄아아아아, 엘프라니이이이!' 하고 몹시 기뻐했다.

"에, 엘프라고요?"

침묵이 몇 분쯤 흐른 뒤 마기루카가 이야기를 진행했다.

"……응, 이건 확실. 이 서클릿의 핵심 기술은 엘프 마공기사밖에 몰라. 덧붙여서 말하자면 그 '요정의 장난' 때문에 서클릿을 벗지 못하는 거야."

엘프 마공기사. 이 세계에서 마공기술이 발달한 종족은 마족과 엘프뿐이다. 설마 엘프가 이번 사건과 연관되어 있을 줄은.

엘프는 마족과 마찬가지로 인족과는 거의 교류하지 않는다. 근데 그런 엘프가 이 학원에 있었다니. 충격의 사실이었다.

"그렇다면 학원장한테 엘프가 학원에 있었는지 물어보는 게 좋을 것 같군. 아주 큰 진전이야."

피피가 단언하자 레인 님이 행동 방침을 세웠다. 아무리 잘 까먹기로 유명한 학원장님이라고 해도 학원에 그 희귀한 엘프가 있었다는 사실까지 잊어버리진 않았겠지.

우리는 당장 행동에 나섰다.

"학원에 엘프가 있었던가, 없었던가. 흐음……."

학원장님은 눈을 감고는 긴 수염을 만지작거리며 고개를 들었다.

"으음, 아아. 언제였는지는 정확하게 기억나지 않는다만, 분명 엘프가 있었지. 그 아가씨는 아주 아름다웠어. 음음, 스타일이 끝내줬었지. 그흐흐흐."

학원장님이 무슨 기억을 떠올렸는지 히죽거렸다. 이 학원에 왔던 엘프는 여성이었던 모양이다.

"어째서 엘프가 학원에? 학원장님이 부른 건가요?"

마기루카가 차가운 시선을 보내며 학원장님에게 물었다.

"아니, 난 엘프족 중 아는 사람이 없어. 그녀가 느닷없이 찾아온 게지."

"느닷없이……."

"으음, 방랑의 여행을 하면서 자신의 마공기술을 전도유망한 소년 · 소녀들한테 알려주고 다닌다고 했었지. 자기를 단기 교사로 고용할 생각이 없냐는 말도 했다. 지금도 그렇지만, 인족은 마공기술을 잘 모르니까 말이지. 엘프가 자청하여 교편을 잡겠다고 하니 내 기꺼이 승낙했지. 아, 분명~, 그때~."

말을 하던 도중에 학원장님이 일어서서 커다란 나무 상자를 뒤지기 시작했다.

"오오, 있구나, 있어."

학원장님이 나무 상자에서 통을 하나 꺼내 우리에게 가져왔다.

마기루카가 그 통을 받아 내용물을 확인한 뒤 안에서 한 통의 편지를 천천히 꺼냈다.

"이게 뭔가요?"

편지를 쓱 훑어본 마기루카가 의아한 표정으로 학원장에게 물었다.

"계약서라고 하더구나. 계약을 확실하게 맺어두지 않으면 직성이 풀리지 않는다는구먼. 뭘 할 때마다 계약서에 서명해달라고 요구했었지. 좀 성가시더군. 험, 성격이 고지식하긴 했지만, 그래도 학생들을 가르치고 돕기 위해서 엄청난 열정을 불사른 착한 아이였느니. 정말로, 아름다웠지……. 그흐흐흐."

학원장님이 또다시 무언가를 떠올렸는지 히죽거렸다. 어차피 이야기하는 내용과는 전혀 관계없는 생각을 했겠지. 나에게도 불필요한 정보이기에 못 들은 척했다.

"모처럼 엘프와 만나 귀중한 경험을 쌓았기에 그녀가 떠난 뒤에 기념으로 삼으려고 맨 처음에 서명한 계약서를 이렇게 보관하자고 마음먹었지."

"학원장님의 서명이 남아 있네요. 그리고 다른 사람의 서명도…… 이게 그 엘프의 이름일까요? '셰리'라고 적혀 있어요."

마기루카가 계약서를 뚫어지게 쳐다보며 분석을 시작했다.

"계약을 맺은 연월일까지 기재되어 있어요. 날짜를 알았으니 그 아이템의 개발자가 언제 사람인지 알 수 있겠네요."

유익한 정보가 또 들어오자 우리의 수사가 무서우리만치 빠른 속도로 진전되었다. 이건 모두 피피 덕분이다.

그 피피는 지금 이곳에 없다. 한동안 왕도를 구경하고, 이곳 마공기술을 견학하겠다며 우리가 학원장실에 들어갈 즈음에 헤어졌다.

바라건대, 부디 그녀가 우리 인족의 중요한 마공기사들의 마음을 꺾지 않기를. 피피라면 무의식중에 그럴지도 모르니 정말로 아무 일 없으면 좋겠다.

이야기가 잠깐 벗어났는데, 어쨌든 이렇게 '왕자님 TS사건' 수사가 진전되었다. 이제는 그 세리라는 엘프를 찾아내거나, 혹은 계약서에 적힌 날짜를 바탕으로 '이 몸 씨'를 찾아내기만 한다면 서클릿을 벗기는 방법도 알아낼 수 있겠지……. 아마도.

(휴우~, 위험했다, 위험했어. 조금만 더 지체되었다면 왕자님이 진짜로 공주님으로 바뀔 뻔했어.)

나는 사건이 진전된 것보다도 공주님화의 진행을 막을 수 있다는 안도감에 가슴을 쓸어내렸다.

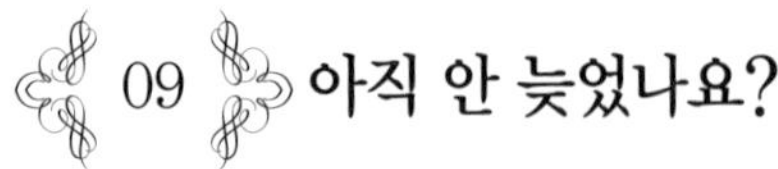

09 아직 안 늦었나요?

이튿날부터 나는 새롭게 얻은 정보를 바탕으로 수사를 개시했다.

10년쯤 전에 선생님으로서 학원에 나타났다는 여성 엘프 '셰리'. 다만, 이 엘프의 소재는 아직 불명이다.

방랑의 여행을 하고 있다는 학원장님의 증언대로 아무도 그녀의 행적을 알지 못했다. 물론 그녀가 때마침 현재 왕도에 머물고 있다는 행복한 전개가 펼쳐질 가능성 역시 희박했다.

학원 밖 일이라서 레인 님이 왕비님에게 수색을 부탁했다고 한다. 그러니 이 정보는 확실하겠지.

그래서 나는 처음 목적대로 '이 몸 씨'를 찾기로 했다. 지금은 여러 선생님을 만나고 돌아다니면서 당시 일을 캐묻고 있었다.

(어쩐지 형사 드라마 같아서 재밌어. 언젠가 나도 '범인은 이 안에 있다'고 말해보고 싶어~.)

안타깝지만 현재로서는 그런 대사를 할 기회가 있을 것 같지 않다. 애당초 범인이 숨어있는 게 아니니까.

"그나저나 엘프족 셰리 님의 인상이 너무 강해서 그 밖의 일들은 기억 속에서 흐릿해진 것 같네요."

내 뒤에서 함께 걷고 있는 튜테가 조금 실망한 표정으로 말했다. 그녀의 말대로 선생님들은 모두 엘프를 기억하고 있었다.

그러나 그녀의 학생들이 누구였는지는 거의 기억하지 못했다.

"금방 찾을 줄 알았는데……. 큭, 엘프가 오히려 화근이 될 줄이야."

"메어리 님~!"

어깨를 축 늘어뜨리고서 터벅터벅 걷고 있으니 맞은편에서 사피나가 귀엽게 졸랑졸랑 달려왔다.

수업이 끝났나? 나는 침울한 생각을 지우고 웃으면서 그녀를 맞이했다.

"어머, 사피나. 수업 끝났어?"

"예. 아, 그보다도 메어리 님. 수업 시간 때 이쿠스 선생님께 그 남학생에 관해 물어봤는데요."

사피나가 나름대로 도움을 주고자 자발적으로 움직여준 모양이다. 그 마음이 기특해서 나는 사피나의 머리를 쓰다듬었다.

"고마워. 사피나."

"에헤헤……. 아, 그게 말이죠. 이쿠스 선생님의 말씀에 따르면 그런 남학생이라면 여학생들한테 마구 추파를 던지며 소동을 벌였을 테니 풍기를 자주 단속해온 아만다 선생님께 물어보는 게 좋을 것 같다고 말씀하셨습니다."

"아만다 선생님께?"

학원 내 풍기를 엄격하게 단속하는 아만다 선생님이라면 그럴 수도 있겠다는 생각이 들었다. 그 사람은 자기 수업을 듣는 학생들의 이름이며 각종 정보를 모조리 기억하고 있는 슈퍼 우먼이었다.

나는 '이 몸 씨'가 여학생들에게 분별없이 집적거리다가 아만다 선생님에게 혼쭐이 났기를 간절히 바라기로 했다.

"그래서 아만다 선생님은 지금 어디에?"

"지금은 수업이 없으실 텐데요."

대체 어디서 조사한 거지? 튜테가 자못 당연하다는 듯 선생님의 수업 스케쥴을 대답했다.

(응, 여기에도 슈퍼 우먼이 있었구나.)

"교실에 없다면 어디에 있을까?"

내가 묻자 튜테와 사피나가 동시에 사이좋게 고개를 갸웃거렸다.

(그럴 줄 알았지~.)

"메, 메메메, 메어리 님!"

어떻게 할지 고민하고 있으니 이번에는 자하가 다급한 얼굴로 헐레벌떡 뛰어왔다. 자하가 새파래진 얼굴로 다급하게 달려오다니. 대체 무슨 일일까?

"무, 무슨 일이죠? 자하 씨."

"레인 님이, 레인 님이!"

그가 당황하는 모습을 보자 나까지도 전염되었는지 조바심이 났다.

"레, 레인 님이 어쨌는데요?"

그리고 자하가 자신을 따라오라는 듯이 왔던 쪽으로 다시 걸어가기 시작했다. 나는 그의 뒤를 따랐다.

(지금 레인 님은 수업이 없어서 자유롭게 움직이고 있을 텐데. 혹시 서클릿에 이변이라도?)

나는 초조한 마음을 억누르며 자하가 안내한 곳으로 향했다. 그러자…….

"레가리아 공작 영애, 무슨 일입니까?"

아만다 선생님이 태연히 이쪽을 쳐다봤다. 당사자인 레인 님은 안쪽에서 의자에 앉아 무슨 작업을 하고 있었다. 나는 그 작업물을 보고 경악했다.

(자, 자수라고?! 레인 님이 자수를?!)

영애가 취미 삼아 자수를 하는 건 딱히 이상한 일이 아니다. 그러나 그게 레인 님이라면 이야기가 다르다.

"이, 이이이, 이게 대체 어떻게 된 거죠? 아만다 선생님. 지금은 수업 시간이 아닌데요?"

"왕비님의 명령으로 레인 님께 일대일 특별 수업을 하게 되었습니다."

"일대일 수업……?!"

그 말을 들은 내 머릿속에서 '무흐흐♪' 하고 미소 짓는 왕비님의 얼굴이 떠올랐다. 어느새 왕비님의 못된 장난이 다음 단계로 나아갔을 줄이야…….

"레인 님은 대단히 우수합니다. 단기간에 뭐든지 착착 습득해 나가시니 제가 모든 것을 가르쳐서 훌륭한 공주님으로 육성하자고 다짐했습니다."

감정을 잘 드러내지 않는 아만다 선생님이 드물게 기뻐하고 있었다.

(아, 안 돼! 선생님의 교육 혼에 불이 붙었어! 저 사람은 원래 왕자님이라고 아무리 말해도 귀에 안 들릴 것 같아.)

반쯤 체념한 나는 레인 님을 힐끔 쳐다보았다. 꽤 난도가 높은 자수를 하고 있었다. 그런데도 전혀 어색해 보이지 않았다.

(……뭐지? 설마 저 공주님, 여자력이 터무니없이 높은 거 아니야?)

새로운 사실을 깨닫고서 나는 당혹스러웠다. 스타일로 진 것도 모자라서 이번에는 여자력으로도 지다니…….

"어머, 메어리 씨."

"어, 어머라고요……?!"

자수에 집중하고 있었는지 뒤늦게 나를 알아차린 레인 님이 고개를 들어 그렇게 말했다.

정신이 아득해진 나는 휘청거리며 그녀에게 다가갔다.

"후훗, 자수는 꽤 집중력이 필요하네요. 미처 몰랐습니다. 아주 큰 공부가 되었답니다."

손으로 입가를 가린 채 후훗, 하고 귀엽게 웃는 레인 님이 아주 아름다워 보였다. 햇빛을 반사한 금발이 눈부시게 반짝거려서 '황금의 공주'라고 불려도 전혀 손색이 없을 정도였다. 모든 사람이 넋을 잃고 쳐다볼 만큼 완벽한 공주님이었다.

그러나 나는 순순히 넋을 잃고 바라볼 수가 없었다.

"메어리 씨, 왜 그래요? 조금 전에 온 마기루카 씨도 그렇고, 다들 같은 표정이시네요?"

레인 님이 고개를 갸웃거렸다. 귀엽네, 젠장!

일단 그건 제쳐두자. 나는 레인 님의 이야기를 듣고 황급히 주변을 둘러봤다. 그러자 조금 떨어진 곳에서 의자에 앉아 고개를 푹 숙이고 있는 금발 롤머리가 보였다.

"마, 마기루카……."

나는 마기루카에게 조심스럽게 다가가 그녀의 두 어깨에 손을 올리고서 살짝 흔들었다. 그러나 그녀는 아무런 반응도 없었다.

"……끝났어, 다 끝났어요. 왕자님이 다시 남자로 돌아왔을 때 무슨 일이 벌어질지 상상이 되질 않아요. 최, 최악의 경우…… 전하의 언동이……."

마기루카가 중얼거리는 말을 듣고서 나 역시 우려했던 일이 현실이 될지도 모른다는 생각이 들었다.

"마기루카, 정신 차려. 포기하면 안 돼. 아직 늦지 않았어. 우리가 궤도를 수정하자!"

앞으로 벌어질지도 모르는 무시무시한 사태를 상상하니 몸이 절로 떨렸다. 그러나 나는 거의 다 포기한 마기루카를 북돋듯이 몸을 힘차게 흔들었다.

"빨리 해결하자! 길은 열렸으니 당장 그 요사스러운 매직 아이템을 레인 님의 머리에서 벗겨내자!"

"아, 아아아, 알겠어요. 알겠으니까 그만 흔들어주세요! 더 세게 흔들었다가는 목이 부러질 거예요."

내가 평소보다 더 세게 흔들자 제정신을 차린 마기루카가 항의했다. 그러고는 나에게서 도망치듯이 멀어지려고 했다. 너무 혼란스러운 나머지 힘 조절에 실패했다는 것을 깨달은 나는 황급히 마기루카를 놓아주었다.

"후훗, 두 사람 모두 뭘 그렇게 당황하고 있어요?"

레인 님이 작은 새가 지저귀듯이 키득 웃었다. 그 몸짓을 본 나는 초조한 마음을 토로할 상대를 바꾸었다.

"정신 차리세요. 당신은 레이포스 루크아 달포드 왕자 전하예요! 왕 · 자 · 전 · 하! 정신 차리세요오오오오!"

역시나 레인 님에게 셰이크 지옥을 맛보게 할 수는 없었기에 나는 엄청난 박력으로 홱 다가가 다른 사람의 귀에 들리지 않을 만한 목소리로 간절히 호소했다.

"어, 어머, 그랬죠. 예, 그랬어요."

박력 넘치는 호소를 견뎌내지 못했는지 활짝 웃던 레인 님이 식은땀을 주르륵 흘리며 굳어버렸다.

(좋았어. 일단 왕자라는 걸 다시 자각하도록 했어. 빨리 수사를 진행해서 저 서클릿을 벗겨내지 않으면 큰일이 벌어질 거야!)

설마 이런 곳에서 이번 사태가 보통 큰 사건이 아니라는 걸 다시금 인식하게 될 줄은 몰랐다. 나는 이야기를 진행하기 위해서 아만다 선생님에게 어서 질문해야겠다고 마음을 다잡았다.

"죄송합니다. 아만다 선생님. 꼴사나운 모습을 보여드렸습니다."

일단 나는 기행을 저질러서 죄송하다고 사과해뒀다.

"공작 영애로서 칭찬받을 만한 행동은 아니군요. 나름대로 사정이 있을지 모르겠지만, 나 역시 왕비님의 명령을 받은 처지라 대충할 수는 없습니다. 가르치는 보람도 있고."

"예, 알고 있습니다. 저기, 그런데 선생님께 여쭙고 싶은 게 있습니다."

나는 이 이야기를 끝내고자 억지로 화제를 돌리고서 지금까지의 자초지종을 들려주었다. 그러고는 이 몸 씨를 기억하는지 물었다.

"……엘프족 셰리 씨가 온 건 기억하고 있습니다. 그리고 그 해에 이성 문제를 일으켰던 남학생이라……."

아만다 선생님이 기억을 더듬듯이 눈을 감고서 생각에 잠겼다.

"……기억이 나는군요. 셰리 씨가 오기 전에 자신을 주목하는 여학생들한테 천박하게 손을 대려다가 주의를 받은 남학생이. 하지만 그 학생은 어느 날부터 딴사람이 된 것처럼 얌전해졌는데……. 아, 하지만 셰리 씨가 온 뒤로는 한동안 원래대로 되돌아간 것 같기도……."

아만다 선생님이 기억을 더듬으며 말했다. 그 이야기는 우리가 입수한 수첩 내용과 아주 비슷했다.

"그 사람입니다. 그 사람은 누구죠?"

"'존 올딜' 백작 영식입니다."

내가 묻자 아만다 선생님이 확실하게 대답해주었다. 그런데 그 이름을 듣고서 뭔가가 마음에 걸렸다.

(올딜? 음, 어디서 들어본 것 같은데?)

"올딜 백작가 말인가요? 설마 그 정신 나간……어흠, 그 수첩에 글을 쓴 사람이 앨리스 선배의 오빠였을 줄이야……."

마기루카가 중얼거리자 나는 마음에 걸렸던 것이 무엇인지 깨달았다. 그래, 올딜. 일찍이 언데드 사건을 일으켰던, 정신적으로 맛이 간 앨리스 올딜의 가문 이름이었다.

(앨리스 선배의 오빠였나……! 할아버지도 그렇고, 손자 손녀도 그렇고 그 집안은 학원에 민폐만 끼치네.)

나는 하하하, 하고 헛웃음을 흘리고서 앞으로 어떻게 움직일지 고민하였다.

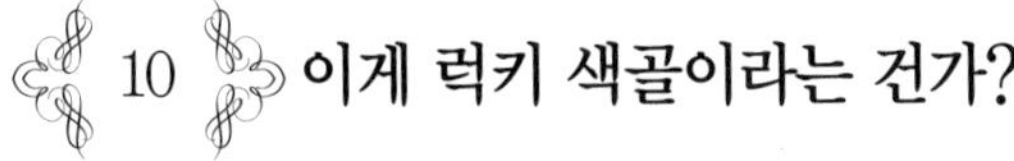

10 이게 럭키 색골이라는 건가?

피피와 아만다 선생님이 제공해준 정보 덕분에 우리는 이 몸씨의 정체에 다가갈 수 있었다. 다가갔다고 표현한 이유는 본인에게 확인해야만 비로소 확실해지기 때문이다.

개인적으로는 용의자라고 부르고 싶은, 그 장본인인 '존 올딜' 백작 영식의 현재 나이는 20대였다. 현재 경영 공부를 하고자 장차 물려받을 영지에서 올딜 백작의 일을 거들고 있다고 한다.

수첩과 서클릿이 본인 것이 맞는지 확인하고자 편지를 보내봤지만 무슨 영문인지 답장이 돌아오지 않았다. 대신에 수첩 내용을 모르는 올딜 백작(존의 아버지)이 변명 섞인 편지를 보냈다.

편지의 내용에 따르면 아들이 현재 영내에서 발생한 문제들을 해결하느냐 바삐 돌아다니고 있어서 연락이 좀처럼 되지 않는단다. 엉터리 같은 변명에 무심코 '그럴 리가 있냐아아아아!' 하고 딴죽을 걸고 싶어졌다. 올딜 가문을 향한 불신감만 커졌다.

문제는 왕비님과 폐하께서 '그래~? 그거 어쩔 수 없네~.' 하고 그 변명을 넙죽 받아들이고 말았다는 점이었다.

더욱이 요즘에 폐하가 레인 님을 귀여워하기 시작했다고 한다. 여러 물품을 마구 사들이는 것으로 보아 딸 바보가 되기로 작정한 모양이었다.

이 상황에서 우리까지 멍하니 있을 수는 없었다. 이러는 중에도 아만다 선생님의 왕녀 교육은 착착 진행되고 있었다. 지금은 자하가 레인 님의 요청으로 곁에 최대한 붙어 다니며 시중을 들고 있었다. 레인 님의 말에 따르면 주변에 여성밖에 없으면 무심코 그 분위기에 휩쓸린단다. 여성들이 빚어내는 분위기가 무시무시하다나? 솔직히 난 모르겠다.

잘 모르겠지만 레인 님은 곁에 한 명이라도 남자가 있어야 자신의 정체성을 까먹지 않을 것 같다고 했다.

(으~음, 레인 님. 좋게 말하자면 적응 능력이 뛰어난 거고, 나쁘게 말하자면 분위기에 휩쓸리기 쉽다는 거네. 왕족이 그래도 되는 걸까? 이번 기회에 분위기에 휩쓸리지 않는 강한 정신력을 키워줬으면 좋겠어.)

나는 한숨을 내쉬면서 늘 가는 구교사 담화실로 걸어갔다.

"우아아아악!"

바로 그 순간 자하가 소리 지르면서 문을 열더니 밖으로 황급히 뛰쳐나왔다. 그러고는 능숙하게 뒷손으로 문을 닫고서 거칠게 심호흡을 했다.

"자하 씨, 무슨 일인데?"

내가 도끼눈으로 그 기행을 보고 있으니 자하가 이쪽으로 고개를 돌렸다. 얼굴이 새빨간 것이, 눈동자가 갈피를 잡지 못하고 이리저리 흔들리고 있었다.

"아, 아니, 메어리 님, 그, 뭐라고 할까……."

왜 이렇게 당황했지? 자하가 문에서 펄쩍 비켜서며 뭐라 말하려고 애를 썼지만, 말이 잘 나오지 않는지 계속 겉돌았다. 자하가 이곳에 있다는 소리는 저 안에 레인 님이 있다는 뜻. 나는 고개를 갸웃거리면서 무슨 상황인지 확인하기 위해 그가 펄쩍 물러난 문으로 다가가 노크를 했다.

"들어오세요."

예상대로 안에서 레인 님의 목소리가 들렸다.

"실례합니다. 레인 님……억?!"

안에서 메이드가 문을 열어주었다. 그리고 나는 안쪽을 보고 굳어버렸다.

메이드가 어깨 아래부터 훤히 드러난 그녀의 몸을 닦아주고 있었다. 수업을 받는 동안에 몸에 땀이 났던 모양이다. 그녀의 풍만한 과실이 당장이라도 옷 밖으로 흘러넘칠 듯했다.

(아니, 거짓말입니다. 눈앞의 광경이 믿기지 않아서 거짓말을 했습니다. 옷 따윈 없었습니다. 옷을 입었을 때보다 더 컸습니다.)

"메어리 씨?"

"……실례했습니다."

나는 그렇게 말하고서 문을 조용히 닫았다. 마음을 냉정하게 추스르지 못한 채 심호흡을 하며 복도에 대기하고 있는 자하를 쳐다봤다.

"좋겠네, 자하 씨. '라노벨 주인공'이 돼서."

"라노벨 주인공이 대체 뭔데에에에! 헉?! 아, 아니! 이건 불가

항력이었다고! 나는 분명 노크했어! 들어오라고 해서 들어갔단 말이야!”

내가 싸늘한 눈으로 쳐다보자 자하가 황급히 변명하기 시작했다. 하지만 내 눈빛이 싸늘해진 이유는 자하 때문이 아니었다. 그녀(?)의 풍만한 과실에 충격을 받아서였다. 뭐, 분해서 그 말은 차마 할 수가 없지만.

역시 왕족. 타인에게 속살을 보여주는 건 아무렇지도 않은가? 아니면 속이 남자라서 상반신쯤은 보여줘도 괜찮다고 생각하는 건가? 뭐, 어느 쪽이든 상관없다. 여하튼 수업을 마치고 돌아온 자하는 이 방에서 이른바 럭키 색골이 달가워할 만한 이벤트를 겪은 모양이다. 나에게는 예기치 않은 대미지를 남긴 이벤트였지만…….

“야한 상황과 자주 맞닥뜨리는 럭키 색골 스킬이 있으면서도 여자애들한테 둘러싸인, 하렘 상태에 있는 사람을 ‘라노벨 주인공’이라고 해. 뭐, 당신은 먼치킨도 아니고, 인기도 없으니 꼭 그렇다고 할 수는 없지만.”

“뭐? 럭키 색골? 먼치킨? 그, 그게 뭐야? 뭔 소리를 하는 건지.”

시간을 보내고자 자하와 시시한 잡담을 나누었다. 그도 점점 냉정함을 되찾았다.

그때 다시 문이 열리더니 메이드가 안으로 들어오라고 했다. 아마도 땀을 다 닦은 모양이다. 레인 님은 아무 일도 없었다는 듯이 의자에 앉아 있었다.

나도 레인 님을 본받아 태연하게 방 안으로 들어가 곧장 본론으로 들어갔다.

"레인 님. 올딜 백작 영식 조사는 진전이 있나요?"

"아뇨, 진전은 없는 것 같아요."

내가 묻자 레인 님은 곤혹스러워하며 손을 뺨에 댔다. 그러나 이내 손을 내리고서 진지한 표정으로 나를 쳐다봤다. 나 역시 어깨를 축 늘어뜨리고 있다가 자세를 똑바로 했다.

"그래서 말인데요. 저희가 직접 만나러 가는 게 어떨까요?"

느긋하게 기다리고 있을 수가 없다는 것을 레인 님도 잘 아는지 나에게 그런 제안을 했다.

"직접 만나러 가면 그쪽 속셈도 파악할 수 있을 테고, 무엇보다 아만다 선생님의 수업을 받지 않아도 되고요."

"훌륭한 방안이라고 생각합니다. 특히 뒷부분은 바라 마지않는 이유네요."

내가 솔직하게 말하자 레인 님도 만족스럽게 고개를 끄덕였다.

"그럼 여행 준비를 해야겠네요. 올딜 백작령은 여기서 마차를 타고 이틀쯤 걸리니까."

"그래야겠네요. 편지로 방문하겠다는 뜻을 전하도록 하죠. 그리고 이번에는 얼마나 걸릴지 알 수가 없으니 다른 동료들은 데리고 갈 수가 없습니다. 동료들한테 학원을 맡겨두고서 저와 메어리 씨 둘이서만 다녀오죠."

뜻밖에도 레인 님과 둘이서 여행을 떠나게 되었다. 물론 나에게는 튜테가 있고, 시종이나 호위도 따라붙기 때문에 정말 단둘이서 가는 것은 아니지만.

"그럼 자하 씨. 학원을 부탁해요."

나는 옆에서 이야기를 듣고 있던 자하에게 말했다.

"엥~, 어쩐지 그쪽이 더 재밌을 것 같은데~."

평소처럼 자하가 머리 뒤에 깍지를 끼고서 불평을 늘어놓았다. 나는 아까 전 당황했던 모습이 떠올라 손으로 입을 가린 채 웃음을 참았다.

"뭐, 뭐야?"

내 태도를 보고 내 생각을 알아차렸는지 자하의 뺨이 불그스름해졌다.

"……딱히 아무것도 아니에요."

"그럼 그만 히죽거리지 그래? 기분 나쁘니까."

"기분 나빠……."

자하가 툭 내뱉은 말에 나는 굳어버렸다. 나이프처럼 날카로운 말이 내 가슴을 후볐다.

"호호, 이 라노벨 주인공이 재미난 말을 다 하네요."

그리고 나는 얼음처럼 싸늘하게 웃으면서 자하에게 조금씩 다가갔다.

"어? 아, 아니……. 메어리 님, 무서운데, 그 얼굴."

"무서워……."

평소였다면 자하는 불리한 상황에서 벗어나고자 금세 왕자님

곁으로 달아났을 것이다. 그러나 현재 왕자님은 몸만은 공주가 되었다. 여자의 등 뒤로 달아날 수는 없다는 딜레마가 그를 머뭇거리게 했다. 그래서 저 남자는 무의식적으로 또다시 내 마음을 후볐다.

"호호호호~, 당신은 라노벨 주인공 실격이네요. 지금 내 호감도 수치가 팍팍 떨어졌어요."

"아니, 아니, 아니, 아니, 무슨 의미인지 모르겠다니까. 호감도 수치는 대체 뭐야? 레인 님, 그렇죠?"

내가 웃으면서 슬금슬금 다가가자 자하는 뒤로 물러나다가 결국에는 레인 님에게 도움을 요청했다.

"저도 무슨 의미인지는 모르겠지만. 자하 씨, 숙녀한테 그 말은 실례예요."

"레, 레인 님까지……! 으그그그, 뭐가 뭔지는 잘 모르겠지만 미안하게 됐습니다……."

평소에 늘 편을 들어주던 레인 님마저도 자하를 나무랐다. 그는 자신의 편이 하나도 없다는 사실을 통감하고는 자포자기하는 심정으로 사과했다.

"……잠깐 괜찮아?"

"하악!"

누군가가 갑자기 부르자 의기양양하던 나는 이상한 목소리를 내며 뒤를 돌아봤다. 언제 왔는지 모르겠지만 피피 씨가 문을 연 채로 서 있었다.

"피피 씨, 무슨 일? 왕도를 관광하러 간다고 했잖아요?"

"……응, 엘리자베스 님께서 메어리 님께 말을 전해달라고 했어."

"전언?"

"……엘리자베스 님께서 서두를 거 없으니 상황을 봐서 전해달라고 했는데, 언제가 좋을지 몰라서."

"그, 그렇구나……."

(엘리자베스 님은 가벼운 마음으로 언제든 상관없다는 의미로 말씀하신 것 같은데, 피피 씨가 괜한 고민을 한 모양이네.)

그러나 편지가 아니니 그리 중요한 내용은 아닐 것 같았다. 아니, 그렇게 생각하고 싶다는 것이 솔직한 심정이었다. 엘리자베스 님이 나를 콕 집어서 전하려고 하는 말이 무엇인지는 모르겠지만, 불길한 예감밖에 들지 않았다.

"……엘리자베스 님의 전언. '빅토리카를 주의하라.'"

내가 긴장하며 귀를 쫑긋 세우고 있는 동안에 피피가 불쑥 말해버렸다. 그녀는 다른 사람들과 인사를 하고는, 뜬금없고도 짧은 전언을 듣고서 얼어버린 나에게도 인사를 한 뒤에 떠나려고 했다.

"자, 자자자, 잠깐만, 피피 씨. 그게 끝?"

"……응, 이게 끝. 그렇게만 전하면 메어리 님이 알 거라고 했어."

(아니, 그 말만 듣고 어떻게 아냐고요! 하지만 피피 씨 얼굴을 보니 정말로 그게 다인 것 같고!)

나는 새로운 키워드를 듣지 않은 것으로 하고 싶은 마음이 굴

똑같았다.

(그런데 엘리자베스 님이 왜 이 말을 굳이 전해달라고 부탁하신 거지? 그쪽에서 무슨 일이 벌어졌다는 건가? 그걸 왜 나에게 전하려고 한 거지? 아니야, 전언일 뿐이니 별일은 아니겠지.)

정확히는 별일 아니기를 바라는 거지만.

(애당초 빅토리카는 뭐야? 사람 이름? 난 그런 사람 몰라! 하아~, 신님. 어쩐지 성가신 플래그가 하나 선 것 같은데, 그냥 기분 탓이겠죠?)

내가 굳어버린 채로 침묵하자 피피가 무표정하게 고개를 갸웃거렸다. 나는 그녀를 바라보고는 쓴웃음을 흘리며 체념한 것처럼 하늘을 우러러봤다.

11 마차 여행입니다

조금 불안하긴 하지만, 나와 레인 님의 1박 2일 마차 여행을 떠나는 날이 찾아왔다.

일단 학원에서 모여서 학원을 지키는 조를 편성하고, 정보를 확인한 뒤에 출발했다.

개인적으로는 국내 여행이니 요란한 호위 없이 느긋하게 여행을 즐기고 싶었다. 그래서 백작님에게는 레가리아 공작 영애와 그 친구인 레인 님이 그쪽으로 갈 거라고 전해뒀다.

사정을 모르니 설마 왕족이, 더욱이 왕자가 왕녀로 변해 방문할 거라는 생각은 못 하겠지. 왕족인 레인 님과 동행하는 여행이라 되도록 눈에 띄지 않았으면 했다. 그리고 마차를 타고서 최대한 안전하게 이동하고 싶었다. 결코 성가신 사건에 휘말리고 싶지 않다는 내 바람 때문만은 아니다. 응, 아마도.

물론 왕족이 타고 있습니다~, 하고 과시할 수 있는 사람이나 물건은 싣지 않았다.

출발한 지 한 시간쯤 지났다. 긴장이 풀렸는지 창문에서 새어 드는 햇살이 따끈하여 나는 무심코 꾸벅꾸벅 졸고 말았다.

나와 튜테가 사이좋게 나란히 앉아 있고, 맞은편에는 햇볕을 쬐어 머리카락이 황금색으로 반짝거리는 레인 님이 미소를 지으며 무릎 위에 앉은 리리의 등을 부드럽게 쓰다듬고 있었다.

리리도 기분이 좋은지 눈을 감고서 가만히 손길을 느꼈다.

(황금의 공주와 신수가 햇빛 아래…… 마치 한 폭의 그림 같네.)

그 광경이 어찌나 아름답던지 나는 넋을 잃고 쳐다봤다.

〈아~, 진짜~. 어~째서 나까지 따라가야 하는 거냐고요~.〉

감동에 물을 끼얹은 것처럼 스노우의 불평이 들렸다. 눈을 돌리니 그녀는 차창에 얼굴을 가까이 댄 채로 마차와 나란히 달리고 있었다.

레인 님과 튜테가 그 광경을 보고 화들짝 놀랐지만 나는 별일 아니란 듯 창문을 열고서 스노우를 쳐다봤다.

"어차피 한가하니 상관없잖아?"

〈한가하다니, 어디서 그런 망발을~.〉

"뭐, 좀만 참아. 이번에 레인 님을 확실히 호위해서 이번 사건의 원흉이라는 딱지를 떼버리자고."

나는 차창에 몸을 기대고서 가까이 있는 스노우에게만 들리도록 속삭였다.

〈……과연. 그럴듯한 생각인데?〉

납득했는지 스노우가 차창에서 멀어졌다. 솔직히 신수에게 이러쿵저러쿵 불평하는 인간이 더 있을 것 같진 않지만, 그녀가 이상한 부분에 신경 쓰는 소심한 성격이라 깨닫지 못하고 있었다.

솔직히 말해서 무슨 일이 벌어졌을 때 스노우에게 죄다 떠넘기려고 데리고 온 거지만.

(아니, 나도 여차할 때는 움직일 거야. 그래도~, 내 힘을 가려

줄 만한 존재가 필요해. 그 점에서 스노우는 딱 안성맞춤이지. 혹여나 무슨 큰일을 저지른다고 해도 신수님이 했다고 둘러댈 수가 있으니까!)

나는 완벽한 계획이라고 내심 흐뭇하게 웃으며 창문을 닫은 뒤 태연한 얼굴로 다시 자리에 앉았다.

"무슨 이야기를 했나요?"

"에엑?! 아, 아, 저기…… 한적해서 좋다는 잡담을 나눴습니다."

흥미가 생겼는지 리리를 쓰다듬던 레인 님이 물어보았다. 나는 당황한 나머지 이상한 목소리를 내고 말았다. 어떻게 대답할지 잠깐 고민하다가 적당히 얼버무렸다.

"……메어리 님. 슬슬 휴식을 취할까 하는데 괜찮으시겠습니까?"

바로 그때 마차 문을 가볍게 두드리는 소리가 들리더니 호위로 따라온 기사의 목소리가 들렸다. 왕족인 레인 님을 감출 수 있도록 일단 호위는 레가리아 공작가가 맡기로 했다.

(뭐, 애니메이션이나 소설을 보면 왕국의 비밀조직이 변장하여 몰래 호위하는 장면이 있지. 으~음, 비밀조직, 뭔가 멋있어.)

현 상황과 별 관계도 없는 생각을 하면서 나는 일단 레인 님에게 허락을 구하고자 대답을 보류했다. 그녀는 내 뜻을 이해했는지 아무 말 없이 고개를 끄덕였다. 호위에게 그러자고 대답하자 잠시 뒤 마차가 정차했다.

(휴식 타~임. 아아, 오랫동안 마차에 앉아 있었더니 몸 여기저기가 결리네.)

튜테가 먼저 내려서 준비를 마쳤다. 나, 레인 님 순으로 마차에서 내렸다.

마차는 확 트인 하천 부근에 정차하였다.

한적한 풍경 속에서 하천이 아주 완만하게 흐르고 있었다. 수면에 빛이 반사되어 눈이 부셨다. 수심도 깊지 않은 듯했다.

나는 기지개를 켜고서 몸을 풀었다. 사실 그렇게까지 몸이 쑤시지는 않지만, 폐쇄된 공간에서 해방되니 몸이 절로 움직여졌다.

다리 아래로 작고 복슬복슬한 물체가 달려가는 것이 느껴졌다.

"아, 리리 님."

뒤에서 튜테가 내 다리 아래를 지나간 그녀의 이름을 불렀다. 나는 하늘을 올려다보고 있다가 앞쪽으로 시선을 돌렸다. 리리가 하천을 향해 달려가고 있었다.

"리리 님도 마차 안에서 지루했겠죠."

"하하하…… 그렇겠네요."

내 옆에는 레인 님이 조용히 서 있었다. 아만다 선생님이 곁에 없는데도 남자다움은 전혀 찾아볼 수가 없는, 아름다운 레인 님을 곁눈으로 보니 헛웃음밖에 나오질 않았다.

(그 수업에서 빼내 오길 정말 잘했어. 그 수업을 더 받았다가는 레인 님이 본체가 되어버릴 거야. 아마도.)

"음~, 하아~……. 저도 어깨 힘을 조금 풀고서 편히 쉬어야겠어요."

무슨 생각을 했는지 레인 님이 갑자기 기지개를 켜고서 숨을 크게 내뱉은 뒤 리리가 향한 강변으로 걸어갔다. 그 움직임이 어쩐지 왕자님으로 되돌아간 듯했다.

"잠깐, 레인 님!"

레인 님을 바라보던 나는 그녀의 행동에 어리둥절했다.

그녀가 갑자기 신발과 양말을 벗더니 치맛자락이 젖지 않도록 들어 올리고서 강가에 들어갔다.

수심이 얕아서 발목 조금 위쪽까지만 물에 젖었다.

"차가워라! 후훗, 리리 님도 같이 놀까요?"

레인 님이 조금 차가운 강물을 기쁜 표정으로 내려다봤다.

(황금의 공주와 신수가 장난치는 모습 파트2! 어쩐지 즐거워 보여!)

나는 그 신비로운 광경에 이끌려 흐느적흐느적 강가로 다가갔다.

"아가씨!"

그러자 뒤에서 튜테가 황급하게 내 팔을 붙잡아 제지했다.

"아, 미안. 신발이랑 양말을 벗어야지."

"아뇨, 아가씨께서 저기에 끼신다면 한 폭의 그림을 망치게 될지도 몰라요."

내가 아하하, 하고 쓴웃음을 지으며 신발과 양말을 벗고 있으니 이 메이드가 진지한 얼굴로 의미를 알 수 없는 소리를 했다.

"무 · 슨 · 의 · 미로 그런 소리를 했을까아아아?"

"아으, 왜냐면, 아웃, 뭔가 일을, 아웃, 저지를 것 같아서."

나는 관자놀이에 핏줄을 세운 채로 웃으면서 검지로 튜테의 이마를 툭툭 찔렀다. 그때마다 튜테는 몸을 뒤로 젖혔다가 되돌리기를 반복하며 이상한 목소리로 변명했다.

그런 소리까지 듣게 될 줄이야. 공작 영애 메어리 레가리아의 명성이 땅바닥에 떨어졌구나. 제대로 한 번 보여주마. 나는 자신이 레인 님과 리리 사이에 끼어도 아무것도 바뀌지 않는다는 걸 증명하고자 의기양양하게 신발과 양말을 벗어 울먹이며 이마를 문대고 있는 튜테에게 다짜고짜 건넨 뒤 강변으로 향했다.

"레인 님, 리리. 수심이 갑자기 깊어질 수 있으니 안으로 들어가면 안 돼요. 그리고 진흙에 발이 빠지지 않도록 조심해해엑!"

그리고 나는 진흙을 밟고 멋지게 미끄러졌다.

(이, 이게 말이 씨가 된다는 법칙인가!)

머릿속으로 아무런 근거도 없는 법칙을 생각하면서 나는 슬로우 모션으로 뒤로 자빠지고 있었다.

레인 님과 리리 사이에 낀 지 몇 초도 안 되어 일을 저지른 나는 체념한 얼굴로 그 결말을 기꺼이 감수하기로 했다. 뒤에서 보고 있는 튜테가 틀림없이 '아아, 역시 아가씨. 기대를 저버리지 않네요.' 하고 생각하고 있겠지.

(한심하기 짝이 없는 공작 영애라서 미안하다!)

"위험해!"

누군가가 그렇게 외치며 뒤로 쓰러져가는 내 몸을 받쳐주었다. 그리고 눈앞에, 역광이 비치는 흘러내리는 금발 사이로 푸른색 눈동자가 보였다.

그 늠름한 표정은 동성인 나조차도 두근거리게 할 만큼 아름답고 고상해 보였다.

레인 님이 내 몸을 받쳐주고 있어서 그 얼굴이 아주 가깝게 보였다.

"괜찮아?"

"예에……."

본인도 당황했는지 한순간 레인 님이 평소 말투로 말했다. 그 말투가 여성스럽지 않아서 멋지다고 해야 할까, 여하튼 내 마음을 두근거리게 했다.

(으, 동성한테 뭘 두근거리는 거야아아아! 아, 아니 이성인가? 하지만 지금은 여자인데? 그래도 속은 남자이니까 두근거리는 게 정상인가? 아아아아, 몰라아아아아! 알려줘요, 신님——!)

레인 님의 얼굴이 코앞에서 보이자 얼굴이 빨개졌다. 머릿속이 혼란스러워서 십여 초 동안 아무 말도 못 하고 입만 뻐끔거렸다.

"후훗, 너와 처음 만났을 때도 이렇게 몸을 받쳐줬었지. 넌 아주 우수하지만, 종종 덤벙거리니까. 후훗, 그게 너다운 모습일지도 모르겠지만."

레인 님이 늠름한 얼굴로 온화하게 미소를 지었다.

"슈, 슈고를 끼쳐드려서, 후엥?"

레인 님이 고개를 들었다. 그 얼굴이 시야 한구석으로 밀려나려는 순간 교대하듯이 무언가가 내 얼굴에 뛰어들었다.

"릿, 푸에엑."

그 물체가 무엇인지 깨닫고서 나는 전율했다. 관심을 끌고 싶어 하는 리리가 복슬복슬한 배를 들이밀며 내 얼굴에 뛰어들었다.

그리고 아니나 다를까 균형을 잃은 나, 레인 님, 리리가 사이좋게 물보라를 일으키며 물속에 쓰러졌다.

"……역시 아가씨. 상상 이상의 대참사를 일으키셨네요."

언제 준비했는지 튜테가 수건과 갈아입을 옷을 든 채로 이쪽을 쳐다봤다.

"내, 내 잘못이 아니야~! 리리가 달려든 바람에……."

온몸이 흠뻑 젖은 채로 하천 속에 주저앉아 있는 나는 튜테를 보며 항의했다.

내가 리리를 움켜쥐어 들어 올리자 그녀가 의아해하며 쳐다봤다. 그 순진하고도 반짝거리는 눈동자를 보니 화를 내고 싶은 마음이 싹 사라졌다.

"후훗, 모두 흠뻑 젖어버렸네. 빨리 말려야겠어."

물방울 맺힌 멋진 남자, 아니, 여자. 그런 레인 님이 키득 웃으며 일어서더니 나에게 손을 내밀었다.

"자, 메어리 씨."

"아, 예."

아까 전까지 가슴이 두근거렸던 터라 나는 창피해서 손을 잡기가 망설여졌다.

"또 미끄러지면 더 흠뻑 젖을 테니까요. 후훗."

레인 님이 장난치듯 미소를 짓자 부끄러운 나머지 얼굴이 새빨갛게 익어버렸다. 체념한 나는 그녀에게 얼굴이 보이지 않도록 고개를 숙이며 손을 잡았다.

"!!"

일어서려는 순간, 나는 뒤를 돌아 하천 건너편에 있는 숲을 쳐다봤다.

"왜 그래요?"

"……아뇨……, 아무것도 아닙니다."

고개를 갸웃거리는 레인 님에게 그렇게 말하면서도 나는 아직도 숲을 쳐다보고 있었다.

(뭔가 시선 같은 게 느껴진 것 같은데. 누군가가 지금 우리 모습을 엿본 거라면 꽤 난처할지도.)

다시 확인해봤지만, 숲에서 사람 실루엣은 보이지 않았다. 신경 쓰이는 것이 하나 있다면 숲 안쪽 나무에 박쥐 한 마리가 거꾸로 매달려 있다는 것 정도.

'이런 데에 박쥐가?' 하고 생각했지만, 물에 젖어 속살이 비치는 옷을 내버려 둘 수가 없어서 확인하는 것을 포기했다. 그러고는 레인 님과 리리와 함께 강변에서 기다리는 튜테 곁으로, 또 미끄러지지 않도록 조심하면서 돌아갔다.

나 때문에 휴식 시간이 연장되었지만, 예정대로 오늘 묵을 예정인 역참 마을에 도착했다. 스노우는 신수이긴 하지만, 저 덩치가 마을에 느닷없이 들어가면 큰 소동이 벌어질 게 뻔하므로 어떻게 할지 고민했는데 그 문제가 쉽게 해결되었다.

마차에서 내린 우리 앞에 예상치 못한 인물이 서 있었다.

"환영합니다. 메어리 님……, 그리고 친구분인 레인 님. 그리고 신수님."

우리에게 공손하게 인사한 사람은 바로 앨리스 선배였다.

이 역참 마을은 올딜 가문의 영내에 있으니 그녀가 있더라도 별로 이상하지 않다. 그쪽으로 가겠다는 편지를 백작에게 보내뒀으니 백작에게서 이야기를 전해 들은 앨리스 선배가 우리가 언제 도착할지 파악하고 있을 만도 하다.

그러나 언데드 이외에는 거의 흥미가 없는 저 변태……, 아니, 선배가 우리를 위해서 여기까지 마중을 나오다니, 너무 수상하잖아! 너무 수상하다고! 중요한 내용이라서 두 번 말했다.

(그냥 영도(領都)에서나 기다리고 있지. 왜 일부러 여기까지 와서 우리가 도착하기를 기다린 거지? 아니, 타이밍이 너무 절묘하잖아. 마치 우리가 곧 도착할 걸 알고 있었다는 듯한 태도였어.)

우리는 조금 경계하면서 앨리스 선배가 안내해주는 대로 역참 마을 입구에서 조금 떨어진 곳에 있는 백작 저택으로 향했다.

그리고 그녀가 안내해준 저택이 왜 역참 도시에서 떨어져 있는지 두 눈으로 보고 금세 알 수 있었다.

"괴, 굉장한 곳이네……."

눈앞에 보이는 그 저택은 이상하리만치 예스러웠다. 아니, 호러물 분위기를 풀풀 풍기고 있었다. 이렇게 음산한 저택이 북적거리는 역참 마을 한가운데에 있었다면 손님들이 죄다 달아났겠지.

관리하지 않아서 자연스럽게 낡아버렸다면 모를까, 직접 연출한 것처럼 보였다. 즉 저 음산한 분위기는 인위적인 산물이다.

이런 곳으로 우리를 안내한 장본인이 지금 뭘 하고 있느냐면…….

"하아~♪ 언제 봐도 할아버님이 세운 저택은 멋있어. 마을 사람들은 왜 이 매력을 몰라주는 건지!"

황홀한 표정으로 저택을 보고 있었다.

(앨리스 선배의 변태 같은 면모는 건재한가……. 저딴 공포의 관(館)을 누가 이해할 수 있겠어.)

저택 옆에는 오래된 공동묘지 같은 곳이 부록처럼 딸려 있었다. 진짜 공동묘지가 아니라 연출용 장치이길 바랐다. 아니, 진짜로…….

"아, 저기……, 아가씨. 이 저택에 들어가는 건가요?"

마차에서 내려 저택을 쳐다보던 튜테가 창백해진 얼굴로 물었다.

(아, 튜테는 이런 거 싫어했었지.)

〈이, 이이이, 이런 데서 어떻게 자라는 거야! 나, 나나나, 난 밖에 나갔다 올게요~!〉

(앗, 너도냐?)

스노우가 벌벌 떨면서 어디론가 황급히 달아나려고 하자 나는 그녀의 꼬리를 움켜쥐었다.

"신수님께서 고작 이런 저택 때문에 벌벌 떨어서야 쓰겠어? 자, 가자."

〈싫어어어어어, 이~거~놔아아아아!〉

질질 끌려가는 스노우의 목소리가 내 머릿속에서만 울렸다.

"하아~, 지친다~."

저택에 도착한 뒤에 나는 개인실로 안내를 받자마자 침대에 뛰어들었다. 외관은 꽤 낡아빠졌지만, 내부는 말끔하게 청소되어 있었다. 안으로 들어가 보니 평범한 저택과 다를 것이 없었다.

(뭐, 복도에 장식된 미술품도 괴기스럽긴 했지만. 왜 스켈레톤 조각 같은 게 있는 거야?)

"아가씨, 쉬시려고요?"

내 옆에서 튜테가 짐을 확인하면서 물었다. 외부와 달리 저택 내부가 평범해서인지 튜테도 평범하게 일을 하고 있었다.

(뭐, 왜 내 곁에서 떨어지는 걸 꺼리는지 신경이 쓰이긴 하지만.)

그리고 이 방 안에는 그런 사람이 하나 더, 아니, 한 마리가 더 있다. 내가 끌고 온 스노우도 나에게서 떨어지려고 하지 않았다. 신수인 주제에 뭘 그렇게 무서워하는 걸까? 리리는 눈에 보이는 것들이 죄다 신기한지 가만히 관찰하고 있는데 말이야…….

"응…… 잠깐 쉴래."

아까 휴식 시간을 가졌을 때 레인 님과 리리에게 큰 민폐를 끼쳤기 때문에 슬슬 명예를 만회하고 싶었다.

그래서 모처럼 상대가 먼저 우리를 만나러 왔으니 휴식 시간을 이용해 앨리스 선배에게 여러 가지를 물어보자고 마음먹었다.

(여러모로 할 일이 많아. 이번에는 마기루카와 다른 애들도 없으니 내가 애를 써……야…….)

눈을 감고서 앞으로 해야 할 일들을 생각하고 있으니 불현듯 내 의식이 순식간에 꿈의 세계로 여행을 떠나고 말았다.

"……푸앗! 진짜로 자버렸다!"

나는 눈을 번쩍 뜨고서 침대에서 일어났다. 방안은 도착했을 때보다 더 어두웠다. 창문에 비치는 보름달이 아주 아름다웠다.

(거짓말, 아주 푹 잤네. 대체 몇 시간이나 잔 거야?)

결의를 새롭게 다지자마자 계획을 어그러져서 나는 머리를 싸쥘 수밖에 없었다.

"아, 일어나셨어요? 아가씨."

어두운 방 안에서 램프 불빛만을 의지하여 튜테가 이쪽으로 다가왔다. 잠자리에 든 나를 위해서 실내를 최대한 어둡게 해준 모양이다. 그 마음 씀씀이 덕분에 푹 잘 수가 있었다. 기뻐해야 할지, 슬퍼해야 할지.

튜테의 이야기에 따르면 내가 잠이 든 사이, 저녁 식사 등 다양한 이벤트가 끝났다고 한다. 레인 님께서 모든 것을 도맡아서 처리해주었다고 한다. 내가 그동안 '몸이 약하다'는 설정을 내세웠기에 쉬게 해주려고 깨우지 않았던 모양이다. 이번 방문의 중심은 일단 나다. 그런데 가장 먼저 무대 위에서 사라진 바람에 친구인 레인 님에게 짐을 떠맡기고 말았다. 이 또한 추태라고 할 수 있겠지.

(평소에는 내가 일을 망치면 마기루카가 대신 척척 조치해줬는데. 그녀가 얼마나 중요한지 새삼 느껴지네.)

여러모로 충격을 받은 내 정신 따윈 아랑곳하지 않고 뱃속에서 공복을 알리는 꼬르륵 소리가 났다.

"요리장한테 저녁을 못 먹은 아가씨를 위해 요깃거리를 만들어달라고 부탁했으니 지금 데워서 가져올게요."

뭐든지 척척 해내는 메이드 튜테가 배를 부여잡으며 얼굴을 붉힌 나를 따뜻하게 바라보았다. 그러고는 램프를 들고서 밖으로 나가려고 하자 나는 침대에서 벌떡 일어서 그녀를 따라갔다.
“더 민폐를 끼칠 수는 없어. 나도 주방으로 갈게.”
그리하여 나는 튜테와 함께 조금 음침한 저택의 복도를 걸어 나갔다.

달빛과 흐릿한 램프가 비추는 복도는 몹시 조용해서 으스스했다. 역참 마을은 밤에도 북적거릴 텐데, 무슨 영문인지 이 주택 주변만은 엄청 조용했다. 뭐, 아무도 이런 곳에 얼씬도 하고 싶지 않겠지.
“……근데 말이야. 튜테가 내 곁에 달라붙어 떨어지지 않는 건 이해를 하겠는데, 왜 너까지 붙어있는 거야? 스노우.”
나는 주변을 두리번거리면서 내 옷을 꽉 쥐고서 걷고 있는 튜테를 쳐다봤다. 그리고 반대쪽에서 마찬가지로 두리번거리며 나에게 달라붙어 있는 스노우를 쳐다봤다. 솔직히 덩치가 큰 그녀가 달라붙어서 걷기가 상당히 힘들었다.
〈나, 나나나, 나 혼자서 방에 있으라고? 무서워서 못 해. 유령 같은 게 나오면 어쩌려고.〉
“그러니까 신수가 유령 같은 걸 왜 그렇게 무서워하는 거야? 얘, 리리~. 언니가 참 한심하지? 그치~?”
나는 어이없는 얼굴로 두 손으로 안고 있는 리리를 쳐다봤다. 내가 부르자 그녀가 나를 쳐다봤다. 리리는 태연한 얼굴이었다.
〈네가 그런 말을 할 자격이 있어~? 리리를 안고 있지 않으면

불안하잖아!〉

“그, 그그그, 그렇지 않, 다, 구.”

스노우가 정곡을 찌르자 나는 시선을 이리저리 돌리면서 리리를 꼭 껴안으며 얼버무렸다.

그리고 나는 봤다. 저 앞에 보이는 모퉁이를 쓱 지나가는 하얀 무언가를…….

“나!”

〈나왔다아아아!〉

“으, 시끄러워.”

내가 외칠 뻔했던 말이 머릿속에서 크게 울리자 제정신을 차렸다. 그리고 현재 나와 튜테는 복슬복슬한 모피에 몸이 반쯤 묻혀 있는 상태였다.

“스노우 님이 우리를 지켜주셨군요. 고맙습니다.”

튜테가 나와 자신을 와락 끌어안은 소심한 신수를 보고 무언가 착각했는지 경의를 표했다.

“그런데 아가씨. 슬슬 리리 님을 놔주세요.”

“어?”

스노우가 지켜줬다고 착각한 덕분인지 냉정함을 되찾은 튜테가 이내 나에게 지적했다. 순간 말뜻을 이해하지 못하고 나는 고개를 갸웃거렸다. 그리고 가슴 쪽을 내려다봤다.

그곳에는 내 팔에 졸린 채 당장에라도 떨어질 것처럼 낑낑거리고 있는 리리가 보였다. 놀란 나머지 리리를 무심코 힘껏 끌어안았다는 사실을 겨우 깨닫고서 황급히 팔의 힘을 풀었다.
"미, 미안해. 리리. 앗."
내가 힘을 풀자 리리가 내 팔 안에서 몸부림치다가 빠져나와서는 하얀 실루엣이 지나간 쪽으로 뛰어가 버렸다.
순전히 내 잘못인지라 아무 말도 할 수가 없었다.
나는 신중하게 모퉁이를 돌아 맞은편을 엿봤다.
"리리, 미안해~. 돌아오렴~."
복도를 슬쩍 들여다보니 저 앞에 아까 지나갔던 하얀 실루엣이 다시 보였다. 그러나 이번에는 마음의 준비를 하고 있었기에 그리 놀라지 않았다. 실루엣의 정체를 똑똑히 확인할 수가 있었다.
(저건 앨리스 선배? 이 한밤중에 어딜 가는 거지?)
오른손에는 램프, 왼손에는 짐을 들고 있는 앨리스 선배는 로브를 걸치고 있었다. 어디론가 밖으로 나갈 것 같은 차림이었다.
(마침 잘 됐어. 앨리스 선배한테 묻고 싶은 것도 있고.)
나는 그녀를 멈춰 세우기 위해서 뒤를 쫓았다. 이런 한밤중에 큰 소리로 부르는 건 타인에게 민폐일 테니 가까이 다가가기 전까지는 입을 다물고 있기로 했다.
앨리스 선배가 의외로 발이 빨라서 거리가 좀처럼 좁혀지지 않았다. 아니, 내 발걸음이 느려진 이유는 아직도 뒤에 매달려 있는 덩치만 큰 바보 신수 때문이지만. 참고로 리리는 튜테에게 무사히 회수되어 그녀의 품 안에 안겨 있다.
결국, 앨리스 선배와의 거리를 좁히지 못해 마치 미행하고 있는 것 같은 구도가 돼버렸다.

그리고 본의 아닌 미행 끝에 우리는 그녀가 뒷문으로 빠져나가는 모습을 보고 말았다.

(지금 외출을? 무슨 일이지?)

저녁을 먹으러 식당으로 가는 길에 예기치 않은 사건과 만난 나는 그대로 앨리스 선배를 쫓기로 했다. 튜테도 내 생각을 읽었는지 고개를 끄덕이고는 먼저 가서 문을 살며시 열어주었다.

(역시 내 메이드. 내가 문손잡이를 잡았다가는 문을 부술지도 모르니까.)

〈아파라!〉

내가 문을 지나 밖으로 나가려는 순간 쿵, 하고 부딪치는 소리와 함께 스노우의 목소리가 들렸다. 아직도 내 몸에 달라붙어 있던 스노우가 뒷문 윗벽과 부딪치고 말았다.

"너, 뭐 하는 거야? 그리고 이제 좀 떨어져. 지금 앨리스 선배를 미행하고 있는 거 안 보여?"

우리는 앨리스 선배가 향한 쪽으로 고개를 돌렸다.

그곳은 공동묘지 같은 곳이었다. 밤이 깊어지자 박력이 장난이 아니었다. 이 저택과는 비교도 되지 않는 분위기가 풍기고 있었다.

""""""…………""""""

우리는 한동안 말을 잇지 못했다.

〈아아~, 안 되겠네. 문이 너무 작아서 나갈 수가 없어~. 메

어리도 떨어지라고 했으니 난 이제 얌전히…….〉

아주 여유로운 주제에 문에서 슬금슬금 후퇴하려는 스노우의 머리를 나는 아무 말 없이 움켜쥐었다.

"떨어지라고 해서 미안하게 됐네요. 우린 친구, 그러니까 어딜 가든 함께야. 스노우……."

나는 온화하게 웃으면서 움켜쥐고 있는 스노우의 머리를 내 얼굴 쪽으로 돌렸다.

〈메어리…….〉

나와 스노우가 한동안 서로를 쳐다봤다. 아아, 우정은 아름답구나.

〈으, 나 안 속아! 싫어어어어. 도와줘요, 신님! 여기 친구라는 핑계를 대며 길동무로 삼으려는 악마가 있어요~!〉

"누가 악마라는 거야? 무례하긴. 이제 됐으니까 빨리 나오기나 해!"

반짝이던 아름다운 광경은 온데간데없이 사라지고, 질색하는 스노우를 길동무로 삼고자 질질 끌어내는 무정한 광경이 펼쳐졌다.

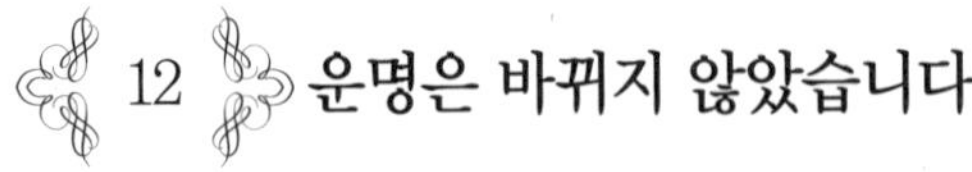

12 운명은 바뀌지 않았습니다

“나 참, 네가 꾸물거리는 바람에 앨리스 선배를 놓쳤잖아.”

나는 앞에서 땅바닥에 코를 대고 킁킁거리고 있는 스노우에게 핀잔을 주었다.

〈그러니까 이렇게 찾고 있는 거잖아~. 앗, 가까이에 있네.〉

스노우가 땅바닥에서 고개를 들고서 어떤 방향을 쳐다보자 나도 그쪽으로 시선을 돌렸다. 역시나 목적지는 그 공동묘지였다.

그 저택에서 앨리스 선배가 돌아오기를 기다린다는 선택지도 있었지만, 그 선배가 무슨 꿍꿍이가 있는지 확인하고 싶었다. 그리고 만약에 이상한 짓을 저지르려고 한다면 당장 저지해야 했다.

이윽고 우리는 안개가 끼어 음산한 공동묘지에 도착했다.

“우와~, 소름이 끼칠 만큼 좀비 영화에 등장하는 묘지와 똑같아~.”

그 풍경은 내가 아는 영화 속 무대와 거의 똑같았다. 그래서 오히려 공포와 두려움이 다소 사그라졌다. 나는 묘지 중심에서 그 인물을 찾아냈다.

“있다. 앨리스 선배야.”

등을 돌린 채 무언가에 집중하고 있어서인지 앨리스 선배는 우리가 온 것을 아직 눈치채지 못하고 있었다. 그녀는 묵묵히,

아니, 음침하게 웃으면서 무언가를 하고 있었다.

"우후후후훗! 드디어, 드디어 내 성과를 시험할 때가 왔어! 그분한테 받은 이 아이템을 사용하면 이 무덤에 잠든 좀비들이 영원한 잠에서 깨어날 거야! 아아아, 좀비 하렘이여어어어어!"

(왜 이런 예상은 틀리질 않는 거야! 이 묘지도 진짜란 얘기잖아!)

"가라, 스노우! 앨리스 선배한테 몸통 박치기!"

앨리스 선배가 황홀하게 웃으면서 수정 구슬을 높이 쳐들고는 광기 어린 말을 외쳤다. 나는 비스트 테이머처럼 스노우에게 멋지게 지시를 내렸다.

〈라저~! ……아니, 정말 해도 괜찮아?〉

스노우가 너무나도 자연스러운 흐름에 휩쓸려 앞뒤 가리지 않고 뛰어나가다 도중에 제정신을 차렸는지 이쪽으로 고개를 돌렸다.

"괜찮아! 저 변……선배는 그 정도 공격은 해줘야 멈춘다고."

〈……대체 저 사람이 뭐길래…… 뭐, 그럼 잠깐 다녀올게~.〉

내가 무례하기 짝이 없는 소리를 하자 스노우는 나를 믿고서 날카롭게 웃고 있는 앨리스 선배를 머리로 들이박았다.

"아하하하핫! 드디어, 드디어 꿈을으으으으아아!"

앨리스 선배가 포물선을 그리며 날아갔다.

(나 참, 저 선배는 여전히 무슨 생각을 하며 사는지 모르겠네.)

나는 한숨을 내쉬면서 땅바닥에 처박혀 꿈틀거리고 있는 선배에게 다가갔다.

"이런 한밤중에 뭘 하는 겁니까? 앨리스 선배."

〈아니, 아니, 아니, 꽤 힘껏 날려버렸으니까 바로 대답하지 못할걸.〉

내가 너무나도 자연스럽게 말을 걸자 스노우가 걱정하며 끼어들었다.

"메, 메어리 님! 이, 이럴 수가, 어째서!"

〈거짓말이지?!〉

앨리스 선배가 아무 일도 없었다는 듯이 일어서자 스노우가 경악했다.

"……이럴 수가……. 이런 일이 벌어지지 않도록 감시꾼도 붙이고 확인까지 했는데, 어째서? 설마 감시꾼을 붙인 걸 알아차리고서…… 언제……? 설마 그 강가에서부터?"

나를 보고 놀란 앨리스 선배가 혼자서 뭔가 중얼거렸다.

"헉?! 그래서 도착하자마자 방에서 자는 척을 했던 건가! 이리저리 돌아다니면 감시하기가 힘들어져 내가 경계를 풀지 않을 테지만 한군데에 머문다면 감시하기가 편해질 테니 오히려 내가 경계를 풀리라 생각하고……! 후후후훗, 날 여기로 끌어내기 위해서 함정을 팠군요. 메어리 님!"

앨리스 선배가 금이 간 은테안경을 고쳐 쓰고서 영문을 알 수 없는 소리를 내뱉었다.

(으~음, 이 패턴은 뭐지? 레리렉스 왕국에서도 비슷한 경험을 겪었던 것 같은데? 그때는 순순히 부정했는데도 결국 연기를 했

다느니 이상한 오해를 사고 말았지. 이번에도 그렇게 되겠지?)

혼자서 납득한 표정을 짓고 있는 앨리스 선배를 보고서 나는 어떻게 대답할지 고민이 되었다.

(아니, 잠깐. 그럼 이번에는 반대로 될 대로 되라는 식으로 긍정해보면 어떨까? 오히려 수상쩍게 여기고서 오해를 하지 않을지도. 응, 바로 그거야. 신님, 난 운명을 바꿔 보이겠어요.)

생각했으면 바로 실행해야지. 나는 대담하게 웃으며 앨리스 선배를 여유롭게 쳐다봤다.

"후후후훗, 맞아요!"

"""""…………."""""

내가 당당하게 행동하자 주변 사람들이 침묵했다. 그리고 주변이 고요해졌다.

"……역시 메어리 님. 당신을 속이는 건 불가능하군요. 무서운 분이네요."

(신니이이이이임! 운명은 바꿀 수 없었습니다아아아아!)

나는 벌벌 떠는 앨리스 선배를 보며 우쭐한 표정을 지었지만, 마음속은 일을 저질렀다는 후회로 가득했다.

(냉정하게 생각하면 긍정은 그저 긍정일 뿐이었어! 왜 그 사실을 깨닫지 못한 거야? 몇 분 전에 우쭐하던 나! 뭐, 치기 어린 실수라고 둘러대며 없던 일로 얼버무릴 수는 없을까?)

억지라는 걸 알면서도 나는 주위를 쳐다봤다. 앨리스 선배가 내 발언을 완전히 믿고서 경악했다.

아아, 이미 늦었다. 스노우는 표정을 알 수가 없어서 판단하기가 어려웠지만, 리리를 안고 있는 튜테조차도 '그랬구나.' 하고 감탄하고 있는 걸 보면 스노우도 마찬가지겠니 싶었다. 나는 그냥 체념하고서 이야기를 진행하기로 했다.

"어~쨌든 누가 배후인가요? 올딜 백작님인가요? 아니면 당신의 오라버니인가요? 좀비 따위를 불러내서 레인 님한테 위해를 가하려고 하다니. 말도 안 됩니다."

"어, 하? 아버님, 오라버니? 어, 왜 좀비를 불러내면 안 되나요?"

내가 질문하자 앨리스 선배가 황당한 질문으로 대꾸했다. 그 몸짓으로 보아 이번 일과 올딜 백작은 아무 관계가 없는 듯했다.

"좀비 같은 게 마을에 출몰하기라도 하면……."

"더할 나위 없는 기쁨이죠!"

"…………."

앨리스 선배가 전혀 공감할 수 없는 말로 내 말을 끊어버렸다. 나는 기가 막힌다는 얼굴로 눈동자를 반짝이며 꿈을 꾸는 소녀 같은 앨리스 선배를 아무 말 없이 쳐다봤다.

〈메어리……, 저 아이…….〉

스노우가 우리의 대화를 듣고 질색했는지 뒷걸음질을 쳤다.

(신수를 뒷걸음질을 치게 만들다니 역시 앨리스 선배.)

"난 그저 메어리 님 일행을 맞이하여 성대하게 대접하라는 지시만 받았을 뿐이에요. 나쁜 짓은 하나도 안 했어요."

"그럼 어째서 몰래 일을 벌이려고 한 건가요? 절 경계하면서까지. 뭔가 켕기는 짓을 하려고 했기 때문이 아닌가요?"

"아니에요. 저는 그저…… 서프라이즈?"

앨리스 선배가 고개를 기울이며 혀를 빼꼼 내밀었다.

"가라, 스노우! 몸통 박치기!"

〈라저!〉

민폐 덩어리인 앨리스 선배는 스노우의 몸통 박치기를 맞고서 또다시 하늘로 날아가 버렸다.

"나 참……. 선의라는 핑계를 대며 민폐를 끼치려고 하다니. 뭐, 일단 사전에 저지했으니 다행이야."

나는 어이없는 표정으로 땅바닥에 처박힌 채 꿈틀거리고 있는 글러 먹은 선배를 쳐다봤다.

"이런, 이런. 이렇게 손쉽게 끝날 줄이야. 그녀를 부추긴 이쪽이 오히려 곤란하게 되었군요……."

바로 그때 어디선가 귀에 선 남자 목소리가 들려왔다.

주위를 둘러보자 어느새 묘지를 에워싸고 있는 작은 숲에 박쥐가 잔뜩 매달려 있었다. 더욱이 강변에서 봤던 박쥐와 분위기가 똑같았다.

"박쥐가 이렇게나 많이……."

〈메어리, 위!〉

주위를 경계하던 나는 스노우의 말을 듣고서 고개를 홱 들었다.

밤하늘의 아름다운 보름달을 배경에 두고서 한 남자가 하늘을 날고 있었다.

새카맣고 긴 머리카락을 뒤로 가지런히 묶은 그는, 자못 잘 어울리는 칠흑색 집사복을 입고 있었다. 얼굴은 무서우리만치 단정했으며, 피부는 이상하리만치 색이 옅었다. 나이는 20대 후반쯤으로 보였지만, 아마 실제로는 더 오래 살았으리라. 저건 사람이 아니니까. 무엇보다 눈동자가 특이했다. 흰자위는 이름이 무색하게 새까만 색이었고 눈동자는 루비처럼 붉게 반짝이고 있었다.

(마족인가? 하지만 뿔이 안 보이는데. 게다가 꼭 이런 배경에 등장하는 녀석을 애니메이션에서 본 것 같단 말이지. 으음, 분명…….)

"……뱀파이어."

내가 그렇게 중얼거리자 남자가 순간 놀란 듯이 눈을 크게 떴다. 그러나 이내 표정을 되돌리고서 공손하게 인사했다.

"이것 참. 아까 대화를 들었습니다만, 역시 메어리 님이군요. 한눈에 제 정체를 간파하시다니. 듣던 것보다 훨씬 무서운 분이셨군요."

(그마아아아아안! 이 사람도 뭔가 착각하고 있어어어어어! 난 확신을 품고 단언한 게 아냐아아아아!)

마음속으로 고통스러워하는 나를 아랑곳하지 않고 남자가 지상으로 우아하게 착지했다.

"소개가 늦었습니다. 이미 알고 계시겠지만 저는 '블러드레인' 가를 모시는 집사, '올바스'라고 합니다. 메어리 님, 아니, 백은의 성녀라고 불러드리는 편이 더 좋을까요?"

올바스인지 뭔지 하는 집사가 또다시 공손하게 인사했다. 그가 내 흑역사를 들추었기에 마음의 고통이 더욱 커졌다.

"무, 무슨 소리를 하는 건지 모르겠네요."

"후훗, 새삼스럽게 시치미를 떼려고 하다니 짓궂은 분이군요."

내가 대답하자 올바스가 의미심장하게 웃었다. 아마도 내 말을 그대로 받아들이지 않았겠지.

(크아아아아아아, 무슨 대답을 해도 운명이 바뀌지를 않아! 착각이야, 모두 착각이라고오오오오오! 제발 멋대로 날 치켜세우지 말아줘어어어어!)

내가 속으로 몸부림을 치고 있으니 올바스가 후련하다는 얼굴로 묵례한 뒤 거드름을 피우듯 전투태세를 취했다.

"자, 잠시 저와 함께 놀아주시지요? 백은의 성녀님. 귀족답게 정정당당히……."

"허나 거절한다! 턴 언데드!"

잘생긴 집사가 멋진 대사를 다 마치기도 전에 나는 다짜고짜 신성 마법을 발동했다.

"어? 시작하자마자 마법부터어으아아아악!"

올버스는 심히 당황한 표정을 짓고 있다가 곧 발치에서 빛이 솟구치자 고통에 절규하기 시작했다.

그러나 빛이 사라진 뒤에도 올바스는 정화되지 않고 무릎을 꿇은 채 헉헉거리고 있었다. 역시 흡혈귀. 언데드 중에서도 최강이라 불릴만했다. 이 세계에서는 어떨는지 모르겠지만.

"헉, 헉, 후후후훗. 느닷없이 신성 마법을 날릴 줄이야, 역시 백은의 성……."

"턴 언데드으으으!"

"엑, 연달아아아아아악!"

올바스가 듣고 싶지 않은 말을 내뱉으려고 하자 나는 연속으로 신성 마법을 날렸다. 잘생긴 이미지가 무색할 만큼 올바스의 처절한 비명이 고요한 묘지에 울려 퍼졌다.

그러나 이번에도 버텨냈는지 빛이 사라지자 올바스는 아까처럼 무릎을 꿇고서 거친 숨을 몰아쉬었다.

"헉, 헉. 그런 낮은 계급 마법으로는 절 쓰러뜨릴 수는 없습니다. 백은의……."

"턴 언데드으으으으!"

"당신은 '적당히'라는 말도 모릅니까아아아아아아악!"

올바스가 또다시 빛에 휩싸였다. 계속 비명을 지르는 걸 보니 정화하진 못해도 효과는 있는 모양이었다. 나는 가차 없이 다시 신성 마법을 사용했다.

"헉, 헉. 사람의 몸으로 그렇게 연발할 수 있다니 역시 백……."

"턴 언데드으으으으으!"

"말도 안 돼애애애애애!"

올바스는 헤아리는 것조차 귀찮을 만큼 연달아 빛에 휩싸였고, 비명은 갈수록 가냘파졌다.

〈……저기, 메어리. 이제 그만하지? 불쌍해서 못 보겠어.〉

내가 일방적으로 공격하자 급기야 스노우가 감싸기 시작했다. 그가 흑역사를 자꾸만 들춰내려고 하는 바람에 부끄러운 나머지 너무 정신없이 입을 막으려 했던 모양이다.

나는 아뿔싸 하고 주변을 쓱 둘러보았다.

앨리스 선배는 아직도 땅에 박힌 채 꿈틀거리고 있었고, 올바스는 두 손과 두 무릎을 땅에 댄 채로 만신창이가 되어 있었다.

"좋아. 이제 스노우한테 맡길게! 난 레인 님한테 보고하고 올게에에에에!"

나는 몸을 홱 돌리고는 이곳을 스노우에게 떠맡기고서 뛰기 시작했다.

〈어, 자, 잠까아아아아아안!〉

나는 리리를 안은 채 이 상황을 멀리서 지켜보던 튜테를 공주님처럼 안고서 이곳에서 신속하게 이탈했다.

〈기다리라고 했잖아아아아아아!〉

"야, 스노우! 너까지 따라오면 어떡해! 두 사람을 감시하고 있어야지."

〈성가신 일을 내게 떠넘길 생각인 거잖아! 그럴 수야 없지이이이!〉

내가 뒤를 쫓아오는 스노우를 곁눈으로 보며 항의하자 스노우는 내 속내를 꿰뚫어 본 것처럼 대꾸했다.

(칫, 이럴 때만 눈치가 빠르다니까!)

나는 속으로 혀를 찼다.

“아가씨, 앞이요! 저택 쪽이 소란스러워요.”

나에게 공주님처럼 안겨 있는 튜테가 전방을 보며 말했다. 우리가 소란을 피우는 소리를 듣고서 저택 안에서 사람이 나온 줄 알았는데, 하나같이 이쪽이 아니라 하늘을 쳐다보고 있었다.

(뭐지? 어쩐지 마음이 심란해지는데…….)

나는 시끄럽게 콩닥거리는 가슴을 억누르며 소란의 중심으로 달려갔다.

13 레인 님이…….

묘지와 저택 사이에 있는 작은 숲을 빠져나온 뒤 나는 튜테를 내려놓고서 하늘을 올려다봤다.

아름답게 별이 뜬 밤하늘에 내 또래로 보이는 여자애가 드레스 차림으로 하늘에서 우리를 내려다보고 있었다.

아름다운 긴 흑발이 밤바람에 휘날렸다. 머리 가운데 부분, 이른바 이너 컬러가 플래티나 블론드로 물들여 있다는 걸 깨달았다. 앞머리는 말끔하게 다듬어져 있는데, 플래티나 블론드 머리카락이 몇 가닥 새치처럼 섞여 있었다.

그 아래에 보이는 살결은 올바스처럼 희었으나, 그녀의 오른쪽 눈은 다른 사람들과 다를 것 없이 하얀 흰자위와 푸른 눈동자를 가지고 있었다.

다만 왼쪽 눈은 볼 수가 없었다. 세련된 자수가 박힌 안대가 왼쪽 눈을 가리고 있었다. 그 안대 덕분에 온몸에서 중2병 같은 분위기가 풍겨 나오고 있었다. 그 탓에 아름다운 외모인데도 전혀 감동이 느껴지지 않았다.

그러나 문제는 안대 따위가 아니라 그녀의 팔에 안긴 사람이었다.

"레인 니이이이임!"

무슨 일이 있었는지 레인 님이 눈을 감은 채로 안대 소녀에게 얌전히 안겨 있었다.

"아, 아니……?! 이렇게 빨리 돌아온다고는 안 했잖아요……! 두 사람은 대체 뭘 한 거죠?"

내 목소리를 들었는지 안대 소녀가 이쪽을 돌아보며 어리둥절했다. 그러나 그것도 잠시, 대뜸 나를 보며 대담하게 웃기 시작했다.

"크큭큭, 뭐 좋습니다. 이 만남 또한 세계가 정한, 피할 수 없는 운명이니까요. 그래요, 당신과 저의, 피로 피를 씻어내는 어둠의 무대가 바로 지금 막을 연 겁니다. 아무것도 놀랄 거 없습니다. 이건 운명이니까요."

"어, 저기……."

어쩐지 엄청 성가신…… 아니, 허세로 가득한 저 안대 소녀에게 뭐라고 대답해야 좋을지 전혀 감이 오지 않던 나는 우물쭈물했다.

"대체 어떤 방법을 썼는지는 모르겠지만, 올바스와 양동 작전을 벌였다는 걸 알아차리고서 곧바로 돌아온 모양이군요. 역시 하늘이 정해준 나의 숙적, 백은의 성녀답습니다. 대적하기에 부족함이 없는 상대입니다."

(예, 자기 혼자서 오해에 오해를 거듭하고 있는 사람이 한 명 더 늘었습니다. 이제 난 아무것도 대답하지 않겠습니다. 말만

했다 하면 오해를 사니까.)

"…………."

무슨 대답을 해도 바뀌지 않는 운명에 대항하고자 나는 묵비권을 행사하였다. 그저 그녀만 쳐다봤다.

"큭큭큭, 아무 말도 하지 않을 요량이군요? 역시 책사답습니다. 제 화려한 화술에 농락당하여 자칫 정보가 새어 나갈 가능성까지 경계하다니. 좋아요. 그 강고한 벽을 돌파하여 쳐부수는 것이야말로 저의 기쁨!"

그리고 멋대로 착각하여 자기 혼자서 이야기를 진행하는 사람이 한 명 더 늘었습니다.

(저기, 신님. 이 세계는 착각하는 사람들만 모여있나요?)

나는 땅바닥에 엎드려 고개를 푹 숙이고 싶은 마음이 굴뚝같았다. 그러나 그 마음을 꾹 누르고서 안대 소녀를 올려다봤다.

지금은 느긋하게 침울해 있을 때가 아니다. 안대 소녀가 올바스처럼 마족이라면 자칫 국가와 국가의 문제로 발전할 수도 있다.

"당신은 대체 누구야!"

"어머? 눈치챈 줄 알았는데……. 아아, 저에게 자기소개를 할 기회를 주시는 거군요. 큭큭큭, 아주 여유롭네요. 하지만 좋습니다. 그럼 두 눈 크게 뜨고 보십시오, 백은의 성녀!"

(끄으으으, 그 호칭으로 그만 좀 불러. 창피하다고오오오오!)

내 마음 따윈 아랑곳하지 않고 안대 소녀가 키득키득 웃었다.

그러고는 레인 님을 안은 채로 당당한 자세를 취했다.

"내 이름은 빅토리카! 최고(最古)이자 최강의 흡혈귀. 블러드레인 가문의 당주인 '빅토리카 블러드레인'이랍니다!"

빅토리카가 나를 내려다보며 자신의 이름을 드높이 외쳤다. 그러나 나는 저 외눈 안대 때문에 그저 중2병에 걸린 여자애로밖에 보이지 않았다.

(안 되겠어~. 애니메이션을 너무 봐서인지 저 여자애를 보면 자꾸만 그런 생각만 들어. 그나저나 빅토리카라……. 음, 어디서 들어본 적이 있는 것 같은데. 어디 애니메이션에서 나오는 중2병 캐릭터 이름이었던가?)

그녀가 이름을 밝혔지만 나는 고개를 갸웃거리며 기억을 더듬었다. 그리하여 나는 먼저 누군지 물어놓고도 상대의 대답에 전혀 반응하지 않는 실례를 범하고 말았다.

"…………."

"끄으으응, 이름을 밝히라고 해놓고는 이제 와 내버려 두는 겁니까아아아!"

내가 아무 반응도 보이지 않자 빅토리카가 이를 바득바득 갈았다.

"아, 엘리자베스 님의 전언에서 들었구나!"

"끄으으응, 엘리자베스 님의 전언이라고요오오오?!"

빅토리카가 무슨 영문인지 더욱 이를 갈았지만 나는 다른 생각에 정신이 팔려있다가 문득 엘리자베스 님의 전언을 떠올리고는 손뼉을 쳤다.

‘빅토리카를 주의하라’는 전언은 저 애를 조심하란 의미였구나. 수수께끼가 풀려서 다행이다.

(아니, 이 상황은 전혀 다행히 아니잖아!)

“헉! 과연, 이것도 당신의 계책이었군요! 크으~ 한 번이 아니라 두 번이나 내게 굴욕을 맛보게 하다니 용서 못합니다아아!”

빅토리카는 땅에 있었다면 분한 나머지 발을 마구 구를 것 같은 표정이었다.

나는 그녀에게 사과하면서 질문을 하나 던졌다.

“아, 미안합니다. 생각할 게 좀 있어서요. 그리고, 아까 두 번이라고 했는데, 당신과 만난 건 오늘이 처음 아닌가요?”

“크크크, 저를 화나게 해서 판단력을 깎을 속셈인 듯한데, 그렇게는 안 됩니다, 백은의 성녀! 절 너무 얕잡아보지 마세요. 저는 최고이자 최강의 흡혈귀인 빅토리카 블러드레인이라고요!”

조금 전까지 이를 바득바득 갈았던 주제에 의기양양한 얼굴로 가슴을 활짝 폈다. 그 덕분에 보이면 안 될 것 같은 게 보였다.

“저기~, 잠깐 괜찮을까?”

“괜찮지 않아요. 이번에는 화술로 날 멸시하려는 거군요. 어림없습니다! 당신의 그 얕은꾀 따윈 제 안에 잠든 블러드레인 가문의 오래된 지식으로 모조리 간파했어요!”

“자면 안 되잖아. 어서 깨워.”

빅토리카는 내 말을 끊고서 한 방 먹여줬다는 표정으로 나를 내려다봤다. 나는 어이없는 표정으로 그녀를 올려다보며 불쑥 딴죽을 걸었다. 그리고 괴롭긴 하지만 그녀에게 중대한 사실을 말해주기로 했다.

“으음, 레인 님을 안고 있어서 아래가 잘 보이지 않는 모양인데……. 당신, 지금 치맛자락이 바람이 휘날려서 속이 훤히 보이거든. 진짜 괜찮겠어?”

“꺄아아아아아! 괜찮지 않아요오오오오! 으, 아아아아, 떨어진다!”

내 말을 듣고 빅토리카가 뺨을 붉히고는 황급히 바람에 휘날리는 치맛자락을 눌렀으나 그 바람에 레인 님이 떨어지려고 하자 결국 황급히 그녀를 다시 안았다. 참고로 그녀의 치마 속에 있던 건 검은 레이스였다. 얼굴은 귀여운데 그쪽은 섹시하다니 놀라워라.

“우와 위험하잖아! 떨어뜨리면 큰일 나. 자, 어서 내려와요. 내가 레인 님을 받아줄 테니까. 할 얘기가 있으면 아래에서 들을게. 아래로 내려와야 치마 속이 안 보일 거 아냐?”

“아, 그렇군요. 감사합……핫?! 저를 속일 생각은 하지 마시죠!”

빅토리카가 내 말을 듣고 아래로 내려오려다가 정신을 차리고 다시 공중으로 올라갔다.

(어라? 나쁜 사람 같지는 않은데? 내가 원망 살만한 짓을 했던가?)

아무리 기억을 더듬어보아도 저렇게 재미있는…… 아니, 귀여운 애와 만난 기억은 없었다. 애초에 흡혈귀를 만났다면 내가 기억하지 못할 리가 없었다. 즉 오늘 처음 만난 게 확실했다. 수수께끼는 점점 깊어질 뿐이었다.

"크크크, 어~쨌든 당신이 소중하게 지키고 있던 이 황금의 공주는 제가 데리고 가겠어요. 아무것도 못 하고 무력하게 당한 자신을 원망하세요. 마음의 어둠에 휩싸인 채 서럽게 울도록 하세요."

내가 멍청하게도 생각에 잠겨 있는 사이에 빅토리카가 새되게 웃으면서 숲에 있던 박쥐 떼를 불렀다. 그 박쥐들이 벽이 되어 우리를 가로막았다.

"아, 야, 기다려."

〈메어리, 뒤를 봐! 성가신 게 나타났어!〉

내가 빅토리카를 막으려고 하자 뒤에서 스노우가 날 잡아당겼다.

내가 휙 하고 뒤를 돌아보자 숲 쪽에서 좀비 개 여러 마리가 떼 지어 달려오고 있었다.

"으엑, 앨리스 선배, 벌써 부활했어? 점점 터프해지는 것 같은데?"

참고로 그 앨리스 선배는 좀비 개들보다 한참 뒤에 있었다. 아까보다 더 반짝거리는 황홀한 표정으로 "아앙, 기다려어어어어. 나랑 더 포옹하며 놀아요~♪" 하고 외치며 그 뒤를 쫓고 있었다.

(설마 이 좀비 개들, 앨리스 선배를 피해 도망치고 있는 건가?)

좀비 개의 본능이 '저 여자는 위험하다'는 걸 감지한 모양이다. 아주 필사적으로 달아나는 것처럼 보였다.

"크큭큭, 마침 잘 되었군요. 좀비들과 재밌게 놀도록 하세요, 백은의 성녀. 그럼 안녕히."

내가 좀비 개들을 보고 있는 사이에 뒤에서 빅토리카의 목소리가 점점 멀어져갔다.

"앗, 야, 레인 님을 놔두고 가! 너, 누굴 납치한 줄 알아아아아!"

나는 황급히 뒤를 돌아봤지만, 엄청난 숫자의 박쥐 떼가 내 시야를 가려버렸다. 이윽고 박쥐 떼가 흩어졌을 때는 이미 빅토리카와 레인 님은 사라진 뒤였다.

(망했다, 망했다, 망했다. 진짜 망했어. 어쩌지, 어쩌지, 어쩌지, 진짜 어쩌지?)

〈메어리, 좀비들이 와.〉

머릿속에서 스노우의 말이 울렸다. 지금 나는 당황한 나머지 머릿속이 뒤죽박죽이었다. 평소였다면 마기루카가 솔선해서 지시를 내렸겠지만, 이 자리에 없는 사람을 찾아봐야 의미 없었다. 결국, 생각을 정리하지 못한 나는 일단 눈앞에 있는 것부터 처리하기로 마음먹고서 마법을 영창했다. 이게 애니메이션 속 한 장면이었다면 지금 내 눈동자가 빙글빙글 돌고 있겠지.

"모, 모모모, 모든 것을 잿더미로 만들어라. 버밀리오우웁!"

〈잠깐, 잠깐, 잠까아아안! 이 일대를 불바다로 만들 셈이야?!〉

내가 당황한 나머지 5계급 마법을 영창 하려고 하자 그 사실을 알아챈 스노우가 발바닥으로 내 입을 틀어막았다. 그 덕분에 이 일대에 대참사가 벌어지는 것만은 간신히 피할 수 있었다.

14 가자, 블러드레인 성으로. 한편 그 무렵1

저택에서 벌어진 소동은 금방 수습할 수 있었으나 출발 준비를 하느라 시간이 걸려서 결국 떠나는 건 이튿날 아침이 되어버렸다.

나는 지금 스노우의 등을 타고서 하늘을 달리고 있었다. 나 이외에도 짐을 들고 있는 튜테와 그녀에게 꼭 붙어있는 리리가 뒤에 타고 있었다.

물론 목표는 올딜 백작가의 영도(領都)지만 나는 백작과 만날 생각이 없었다. 거긴 그저 통과지점일 뿐이다. 대신 우리가 출발할 때 백작가에도 급히 사람을 보냈다. 백작가에도 소식을 알리긴 해야 하니까.

“저기~, 메어리 님. 이런 대우는 좀 잔인하지 않나요?”

스노우의 다리 아래에서 소리가 들렸다. 스노우의 목에 걸어놓은 밧줄에 누에고치처럼 꽁꽁 묶인 채 앨리스 선배가 매달려 있었다. 빅토리카가 떠날 때 올바스도 같이 사라졌는지, 남아있는 사람은 앨리스 선배뿐이었다. 내가 선배를 붙잡고 왜 남아있었냐고 물었더니, 자기는 오로지 좀비를 소환하고 싶었을 뿐이지, 다른 건 아무래도 좋았다는 대답이 돌아왔다.

“선배가 그런 소동을 일으켰기 때문에 그렇게 된 거예요. 반성하세요.”

내가 아래를 내려다보며 앨리스 선배가 누에고치처럼 잘 묶여 있는지 확인하고서 말하자 그녀가 얌전해졌다.

그녀를 데리고 가는 이유는 빅토리카가 있는 곳을 안내받기 위해서였다. 도중에 앨리스 선배에게서 자세한 이야기를 들을 수 있었는데, 올딜가는 대대로 영지 경영과 함께 수행한 역할이 있다고 한다.

그것이 바로 블러드레인가와 관계를 유지하는 것이다.

블러드레인가는 영도가 생기기도 훨씬 전에 이미 험준한 협곡에 커다란 성을 세우고서 살던 오래된 흡혈귀 일족이라고 한다. 일단 소속은 레리렉스 왕국이란다.

말로는 그냥 오래됐다고 했지만, 역사가 알디아 왕국보다도 길다고 하니, 사실상 건국 전부터 거기 살고 있었던 셈이었다. 그래서 알디아 왕국은 올딜가에게 블러드레인가를 감시하고, 방어벽 노릇을 하라는 명령을 내렸다.

그렇게 시간이 지나고 충돌이 다소 벌어지곤 했지만, 백은의 기사가 마왕을 흠씬 혼내준 사건 뒤로 블러드레인가는 왕국과 동맹을 맺었고, 그 이후로 블러드레인가는 유유자적한 생활을 보내며 올딜가와 우호적인 관계를 쌓아왔다고 한다.

(설마 앨리스 선배와 그 할아버지가 언데드를 좋아하게 된 이유가 블러드레인가 때문인가?)

이야기가 조금 벗어났다. 여하튼 그들이 수백 년간 조용히 지낸 덕분에 결국 그들을 아는 사람은 올딜 백작령의 일부 관계자

들만 남았고, 나머지 사람들은 그저 소문이나 전설쯤으로 생각하고 있었다.

그런데 2년 전쯤에 현 당주인 빅토리카가 '한동안 자겠다' 하고 성에 틀어박혔다가 최근에 갑자기 눈을 뜨는 사건이 일어났다. 앨리스 선배의 말에 따르면 블러드레인가 사람들은 한 번 잠자리에 들면 오랫동안 깨어나지 않는다고 한다. 왜 이렇게 일찍 깨어났는지 선배도 조금 의문스러운 듯했다.

그리고 이제부터가 본론인데, 내가 당초에 만나려고 했던 '이몸' 씨, 즉 존 올딜 백작 영식은 지금 백작가가 아니라 빅토리카의 성에 있다는 모양이었다.

일이 왜 그렇게 됐냐 하니, 백작 영식이 우리가 보낸 첫 번째 편지를 받고 당황하여 부산을 떨고 있을 때 마침 잠에서 깬 빅토리카가 예의 바르게 인사를 하러 왔는데, 그녀는 친절하게도 영식의 상담역이 되어주었다.

근데 백작 영식이 '메어리 레가리아'라는 이름을 말하자, 빅토리카의 심기가 갑자기 불편해졌고, 내가 그를 만나고 싶어 한다는 걸 알자 히죽 웃으며 다짜고짜 백작 영식을 납치해갔다고 한다.

빅토리카에게 찰싹 달라붙어 지켜보던 앨리스 선배의 말이니 사실이겠지.

(으~음, 나, 뭔가 원한을 살 만한 행동을 했나?)

문제는 빅토리카에게 흠뻑 빠져서 이야기를 절반도 듣지 않은 앨리스 선배가 올딜 백작에게 전하와 내가 오빠를 만나고 싶어 한다는 말만을 전했고, 도저히 영문을 알 수 없던 백작은 당황에 사건이 커지기 전에 자기 손으로 어떻게든 수습해보려고 시간 벌기를 시도했다.

그럼 어째서 백작이 앨리스 선배를 역참 마을로 보냈는가? 대답은 간단했다. 그녀를 보내고 이번 사건을 일으킨 게 백작이 아니라 빅토리카였다.

(자기 아버지보다 소동을 일으킨 빅토리카의 지시를 따르다니……. 역시 앨리스 선배. 언데드가 최우선인가 봐…….)

"그럼 앨리스 선배가 사용한 그 수정 구슬은 어디에서 난 겁니까?"

"빅토리카 님께서 주셨어요. 그 성에는 커다란 보물고가 있는데 그런 아이템이나 재료들이 잔뜩 있다고 해요."

앨리스 선배가 아래에서 내 질문에 대답했다. 내가 내린 벌이긴 하지만, 누에고치처럼 묶인 채 매달려 있는 형벌을 받고 있는데도 앨리스 선배는 태연했다. 저 정신력을 배우고 싶을 정도였다.

"잔뜩? 무슨 수집가인가요? 아니면 마공기사와 무슨 관계라도?"

"아뇨, 정작 빅토리카 님은 자세한 지식은커녕 흥미조차 없는 것 같았어요. 그냥 보물고를 빌려주고 있을 뿐이라고 쪽지를 보면서 말씀하셨죠."

앨리스 선배의 대답을 듣고 뭔가 걸리는 부분이 있었다. 나는 그게 무엇인지 생각하기 시작했다.

〈메어리! 저기 영도가 보여.〉

내가 사고의 바다를 헤매고 있을 때 머릿속에서 스노우의 목소리가 울렸다. 나는 생각을 멈추고서 앞을 바라봤다.

"저게 올딜 백작의 영도구나. 앨리스 선배, 빅토리카 성은 어느 쪽이죠?"

"영도에서 북쪽으로 올라가면 산맥이 하나 나오는데, 그 안에 있는 협곡에 있습니다. 저도 한 번 본 게 전부입니다만, 꿈속에서나 볼 법한 그 멋진 낙원의 성은 도저히 잊히지 않네요. 우후후후훗, 또 그 성에 갈 수 있다니…… 우후후훗."

"…………."

나는 아래에서 저 혼자 흥분하여 이상한 소리를 내는 앨리스 선배를 무시하고서 산맥 쪽을 응시했다.

"기다려주세요, 레인 님. 반드시 구해드릴게요."

"어쩐지 아가씨가 성에 갇힌 공주님을 구하러 가는 기사처럼 보여요. 마치 동화 같네요."

(……둘 다 여자이니 흔하디흔한 공주님과 기사의 연애 이야기와는 다른 것 같은데……. 아, 하지만 레인 님은 일단 남자이니 괜찮나? 아니, 아니, 그럼 입장이 반대잖아. 아니, 그 이전에 그런 부류에 들어가기나 하나……. 예외인 것 같은 기분이 드는데.)

기합을 넣고 있으니 뒤에서 튜테가 스스럼없이 말을 툭 건넸다.

나는 어쩐지 가려운 곳에 손이 닿지 않는다고 해야 할까, 떨떠름하다고 해야 할까, 여하튼 석연치 않은 기분이 들었다.

시점을 바꿔서 이야기하겠다. 이것은 메어리가 빅토리카의 성으로 향하고 있는 동안에 벌어졌던 이야기다. 이른바 한편 그 무렵.

마법의 효과가 비로소 다했는지 레이포스가 눈을 살짝 떴다.

"……여기는……?"

저택에서 봤던 천장이 아니라는 걸 금세 깨달은 레이포스는 아직 남아 있는 나른함을 떨쳐내고서 침대에서 몸을 일으켰다. 주변을 둘러봤지만 낯선 방이었다.

레이포스는 냉정하게 자신의 기억을 더듬어봤다.

"……분명 메어리 씨의 상태가 어떤지 보러 가려고 했을 때 창문에서 누군가가 불러서……."

그 장면을 떠올린 뒤 레이포스는 금세 자신이 납치당했다는 결론을 내렸다.

"방심했습니다. 설마 여자로 변한 절 노리는 자가 있었을 줄이야……."

자신이 여자로 변한 걸 아는 자는 얼마 되지 않는다. 애초에 이 이야기를 아는 사람도 거의 없으니 퍼지려고 해도 시간이 걸릴 터. 그런데 설마 자신을 노리는 자가 이렇게나 빨리 나타날 줄이야. 레이포스는 방심하고 있던 걸 반성했다.

그리고 곧 자신을 납치했던 자가 호화로운 드레스에 안대를 찬 여자애였다는 사실을 떠올렸다. 그렇게 화려한 옷을 입고 있는 자가 과연 첩자일까? 더욱이 그녀는 레이포스를 '레인'이라고 불렀다. 위화감이 들었다. 혹시 다른 이유로 납치된 게 아닐까?

그러나 안타깝게도 이렇다 할 이유가 떠오르지 않았다.

"……우선은 어떻게 할지를 생각해야……."

도망칠까? 아니면……, 그렇게 생각했을 때 레이포스의 머릿속에서 백은의 여자애가 떠올랐다. 그녀라면 자신의 곁으로 달려와 주겠지, 하는 생각을 떠올렸다가 이내 고개를 가로저어 떨쳐냈다.

"아니, 그녀한테 의지하기만 해서는 안 돼요. 스스로 움직여야 합니다."

레이포스는 자신을 구하러 와줄 메어리의 발목만은 잡아서는 안 된다고 판단했다. 그래서 우선은 이곳이 어디인지부터 파악하기로 했다.

레이포스는 우선 창문을 통해 바깥을 살폈다.

하늘은 두꺼운 구름이 뒤덮고 있어서 햇볕이 새어들지 않았고 주변에는 안개가 짙게 끼어있었다. 건물 외부가 돌로 만들어져 있다는 점과 자주 보던 왕성과 비슷한 구조라는 점을 보아 레이포스는 이곳이 어느 성이 아닐까 짐작했다.

"성인 것 같은데, 풍경이라고는 산밖에 없고…… 여긴 대체 무슨 성인 거죠?"

그때 노크 소리가 들려왔다. 레이포스는 반사적으로 경계했다.

"……들어오세요."

문을 벌컥 열지 않는 것으로 보아 예절을 아는 자인 듯했다. 레이포스는 조심스럽게 허가를 냈다.

문을 열고 안으로 들어온 사람은 20대쯤 되어 보이는 남자였다. 옷차림을 보아 귀족이라는 걸 바로 알 수 있다. 레이포스는 경계를 풀지 않고 그와 거리를 두었다. 그러자 그는 레이포스가 겁을 먹었다고 생각했는지 남자가 공손하게 인사했다.

"실례합니다. 아름다운 공주님."

잘생긴 청년이 감미로운 미소를 지었다. 저 웃음으로 얼마나 많은 영애를 매료시켜왔는지는 모르겠지만, 속이 남자인 레인포스에게는 별로 효과가 없었다.

"소개가 늦었습니다. 저는 '존 올딜'이라고 합니다. 아름다운 공주님."

그 소개를 듣고 레이포스는 화들짝 놀랐다. 설마 찾고 있던 남자를 이런 곳에서 만나게 될 줄이야.

그와 동시에 경계를 더욱 굳혔다. 서클릿과 수첩 때문에 물어보고 싶은 것이 있다는 편지를 사전에 보냈기에 갑자기 태도를 바꿀 가능성이…… 있으려나?

남자의 의도를 도통 읽을 수가 없었다.

편지를 보낼 때, 아직 존 올딜이 진짜 당사자인지 확증이 없었기에, 자세한 내용은 적지 않았다. 그러니 그는 왕자가 공주님으로 변했다는 것도 모를 터였다. 여기 오는 동안에도 줄곧 메어리의 친구인 척하고 있었다. 더구나 그는 '아름다운 공주님'이란 말을 쓰고 있었다. 즉 아직 레이포스의 정체는 모른다고 봐도 되리라.

다만 아직 레이포스는 이렇다 할 상황 정보를 얻지 못했으므로 선불리 정체를 밝히기보다 영애의 가면을 계속 쓰고 있는 편이 좋겠다는 판단에 이르렀다.

아만다 선생의 수업이 이럴 때 도움이 될 줄은.

"처음 뵙겠습니다. 올딜 님. 전 레인이라고 합니다."

거리를 두고 경계하면서 레이포스는 능숙하게 숙녀의 예를 표했다.

"그렇게 딱딱하게 부르지 마시고, 편하게 '존'이라고 불러주세요. 공주님."

"……아, 아, 예……. 조, 존 님."

고개를 들어 상대를 쳐다봤다. 존은 어느새 거리를 좁혀 웃음을 날리고 있었다. 레이포스는 몸을 뒤로 뺐다.

존의 태도를 볼수록 그가 아무것도 모른다는 확신이 들었다. 다만 왜 공주님이라고 부르는지는 여전히 알 수가 없었다.

"아아, 오늘은 참 멋진 날이군요. 이처럼 어둡고 침울한 성안에 황금빛으로 빛나는 당신—으아악?!"

"방해하지 말고 비키세요."

혼자 무언가에 취해 하늘을 올려다보며 열변을 토해내고 있던 존을 누군가가 뒤에서 발로 차버렸다. 존은 아름답게 날아가 버렸다.

존 뒤에 서 있던 사람은 당차 보이는 여자애였다.

레이포스도 아는 얼굴이었다. 무엇보다 안대는 잊을 수가 없었다. 레이포스는 한껏 긴장감을 끌어올렸다.

"나 참. 예쁜 여자만 보면 분별없이 달려들다니, 이러니까 남자는……."

안대를 쓴 여자가 오물을 보는 듯한 눈으로 바닥에 처박혀 꿈틀거리는 존을 쳐다봤다.

"……아니, 멋진 영애께 말을 거는 건 남자로서—우에엑?!"

존이 아무 일도 없었다는 듯이 윗몸을 일으켜 항의하자 안대 쓴 여자가 또다시 발로 그의 머리를 콱 밟았다.

"누가 지껄여도 된다고 했나요? 이 벌레가."

안대 쓴 여자가 존의 뒤통수를 빙글빙글 밟으며 싸늘한 눈으로 내려다봤다. 레이포스는 식은땀을 흘렸다. 백작 영식을 밟는다니, 도저히 영애가 할 짓이 아니었지만, 그녀의 박력이 너무 대단한 탓에 레이포스는 결국 묵묵히 지켜보고만 있었다.

"아아아, 죄송합니다. 빅토리카 니이이임~."

그런데 정작 머리를 밟힌 존은 오히려 기쁜 듯 꿈틀대고 있었다. 레이포스는 전혀 이해할 수 없었다.

어쨌든 존 덕분에 안대를 쓴 여자의 이름이 빅토리카라는 걸 알아냈다. 문득 레이포스는 예전에 메어리와 함께 들었던 피피의 전언이 떠올랐다.

"이 벌레를 너무 무서워하지 않아도 된답니다, 레인 공주. 저는 빅토리카라고 해요."

레이포스가 더욱 경계심을 보이자 빅토리카는 레이포스가 존 때문에 겁을 먹은 줄 알았는지 그런 말을 했다. 아까 존을 밟을 때 보여준 표정은 어디로 갔는지, 지금은 온화한 얼굴을 하고 있었다.

"아, 예에……."

표정이 너무 휙휙 바뀌는 터라 도통 감을 잡을 수 없던 레이포스는 어떻게 대답을 해야 좋을지 알 수가 없었다.

다만, 빅토리카 역시 레인포스를 레인 공주라고 부르고 있었다. 원래 신분이 왕자였다는 걸 모른다면 공주라는 표현은 쓰지 않을 터였다. 결국 레이포스는 과감히 물어보기로 했다.

"저, 저기, 절 공주라고……."

"아아, 얼버무릴 거 없어요. 블러드레인가의 오랜 지식이 잠들어 있는 제 두뇌라면 이 정도 추리는 아무것도 아니니까요."

말을 마치기도 전에 그녀가 굳이 말하지 않아도 다 안다는 듯 이야기하는 바람에 레이포스는 할 말이 궁해졌다.

다만 새로 알아낸 것도 있었다. 그녀가 말한 '블러드레인'이란 흡혈귀 일족의 이름이다. 세상에는 잘 알려지지 않았지만, 왕족인 레이포스는 몇 번 들어본 적이 있었다. 즉, 그녀 또한 흡혈귀란 의미였다.

설마 지금 와서 왕국과 관계에 균열을 낼 셈인 걸까?

"그 여자가 소중하게 지키고 있던 것도 그렇지만, 당신에게서 차마 다 숨길 수 없는 품격을 보았습니다. 아마 어느 망국의 공주님이겠지요. 당신은 그 여자에게 정체를 밝히고 이 땅에서 무언가를 벌일 속셈이었죠? 올딜가까지 끌어들여서……. 큭큭큭, 제게 이 정도쯤은 식은 죽 먹기죠."

"…………."

빅토리카가 너무 자신 있게 말하는 탓에 레이포스는 다시 입을 열기 어려워졌다. 대체 뭐가 식은 죽 먹기란 말인가. 레이포스는 솔직하게 말해야 할지 판단이 서질 않았다.

레이포스가 결국 침묵을 지키고 있자, 빅토리카는 더 추궁할 생각이 없는지 레이포스의 침묵을 멋대로 긍정으로 받아들이고 만족스럽게 웃었다.

"……설령 그렇다고 해도 왜 이런 짓을."

머릿속으로는 오해를 풀어야 하지 않을까 생각하면서도 빅토리카의 목적을 알아내고자 레이포스는 굳이 물어봤다.

"이런 거친 방법을 쓴 건 사과드리지요. 하지만 저는 제가 그 여자보다 뛰어나다는 걸 증명해야만 했어요. 그리고 그때 마침 당신이 나타났지요. 바라마지 않던 기회였어요."

"어, 으~음, 그 여자가 누구죠?"

요는 왕국과의 관계에 균열을 내기 위해서가 아니라 누군가와 경쟁하기 위해서 납치했다는 이야기였다. 여전히 흐름을 읽을 수 없던 레이포스는 그냥 대놓고 물어보기로 했다.

"당연히 메어리 레가리야죠! 그 불여우를 흠씬 두들겨주지 않으면 속이 풀리질 않아요!"

빅토리카가 주먹을 불끈 쥐면서 말했다. 레이포스는 메어리가 어서 자신을 구하러 와줬으면 하는 마음과 그녀가 여기 오면 일이 더 꼬이는 게 아닐까 하는 마음이 서로 충돌하고 있음을 깨달았다.

 15  가자, 블러드레인 성으로. 한편 그 무렵2

"……에취!"

"괜찮으세요, 아가씨? 추우시다면 걸칠 거라도 내드릴까요?"

내가 재채기를 하자 뒤에서 튜테가 걱정스레 말을 걸었다.

"아, 아냐, 필요 없어. 틀림없이 누가 내 얘기를 하고 있겠지."

"그, 그런가요? 역시 아가씨예요! 그런 것까지 감지하실 수 있다니."

왜 재채기를 하느냐고 누가 물었을 때 으레 나오는 대답을 하자 튜테가 내 말을 진짜라고 믿고서 감탄했다.

(이쪽 세계는 그런 농담이 통하질 않나 봐. 말조심해야겠어.)

"메어리 님, 슬슬 쉬는 게 어떨까요? 신수님도 아침부터 달리셨으니 해서 피곤하시지 않을까 싶은데요."

협곡 입구가 가까워지자 앨리스 선배가 아래에서 타당한 의견을 제시했다. 그래서 나는 스노우에게 휴식 시간을 주기로 했다.

앨리스 선배의 지시대로 우리는 협곡에 있는 숲속으로 내려갔다.

〈하아~, 지친다~. 조금만 쉬자~.〉

우리가 내리자마자 스노우가 벌러덩 뒹굴었다.

"고생했어, 스노우. 역시 하늘을 나는 건 힘들지?"

〈그야 이렇게 오랫동안 날았으니까~. 정확히는 난다기보다

는 하늘을 달린다는 느낌이랄까? 체력과 마력이 한 번에 빠져나간다고~.〉

턱을 땅바닥에 댄 채 축 늘어져 버린 스노우를 보고 나는 고생했다며 머리를 쓰다듬었다.

"맞다. 아, 마력이 부족하면 내가 채워줄까? 예전에 했던 그 마법으로."

리리를 구하기 위해서 마력을 나눠주었던 기억이 떠올라서 제안해봤다.

〈그건 마법을 쓰는 사람에게 큰 부담이 가는 거라 긴급 상황 이외에는 쓰지 않는 거야. 게다가 만약에 메어리한테 무슨 일이라도 생기면 슬프잖아.〉

"스노우!"

스노우가 축 늘어진 채로 나를 배려해주자 그 마음이 기뻤다. 나는 그녀의 귀 뒤쪽이나 평소에는 손길이 잘 미치지 않는 곳을 중점적으로 쓰다듬었다.

〈뭐, 메어리는 마력이 괴물 같은 수준이니까 사실은 전혀 걱정하지 않지만, 그렇다고 회복하게 두면 나에게 쉴 틈도 주지 않고 무한 동력처럼 부려먹을 거 아니야~. 난 사양하겠어~.〉

신수님이 감격에 잠겨 있는 나에게 쓸데없는 소리를 했다.

"오호, 그럼 당장 회복시켜서 그 무한 동력의 맛 좀 볼까나~."

〈아, 망했다~. 한동안 누구와도 대화를 나누지 않았더니 무심코 마음의 소리까지 나와버렸어~.〉

내가 얼음장 같은 미소를 지은 채로 손가락을 뿌득뿌득 풀며 슬금슬금 다가가자 스노우가 식은땀을 대량으로 흘리며 늘어진 채로 능숙하게 거리를 벌렸다.

"저기~, 메어리 님. 저는 언제까지 이런 상태로 있어야 하나요?"

나와 스노우가 공방을 펼치고 있으니 앨리스 선배가 옆에서 머뭇머뭇 말했다. 나는 비로소 선배가 아직도 누에고치처럼 묶여 있다는 걸 깨달았다.

"……선배를 풀어주면 귀찮아질 것 같은데."

"너무해요!"

(에구, 스노우 때문에 나까지 마음의 소리가 나와버렸네. 안 돼, 안 돼.)

나는 반성하면서 앨리스 선배의 몸을 묶고 있는 밧줄을 풀어 나갔다. 그리고 그녀는 한동안 우리에게서 떨어져 홀로 침울해 했다.

그 뒤에 나도 튜테가 차려준 밥을 먹고서 스노우와 함께 쉬기로 했다.

"그나저나 튜테는 대단하네. 언제 이런 야영 기술을 습득한 거야?"

그렇다. 튜테는 이런 숲속에서도 불안해하지 않고 사전에 준비해둔 음식을 차려주었다. 마치 애니메이션 속 모험가처럼.

"아직 미숙하긴 하지만, 만약의 사태에 대비하여 남몰래 훈련했습니다."

"만약의 사태가 뭔데?"

"아가씨께서 수습할 수 없는 큰일을 저질러서 용사로서 모험을 떠날 수밖에 없을 때 말이에요. 그때도 어디까지나 함께 하겠습니다."

"튜테……."

"아가씨."

늘 내 옆에서 의지할 수 있는 친구가 되어주는 튜테의 말을 들으니 가슴이 뭉클해졌다. 그리고 곧이어 불현듯 불안감이 솟았다.

"그, 그럴 일은 없어, 그럴 일은……. 아마도……."

마음은 아주 기쁘지만, 차마 마냥 기뻐할 수가 없었다. 앨리스 선배가 근처에 있기에 나는 작은 목소리로 튜테에게 이의를 제기했지만, 그녀는 방긋 웃을 뿐이었다. 튜테의 상냥한 웃음 속에서 뭔가 굳은 각오가 느껴져서 불안감이 자꾸만 커졌다.

"그럴 일 없어. 절대로 없어. 저기, 농담이지? 부탁이니까 농담이라고 해줘어어어어!"

불안감이 폭발한 나는 튜테의 어깨를 붙잡고서 흔들었다. 그러나 그녀는 끝까지 아무 말 없이 웃기만 했다.

〈아~, 잘 잤다~. 자, 성을 향해 출발…… 너희들 지금 뭐 하는 거야?〉

스노우가 일어나자마자 나에게 말을 걸었지만 나는 반응하지 않았다. 현재 나는 앨리스 선배와 함께 한창 침울해하고 있으니까.

"아가씨, 농담이래도요. 어서 기분 푸세요."

튜테는 내 옆에서 여러모로 나를 위로해주고 있었다. 나는 조금 더 토라져 있으려고 했지만, 스노우가 일어나자 해야 할 일이 떠올랐다.

"그래, 이런 데서 침울해하고 있을 때가 아니야. 어서 레인 님을 구해야 해."

"바로 그 의기입니다. 아가씨."

내가 벌떡 일어서서 사명을 읊으며 자신을 북돋고 있으니 튜테가 손뼉을 짝짝 쳐주었다.

(으음……. 이거 기사가 공주를 구출하러 가는 동화는 좀 어려울지 몰라도, 여용사의 모험기 정도는 될 거 같은데……. 응, 아니야. 기분 탓, 기분 탓. 기분 탓이라고 해주세요. 부탁합니다.)

나는 스노우 쪽으로 걸어가면서 불현듯 떠오른 생각을 부정해달라고 누군가에게 부탁했다.

메어리 일행이 빅토리카의 성을 향해 다시 출발했을 즈음, 레이포스는…….

막 정신을 차렸을 때는 어떻게 할지 막막했지만, 막상 납치 장본인이 와도 이렇다 할 일은 없었다. 오히려 손님으로 정중한 대접을 받고 있었다.

애초에 이런 산속에서 홀로 도망치려 해봤자 도리어 다치기만 할 게 뻔했기에 레이포스는 얌전히 메어리가 오기를 기다리기로 했다. 더욱이 서클릿에 관해 물어보고 싶은 인물이 이곳에 있기에 도망칠 수도 없었다.

"그런데…… 둘이서 대화할 기회가 좀처럼 생기질 않네."

레이포스는 호화로운 대욕탕에서 혼자 몸을 담그고 한숨을 내쉬었다.

빅토리카는 방에 찾아온 이후로 레이포스에게 잘 보이고 싶었는지 계속 딱 붙어서는 다가오는 남자들을 내쫓아댔고, 그 탓에 좀처럼 존에게 서클릿을 물어볼 기회가 오지를 않았다.

어떻게든 틈을 내서 넌지시 존에게 '제 서클릿이 어떤가요?' 하고 물어봤더니 '당신의 아름다움 앞에서는 어떤 서클릿도 그저 장식에 불과합니다. 저는 당신밖에 보이지 않습니다.' 같은 말을 늘어놓았다. 그의 말대로 그는 서클릿에 관심도 없거니와 그게 무엇인지 알아차리지 못했다.

빅토리카에게 자신의 정체를 밝힐까도 생각했지만, 그녀가 무슨 생각 중인지 도통 알 수 없었던 레이포스는 그녀가 메어리의 이야기를 늘어놓으면서 한층 더 혼란에 빠지게 했다.

그녀가 호의적으로 나오는 걸 보아서는 당장 뭘 어떻게 할 생각은 없는 듯했으나, 오히려 너무 호의적인 탓에 레이포스는 긴장을 놓을 수가 없었다.

그리고 존에게는 이상하리만치 혹독했다. 그동안 지켜보면서 눈치챈 것인데 빅토리카는 남자를 대할 때와 여자를 대할 때의 차이가 격렬했다. 특히 여성에게 추파를 던지는 남성에게는 매우 엄했다.

존도 적당히 그만뒀으면 좋으련만, 포기할 줄 모르고 레이포스에게 추파를 던지려다가 빅토리카에게 계속 밟히기를 반복했다. 슬슬 존이 밟히고 싶어서 일부러 그러는 게 아닐까 하는 생각마저 들고 있었다.

"정보가 너무 적어……. 어떻게 한담?"

"뭘 그렇게 걱정하는 건가요? 그냥 이 빅토리카한테 전부 맡기세요, 레인 공주님."

"?!"

레이포스가 혼잣말하자 뒤에서 엉뚱한 대답이 돌아왔다. 놀라서 뒤를 돌아보자 레이포스처럼 실오라기 하나 걸치지 않은 빅토리카가 당당히 서 있었다. 혼자 있고 싶어서 욕실에 들어간 것인데, 설마 뒤늦게 따라서 들어올 줄은 생각도 못 했다.

레이포스는 몸을 남에게 보여도 딱히 거부감이 없었으나. 다른 사람, 특히 여성의 알몸을 보는 건 다른 이야기였다. 레이포스는 황급히 시선을 되돌리고서 고개를 숙였다.

눈을 어디에 두어야 할지 헤매고 있으니, 빅토리카가 옆으로 슥 다가와 욕조에 몸을 담갔다.

레이포스는 무심코 옆으로 고개를 돌렸다가 자기보다 하얗고 아름다운 몸이 눈에 들어오자, 재빨리 시선을 황급히 빅토리카의 얼굴로 옮겼다.

빅토리카는 목욕을 와서도 여전히 안대를 하고 있었다.

"그 안대는……."

"이건 어머님이 주신 소중한 물건이라서 어지간한 일이 아니면 절대로 벗지 않는답니다. 후훗, 당신의 서클릿도 그런가요?"

빅토리카가 감개무량하게 말했지만, 레이포스는 서클릿에 그런 감정 따윈 품고 있지 않았다. 이건 벗고 싶어도 벗지 못해서 있을 뿐이지, 저주라면 모를까 빅토리카의 안대처럼 추억이 담겨 있진 않았다.

"……어머님은?"

레이포스는 아직 빅토리카의 부모님과 만나지 않았다는 사실을 깨달았다.

"……천수를 다하셨어요. 어머님은 인족의 딸이었습니다. 저는 두 분의 사랑으로 태어난 기적, 흡혈귀와 인족의 혼혈이지요. 이 눈동자는 어머님께 물려받았고요."

빅토리카가 안대를 쓰지 않은 눈동자로 레이포스를 쳐다봤다.

"……그, 그런가요? 그럼 아버님은?"

"아버님은 제게 블러드레인가 당주 자리를 넘겨주시고서 어머님과 둘이서 그동안 꿈꾸던 세계 여행을 떠나셨답니다. 지금도 어딘가에서 어머님의 두개골을 한 손에 들고서 오붓하게 여행을 즐기고 계시겠지요."

빅토리카가 천장을 올려다보며 조금 쓸쓸한 표정을 지었다. 이야기는 마음을 울리는 감동적인 내용이었으나, 막상 그림을 상상해보니 엽기적인 광경이 떠올라서 레이포스는 다시 침묵했다.

그런 레이포스의 심경을 아는지 모르는지 이번에 빅토리카는 주먹을 쥐고서 부르르 떨기 시작했다.

"저는 행복과 꿈으로 가득한 부모님의 사랑을 받아 태어난 새로운 흡혈귀이자, 유서 깊은 블러드레인가의 당주입니다. 그런데 그 얄미운 불여우가 제게 그런 굴욕을……! 제대로 본때를 보여줘야 직성이 풀릴 텐데……!"

빅토리카가 어금니를 드러내고서 이를 갈았다. 고오오오오, 하는 기백이 느껴질 만큼 엄청난 박력이었다.

레이포스는 이쯤 되니 메어리가 빅토리카에게 대체 무슨 짓을 했는지 도리어 걱정되기 시작했다. 그러나 빅토리카는 한 번 꽂히면 도무지 생각을 바꾸려고 하질 않는 성격인 것 같으니 메어리가 무슨 짓을 했는지는 끝까지 말하지 않을 것 같았다.

"블러드레인가의 당주로서 제가 더 뛰어나다는 걸 보여줘야만 해요. 수단과 방법을 가리지 않고."

레이포스는 가문의 자존심을 지키고, 책임을 다하려는 빅토리카의 모습이 자신의 처지와 비슷하다는 생각이 들었다.

"그 여자가 억지로 가로채려고 한다면 내가……."

갑자기 빅토리카의 말이 끊어졌다. 레이포스가 온화하게 웃으

면서 빅토리카의 머리를 부드럽게 쓰다듬었기 때문이다. 마치 여동생을 달래는 언니처럼…….

빅토리카는 놀라 레이포스를 쳐다봤지만, 곧 꽉 쥐었던 주먹을 조용히 내리더니 눈을 감은 채 기분 좋게 그 손길을 느꼈다.

"빅토리카 님."

얼마나 지났을까, 욕실 입구에 서 있는 메이드가 조용한 시간을 깨고 말았다.

"개의치 말고 어서 말해요."

"예. 협곡을 감시하던 권속에게서 백은의 성녀가 신수와 함께 성으로 다가오고 있다는 보고가 올라왔습니다."

메이드의 보고에 레이포스의 표정이 굳어졌다.

걱정되어 빅토리카를 쳐다보니 그녀는 입꼬리를 올리고서 아주 사악해 보이는 웃음을 짓고 있었다.

"크크크, 신수를 타고 벌써 거기까지 이르렀군요, 백은의 성녀. 하지만 이 성으로 들어오려면 던전을 돌파해야만 할 겁니다."

"던전……."

그런 위험한 곳까지 있다니. 레이포스는 침을 삼켰다.

"크크크, 우리 블러드레인가가 대대로 시간이 날 때마다 차근차근 준비해온 함정과 몬스터들을 과연 통과할 수 있을까요? 구경거리가 생겼네요."

"차, 차근차근?"

레이포스는 빅토리카의 말을 듣고서 어쩐지 김이 새는 느낌이 들었다. 긴장감이 풀리고 말았다.

"자, 백은의 성녀, 어서 오세요. 레인 '언니'는 넘겨줄 수 없습니다!"

빅토리카가 욕조에서 벌떡 일어서자 레이포스는 황급히 시선을 돌렸다. 그녀의 말을 듣고 무언가가 마음에 걸렸지만, 그게 무엇인지는 그때는 아직 알아차리지 못했다.

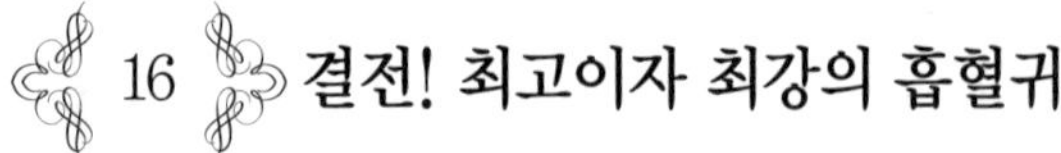

16 결전! 최고이자 최강의 흡혈귀

"이 던전을 지나지 않으면 블러드레인 성으로 갈 수 없습니다."

앨리스 선배의 안내에 따라 이동하던 우리는 지금 모양새에 공을 들인 던전 입구에 서 있었다.

멀찍이 보니 입구에 뭔가 글자가 조각되어 있었다.

"뭔가 적혀 있네. '이 던전에 들어가는 자는 저주에 걸리리라' 같은 엉터리 경고문이려나?"

"으음, '블러드레인 성에 온 걸 환영한다! 자, 즐거운 언데드 던전이 널 기다리고 있다'……고 적혀 있는데요."

내 말을 듣고 튜테가 입구에 새겨진 글을 읽었다. 나는 황당한 문구에 어이가 없었다. 튜테는 나를 보면서 곤혹스러워했다.

"메어리 님, 뭘 하는 건가요? 어서 가죠."

이런 상황에서도 앨리스 선배는 의욕을 보였다. 그녀가 재촉하자 나는 꺼림칙한 마음으로 던전을 향해 걸어 나갔다.

"앨리스 선배, 꽤 적극적이네요."

"그야 당연하죠. 이곳에는 언데드가 활보하고 있으니까요! 어떻게 진정할 수 있겠어요오오와아아아악——!"

앨리스 선배가 입구 안으로 한 걸음을 내디딘 순간 그에 맞춰서 바닥이 덜컹, 하고 열렸다.

무슨 일인지 생각하기도 전에 앨리스 선배가 내 시야에서 말끔하게 페이드아웃 되었다.

"애, 앨리스 선배애애애!"

나는 던전 입구에 들어가자마자 함정이 설치되어 있다는 걸 비로소 깨닫고서 황급히 뻥 뚫린 바닥을 들여다봤다.

"으, 첫걸음을 내딛자마자 함정이라니 너무 음습하잖아! 긴장감과 흥분을 품은 채 던전을 공략하려고 들어가는 사람의 마음을 좀 헤아려달라고, 운영자! 이건 버그야, 버그. 어서 수정해줘!"

"저기, 아가씨. 지금은 무슨 뜻인지도 모를 불평을 늘어놓고 있을 때가 아니라고 생각하는데요……."

내가 엉뚱한 부분을 비난하자 튜테가 조용히 딴죽을 걸었다.

"아, 그렇지. 앨리스 선배를 구해야지."

나는 다시 뻥 뚫린 바닥을 들여다봤다. 속이 어두컴컴해서 바닥이 보이지 않았다.

"괜찮아요. 메어리 니이이임! 바닥에 있는 슬라임이 완충 역할을 해줘서 다치지는 않았어요. 그리고 바닥이 방처럼 꾸며져 있어요."

바닥 쪽에서 앨리스 선배의 목소리가 울렸다. 나는 그녀가 무사하다는 걸 알고 안도했다. 아니, 이 던전은 바닥에 왜 완충재를 깔아놓은 거야?

"아, 이럴 수가아아아아! 이런 데에 어처구니가 없는 함정이이이이!"

"애, 앨리스 선배!"

그때 앨리스 선배가 또다시 비명을 질렀다. 나는 무심코 그녀의 이름을 외쳤다.

"아아아아앙, 말도 안 돼! 스켈레톤이, 스켈레톤이 잔뜩~ 있어요오오오오! 아, 왜 그래요? 왜 도망치는 거예요. 아아앙, 기다려주세요오오오오~."

어두운 바닥에서 하트가 뿅뿅 튀어나올 것처럼 달콤한 앨리스 선배의 목소리가 들렸다. 나는 으~음, 하고 신음하며 입을 다물었다.

"앨리스 선배는 괜찮은 것 같아. 그녀라면 자력으로 탈출할 수 있겠지."

"예? 괜찮을까요? 그래도……."

"괜찮아! 우리는 앨리스 선배를 믿고서 앞으로 나아가자!"

내 결단에 살짝 이의를 제기한 튜테를 억지로 설득한 뒤 나는 안쪽을 쳐다봤다. 솔직히 말해서 이곳을 답파하는 건 귀찮을 것 같다.

하늘에서 성으로 들어가는 방법도 있었지만, 뭐가 있을지 모르는 이상 좋은 선택은 아니었다.

(자욱한 안개 속에서 비행 몬스터가 튀어나오면 나는 어쨌든 나머지는 위험할 수도 있으니…….)

"리리 님, 왜 그러세요?"

이제 어떻게 할지 고민하고 있으니 튜테가 던전 안이 아닌 다른 방향을 보며 말했다.

"응? 리리?"

그 소리를 듣고 그쪽을 시선을 돌리자 리리가 던전 입구에서 엉뚱한 곳을 보고 있었다.

"리리, 왜 그래?"

나는 뒤를 돌아 리리가 보고 있는 쪽으로 시선을 돌렸다.

"…………."

그곳에는 좀비 한 마리가 있었다. 좀비는 입구 옆에 있는 벽에서 무언가를 하더니 우리에게 시선도 주지 않고 그대로 어디론가 가버렸다.

"뭐야? 뭘 하러 온 거지?"

"……앗, 아가씨. 뭔가 간판이 걸려 있어요."

튜테가 아까 좀비가 잠깐 머물던 곳에 나무 간판이 걸려 있었다.

나는 마음을 다잡고서 간판 앞에 섰다.

"어디 보자…… '이쪽에 던전을 가로지를 수 있는 비밀의 문이 있습니다. 급하신 분은 이용해주세요.'"

""""""…………."""""

침묵이 흐르는 가운데, 우리는 조용히 숨겨진 문의 스위치를 찾았다.

"왜 거기서 나오는 겁니까?!"

컴컴한 통로를 지나 계단을 올라가니 넓은 방이 나왔는데, 마침 방 밖으로 나가려던 빅토리카와 올바스의 모습이 보이길래 말을 걸었더니 그녀가 갑자기 절규했다.

"왜냐니? 당신이 비밀 통로를 알려줬잖아요? 좀비가 정중하게 간판까지 걸어줬는데?"

왜 그렇게 놀라는지 이유를 알 수가 없었다. 나는 고개를 갸웃거리며 무슨 일이 있었는지 빅토리카에게 솔직히 말했다.

"……올바스으으으으으으! 그 통로는 손님용이고, 이번에는 손님이 아니라고 했잖아아아아아!"

짐작 가는 바가 있는지 빅토리카가 뒤에 있는 잘생긴 집사를 사납게 추궁했다.

"그렇습니다만, 결국 좀비가 손님과 적을 구분할 수 없으니 누가 오든 일단 간판을 걸어두라고 명령하신 것도 아가씨입니다."

"끄으으응, 그랬었죠. 너무 옛날 일이라서 그만 까먹었어요오오오오오! 너무 평화로워서 손님 말고는 성을 찾아오는 사람이 없다 보니 대충 명령해놓고 방치해버렸어어어어어!"

올바스가 시원하게 웃으며 우아하게 대답하자 빅토리카가 머리를 싸쥐며 절규했다. 어쩐지 재미있어서 잠시 지켜보기로 했다.

"……저, 어쩐지 올바스 님이 남처럼 느껴지지 않아요."

뭔가 통하는 게 있었는지 뒤에 있던 튜테가 불쑥 중얼거렸다.

"어머나, 그게 무슨 뜻일까나? 튜테 씨?"

"예? 물론 빅토리카 님과 아가씨가 일을 저지르는 패턴이 비슷……하다는 생각은 안 했어요! 예, 요만큼도!"

내가 웃으며 튜테를 쳐다보자 그녀가 황급히 변명했다.

"호오, 이 메이드가 그 간지럼 지옥이 그리워진 모양이군?"

내가 두 손을 뿌득뿌득 풀면서 다가가자 그 지옥이 떠올랐는지 튜테가 새파랗게 질린 얼굴로 뒷걸음질을 쳤다.

〈틀린 말도 아니네, 뭘~. 저거 봐 똑같잖아.〉

스노우가 어이없다는 표정으로 우리를 보며 그렇게 말하고는 빅토리카를 보라며 턱짓을 했다.

내가 빅토리카 쪽으로 시선을 돌리자 그녀도 손을 풀면서 변명을 내뱉은 올바스에게 슬금슬금 다가가는 중이었다.

"…………어험!"

나는 뿌득뿌득 풀던 손을 내리고서 크게 헛기침을 했다.

내 헛기침을 들었는지 빅토리카도 동작을 멈추고는 어흠, 하고 헛기침을 하고서 자세를 똑바로 했다.

"뭐, 이미 지나간 일을 따져봤자 어쩌겠어요. 일단……."

빅토리카가 그렇게 말하고서 우리 쪽을 쳐다봤다. 그러고는 안대에 손가락을 대고서 포즈를 취했다.

"블러드레인 성에 온 것을 환~영합니다. 큭큭큭, 역시 백은의 성녀. 내 상상을 웃도는군요."

"아니, 이건 당신이 혼자 자폭했을 뿐이잖아."

"윽~~~!"

나는 멋있게 다시 시작하려는 빅토리카에게 찬물을 끼얹었다. 그녀는 얼굴을 새빨갛게 물들이고서 울먹였다.

“아~, 미안해! 그, 그보다도 레인 님은 어디 있어? 무사하지?”

빅토리카가 당장에라도 눈물을 쏟아낼 듯 울먹이자 나는 황급히 사죄하고서 이야기를 진행했다.

“그, 그럼요. 정중하게 모시고 있답니다. 그리고 당신의 역할은 여기까지입니다. 그만 돌아가세요. 지금부터는 이 빅토리카 블러드레인이 대신하겠습니다.”

내가 이야기를 진행하자 퍽 기뻤는지 빅토리카가 활짝 웃었다. 그리고 이내 의미심장한 표정을 지었다. 참 알기 쉬운 아이네.

“대신하다니……. 당신, 우리가 뭘 하려고 왔는지 알고서 하는 소리야?”

“예, 물론이죠. 그 서클릿 때문이 아닌가요?”

“어……, 어, 어떻게 그걸……. 레인 님한테서 들었어?”

아무것도 모를 줄 알았는데, 빅토리카가 느닷없이 핵심을 찌르고 들어왔다.

“아뇨. 하지만 제 오래된 지식으로 그런 건 금세 알아낼 수 있답니다. 저는 당신보다 우수하니까요.”

빅토리카가 에헴, 하고 의기양양하게 가슴을 활짝 폈다. 참고로 가슴은…….

(음, 나랑 비슷한 정도인가?)

나는 약간 마음이 편안해졌다. 요즘에 가슴 때문에 적잖이 압박을 받아왔으니…….

"목욕하러 가서도 그 서클릿만은 벗질 않더군요. 그건 바로 그 서클릿이 망국의 비보(祕寶)이기 때문이죠. 마력도 느껴졌고요. 아마 그 물건으로 이 땅에서 무언가를 이룰 생각이었겠죠, 망국 최후의 공주로서 말이에요. 아아, 참으로 고귀하고도 당찬 분이군요."

내가 가슴을 보며 안심하고 있는 동안에 빅토리카가 뭐라 중얼거리며 몸부림쳤다. 욕조? 망국? 최후? 그런 소리가 들렸지만, 혼잣말인 것 같아서 흘려들었다.

"어쨌든! 그런 이유로 당신은 이제 쓸모가 없답니다. 어서 영지로 돌아가세요. 땅딸보 아가씨."

빅토리카가 온화하게 웃으면서 나를 쉿쉿, 하며 쫓아내는 듯한 손짓을 했다. 더욱이 내 가슴을 보고는 흣, 하고 코웃음까지 쳤다.

그녀의 코웃음에 내 인내심이 한계를 넘어버리고 말았다.

'배짱 한 번 두둑하네. 그래, 그 싸움 받아들이겠어. 자기도 별 차이 없는 주제에 누가 누구한테 지적을…….'

"흣흣흣, 돌아가란다고 순순히 돌아가면 레가리아 공작가의 이름을 더럽히는 꼴이지. 당신이야말로 레인 님을 당장 넘기고 이 성에서 얌전히 잠이나 자도록 해. 이 땅딸보 공주야."

내가 대담하게 웃자 빅토리카 또한 대담하게 웃었다.

"역시 나와 당신이 싸우는 건 숙명이군요. 하지만 당신이 이길 가능성은 없어요. 왜냐면 난 최고이자 최강의 흡혈귀. 빅토리카 블러…….”

“턴 언데드으으으으으!”

어젯밤의 재방인가? 나는 빅토리카가 말을 끝마치기 전에 신성 마법을 발동했다.

“꺄아아아아아아악!”

빛의 기둥이 솟아오르고 그 안에서 귀여운 비명이 들렸다.

“아, 아가씨……, 그건 너무한 게 아닌지…….”

내 기습에 실망했는지 튜테가 그런 말을 했다.

“승리를 위해서 그 무엇도 두려워하지 말라! 아버님이 자주 하시던 말씀이야. 그러니 난 두려워하지 않고 실행할 거야.”

나는 주먹을 쥐고서 의기양양하게 선언했다.

“아뇨, 주인님께서는 그런 의미로 말씀하신 게 아닌 것 같습니다만.”

나는 튜테의 지적을 못 들은 척하고서 앞에 있는 적을 확인했다. 빛의 기둥이 사라지자 헥헥거리며 어깨를 들썩이는 빅토리카의 모습이 보였다.

“역시 끈질겨. 그렇다면 연속 턴 언데드으으으으으!”

“올바스!”

“엥?”

내가 거듭 신성 마법을 영창하자 아직 회복되지 않은 빅토리카는 지난번에 당했던 신성 마법 지옥을 떠올리고서 얼굴이 창백해진 올바스의 팔을 홱 잡아당겼다. 그러고는 마법이 발동되기 직전에 자신이 서 있는 자리에 놔두었다.

"우갸아아아아아악!"

빛에 휩싸인 잘생긴 집사의 비명이 되울렸다.

"우와……."

내가 할 소리는 아니지만, 상대도 수단과 방법을 가리지 않았다. 곁눈으로 힐끔 보니 튜테가 숨을 삼키고서 각오를 굳힌 듯한 표정을 짓고 있었다.

"아니, 난 안 해! 절대로!"

한창 전투 중인데도 나는 무심코 튜테를 돌아보며 호소했다.

"크, 비겁하군요. 잘도 내 집사를……."

빅토리카가 어이없는 원망을 늘어놓자 나는 황급히 그쪽으로 고개를 돌렸다.

"아니, 아니, 아니! 마법진에 집어넣은 건 너잖아!"

"……크크크, 아무래도 당신은 제 실력을 보고 싶은 모양이군요."

내 딴죽을 무시하고서 빅토리카가 이야기를 진행했다.

"그럼 기꺼이 보여드리지요! 봉인된 흡혈귀의 피, 지금 해방하겠어요!"

빅토리카는 착용하고 있는 안대를 쥐고서 힘껏 벗겨내……지 않고, 끈을 천천히 풀고서 조심스럽게 벗기고는 고이 접어 주머니에 넣었다.

"…………."

자신만만한 말과는 달리 행동은 무척이나 조심스러웠다. 나는 어이없는 눈으로 그 광경을 쳐다봤다.

"봉인은 풀렸다! 눈을 떠라, 나의 힘이여!"

빅토리카는 또다시 포즈를 취하고서 안대에 숨겨져 있던 눈을 서서히 떴다.

그녀의 오른쪽 눈은 올바스처럼 흰자위가 거멓고, 눈동자는 붉게 빛나고 있었다.

(오드아이! 우오오오오, 진짜 멋지다아아아아!)

지금껏 상대를 거듭 중2병이라고 말해오기는 했지만, 나도 결국은 같은 부류였다.

"내 목소리를 들어라! 내 이름은 빅토리카 블러드레인! 심연 속에 있는 사악한 어둠의 힘을 내 앞에 꺼낼 때가 왔다! 오너라, 나의 충실한 종이여!"

"오오오오!"

빅토리카의 대사와 포즈, 그리고 그녀를 에워싸고 있는 마법진을 보니 전생 때 봤던 중2병 애니메이션이 떠올랐다. 내 입에서 무심코 감탄이 나왔다.

"권속 소환!"

빅토리카가 힘차게 외치자 그녀의 앞에 커다란 마법진이 떠올랐다. 그리고 그곳에서 거대한 무언가가 쑤욱~ 하고 얼굴을 내밀었다.

"후엣?!"

얼빠진 소리를 내뱉은 내 앞에서 그 거구가 모습을 드러냈다.

〈말도 안 돼?! 본 드래곤이라고오오오오오?!〉

스노우의 목소리가 머릿속에 울렸다.

마법진에서 튀어나온 건 온몸이 뼈로 되어 있는 거대한 드래곤이었다.

어찌나 거대한지 이 넓은 방도 비좁게 느껴질 정도였다. 본 드래곤이 고개를 쳐들었다. 아무것도 없는 새카만 눈구멍에서 새빨간 빛이 나오고 있었다.

아무리 뼈만 있다고 해도 드래곤은 이 세계의 정점에 서 있다고 알려진 존재다. 그 힘이 어느 정도인지는 헤아릴 수가 없었다.

실제로 신수인 스노우조차도 꽤 겁을 먹었다.

그 드래곤을 부리는 빅토리카가 꽤 실력자라는 건 의심할 여지가 없었다.

"큭큭큭, 이게 제가 최고이자 최강의 흡혈귀라 불리는 이유입니다. 아~, 참고로 말하자면 최고란 블러드레인가의 오래된 역사를 말하는 것이고, 최강이란 그중에서도 내가 특별히 강하다는 의미랍니다."

최고이자 최강의 흡혈귀 씨는 퍽 여유로운지 불필요한 보충 설명까지 해주었다.

"자, 본 드래곤이여. 저 여자와 가볍게 놀아주도록 하세요."

"고아아아앗!"

빅토리카가 지시하자 호응하듯 본 드래곤이 포효했다.
"스노우, 튜테와 리리를 데리고서 이곳에서 벗어……어?"
내가 뒤를 돌아보자 뒤에 있던 신수가 어느새 리리를 안고 있는 튜테의 옷깃을 물고서 저 멀리 전력으로 도망가고 있었다.
"야! 튜테와 리리만 보내고, 넌 나랑 같이 싸워야지!"
나는 본 드래곤에게 등을 돌린 채 멀어져가는 스노우를 향해 항의했다. 본 드래곤이 무방비해진 나를 향해 꼬리를 휘둘렀다.

콰아아아앙!

요란한 소리와 함께 본 드래곤의 꼬리가 뼛가루가 되어 흩어져버렸다.
""어?""
의기양양하게 서 있던 빅토리카와 눈치를 살피고 있던 올바스의 얼굴이 굳어져 버렸다.
나는 아무것도 하지 않았다. 그저 뒤에서 날아오는 꼬리 공격을 그대로 맞았을 뿐이다. 꼬리가 내 몸에 부딪히면서 멋대로 가루가 됐을 뿐이다.
나는 뒤를 돌아 가루가 되어 흩어져가는 꼬리부터 표정이 굳어버린 빅토리카와 올바스, 그리고 사라져버린 꼬리를 멍하니 쳐다보는 본 드래곤으로 시선을 옮겼다.
"에헷♪"

나는 윙크를 하면서 혀를 빼꼼 내밀고는 한 손으로 자기 머리를 툭 쥐어박으며 쑥스러운 표정을 지었다.

"뭐가 에헷입니까아아아아아아! 방금 건 대체 뭐예요오오오오! 당신, 정말 사람인가요?!"

"너무하네~. 난 평범한 사람이야. 오히려 이 용 말이야, 칼슘이 너무 부족한 거 아니야? 아니면 골다공증인가? 권속이라면 좀 소중히 관리하는 게 어떨까, 빅토리카♪"

나는 이런 상황에서도 포기할 줄 모르고 끝까지 귀여운 척을 했다.

"칼슈움? 고, 골다공……? 무슨 소리를 하는지 모르겠지만, 제 잘못인 것처럼 말하지 말아요오오오오오오! 이상한 건 바로 당신이니까!"

빅토리카는 내 궤변에 속지 않고 맹렬하게 항의했다. 나는 웃으면서 빅토리카에게 걸어 나갔다. 도중에 길을 막고 있던 본 드래곤이 사사삭, 하고 뒤로 물러나 길을 내준 건 못 본 척하기로 했다.

내가 다가가자 빅토리카는 반사적으로 뒷걸음질을 쳤다. 올바스도 굳은 채로 우리를 가만히 지켜보기만 했다.

"뭐뭐뭐, 뭔가요, 당신은? 이, 이이이, 이상해, 헉!"

무슨 영문인지 빅토리카가 벌벌 떨며 벽으로 물러났다. 나는 그녀의 머리를 에워싸듯 두 손으로 뒤에 있는 벽을 힘껏 때렸다.

바로 이게 벽쿵!

"네 권속은 골다공증이었어. 골다공증이란 골질이 감소하여 물러지거나 부러지기 쉬워진 상태를 말해. 그러니까 부서진 거야. 알겠어? 빅토리카. 권속을 더 철저하게 관리하도록 해."

나는 웃으면서 애절하고도 정중하게 설명했다. 그리고 빅토리카에게 얼굴을 가까이 댔다.

"하, 예……."

그리고 빅토리카는 내 웃음을 견뎌내지 못하고 울먹이며 고개를 끄덕였다.

17 싸움은 끝났지만…….

"메어리 씨! 빅토리카 씨! 둘이 싸우면, 엇……."

내가 빅토리카에게 벽쿵으로 설득을 끝냈을 즈음에 멀리서 레인 님의 목소리가 들려왔다.

고개를 돌려 보니 아름다운 드레스를 입고서 화장까지 한 레인 님이 뱀파이어 메이드들을 질질 끌며 다가오고 있었다.

아마도 나가려는 걸 저지하려는 메이드들을 떨쳐내고서 억지로 나온 모양이다. 그 광경을 보고 안도한 나는 벽에 대고 있던 손을 내렸다.

"레인 님, 무사하셔서 다행이에엇……."

"후에에에에엥, 레인 언니이이이이이! 무서웠어요오오오오, 무서웠다고요오오오오오!"

레인 님이 다가오자 빅토리카가 나를 밀쳐내고서 울먹이며 레인 님에게 달려갔다.

빅토리카는 레인 님에게 매달려 있는 메이드들을 뿌리치고는 대신에 자신이 그녀의 몸에 매달렸다.

"어, 어라~? 음~?"

레인 님은 어떤 상황인지 몰라서 당혹스러워하는 눈치였지만, 일단 울고 있는 빅토리카를 다독여주고자 머리를 쓰다듬었다.

그리고 나는 빅토리카의 말을 듣고서 알 수 없는 불안감에 휩싸였다.

(레인…… 언니라고……?! 어쩐지 불길한 예감밖에 들지 않는데……!)

"그래서! 왜 이렇게 된 거죠? 제대로 설명을 해줬으면 하는데요."

우리는 응접실로 자리를 옮겼다. 의자에 앉아 있자니 메이드들이 금방 차를 끓여 내주었다.

빅토리카와는 일단 휴전을 맺었다.

"우~ 레인 언니. 저 불여우가 무서워요."

내 앞에 놓인 2인용 소파에 앉아 있는 빅토리카가 곤혹스러운 표정을 지은 채 옆에 앉아 있는 레인 님에게 팔짱을 끼며 들러붙었다.

"자자, 메어리 씨도 진정하세요."

언제 저렇게 사이가 좋아진 거지? 레인 님이 빅토리카의 편을 들어주며 나를 진정시켰다. 뭐, 사이가 좋다기보다는 빅토리카가 일방적으로 따르고 있는 것처럼 보이지만…….

"그래서 빅토리카 씨는 왜 이런 짓을?"

나 대신에 레인 님이 상냥하게 물었다.

"그러니까……, 저 여자랑 싸우려고……."

"그거야, 바로 그거! 우리 초면이잖아? 그런데 내가 왜 당신이랑 싸워야만 하는 거야? 내가 당신한테 무슨 짓이라도 했어?"

레인 님이 진정하라고 한 지 얼마 되지 않았지만, 나는 또다시 강하게 따져 물었다.

"우우~, 하지만, 하지만……."

내가 추궁하자 빅토리카가 울먹였다. 레인 님이 위로하듯 그녀의 머리를 부드럽게 쓰다듬었다.

(이 구도는 뭐지? 어리광을 부리며 자라온 막내의 실수를 따끔하게 혼내는 차녀와 그런 두 동생을 상냥하게 지켜보는 장녀?)

나는 그런 별 쓸데없는 생각을 하면서 화를 누그러뜨렸다.

"……엘리자베스 님이……."

"어?"

바로 그때 빅토리카의 입에서 뜻밖의 이름이 나왔다.

"잠에서 일찍 깨서 인사차 오랜만에 뵈러 갔더니…… 엘리자베스 님이 메어리 얘기만 하고……. 그 사람이 날 우수한 부하라고 인정해주길 바랐는데……. 그런 굴욕은 처음이에요."

아까 전까지 울먹이던 빅토리카가 이번에는 뾰로통한 표정을 지었다.

"오호~, 그래~, 그, 그그그, 그 사람이 하는 말을 진심으로 받아들이면, 아, 안 돼. 그 사람은 화술의 달인이니까. 애당초, 나, 난 그 사람의 부하도 아닌걸?"

나는 레리렉스 왕국에서 저질렀던 일들을 떠올렸다. 차를 마시며 마음을 진정시키려고 잔을 들었지만, 손이 떨려서 도저히 마실 수가 없었다. 잔에 금이 가기 전에 뒤에서 튜테가 살며시 회수해주었다.

"……그래서 어쩐지 부아가 치밀어서 메어리를 방해하자고 결심했습니다."

"이 녀석이이이이! 그런 이유로 날 귀찮게 한 거냐아아아아!"

토라진 빅토리카가 나를 애써 외면한 채 엄청난 내용을 폭로하자 나는 무심코 달려들 기세로 항의했다.

"히익!"

"자, 자, 진정하세요, 메어리 씨."

내가 무서웠는지 빅토리카가 비명을 살짝 내지르고서 또다시 레인 님에게 달라붙었다. 레인 님은 빅토리카를 지키려는 듯이 조금 곤혹스러운 표정으로 나를 달랬다.

"언니……."

(어이쿠, 안 돼, 안 돼. 무심코 언니는 얘한테 너무 물러요, 하고 말할 뻔했어. 위험해, 위험해.)

망상이 입 밖으로 나올 뻔해 황급히 입을 틀어막고는 소파에 기댔다. 두 사람은 그런 내 태도를 보고서 고개를 갸웃거렸다.

대화가 끊기고 침묵이 찾아오자 갑자기 응접실 문이 활짝 열렸다.

"여어~, 아름다운 공주님들~! 이야기는 끝났나? 그렇다면 나랑 함께 달콤한 한때를 보내지 않겠습니까?"

웬 남자 하나가 반짝반짝 웃으면서 닭살 돋는 소리와 함께 들어왔다.

“마침 잘됐네요. 이제부터 우리 이야기를 하려고 존 님을 부르려던 참이었습니다.”

어쩐지 성가실 것 같은 남자가 등장했는데도 레인 님은 태연하게 대응했다.

(존? 혹시 올딜 백작 영식인 존 올딜? 그러고 보니 여기에 있다고 했었지.)

그리고 나는 그때야 또 다른 올딜을 떠올렸다.

“아, 맞다! 앨리스 선배를 던전에 내버려 둔 채로…… 아니, 남겨두고 왔네.”

“아아, 올바스한테 회수하라고 지시를 내려뒀답니다. 엄청나게 싫은 티를 내긴 했지만.”

“어머, 고마워. 행동이 빠르네.”

“따, 딱히 당신을 위해서 지시를 내린 건 아니에요.”

내가 솔직하게 감사 인사를 하자 빅토리카가 무슨 영문인지 고개를 홱 돌리고서 강한 척했다.

(저 막내는 뭐야? 츤데레?)

무심코 어쩔 줄 몰라 하는 표정을 보고 싶어서 머리를 쓰다듬을 뻔했다. 존이 자리에 앉는 바람에 꾹 참았지만.

“그럼 모든 걸 이야기하도록 하죠. 제 몸에 벌어진 사건을.”

“““““………….”””””

레인 님이 모두의 얼굴을 확인한 뒤 그렇게 선언하자 빅토리카와 존과 나는 어쩐지 장대한 이야기가 펼쳐질 것 같아서 마른 침을 삼켰다.

"우선 존 님. 제 서클릿을 본 적이 없습니까?"

"하핫, 당신 같은 아름다운 공주님과는 어울리지 않는 치졸한 서, 서, 서클, 서클릿……."

레인 님의 말을 들은 존이 서클릿을 보며 말하다가 말끝을 점점 흐렸다.

(아, 눈치챘다…….)

"……하핫, 기분 탓이겠죠. 어디선가 본 것 같긴 한데……. 기분 탓입니다, 기분 탓."

존이 식은땀을 삐질삐질 흘리며 현실을 외면하기 시작했다.

"이건 알트리아 학원 지하에 숨겨진 방에서 발견된 서클릿입니다."

"……!"

레인 님의 말을 듣고 존이 땀을 비 오듯이 흘리기 시작했다. 무슨 사정인지 모르는 빅토리카만 고개를 갸웃거렸다.

"오, 오호~, 그, 그그그, 그렇습니까? 학원에서 말이군요~."

존은 모두에게서 시선을 돌리고 있다. 아까 그 반짝거리던 얼굴은 어디로 갔담? 그는 눈동자를 이리저리 굴리고 있었다.

"서클릿이 들어 있는 상자에 수첩도 함께 있었습니다. 메어리 씨, 지금도 갖고 있나요?"

"아, 예."

레인 님이 나에게 묻자 마치 기다리고 있었다는 듯이 뒤에 있던 튜테가 나에게 그 수첩을 살며시 건넸다.

(진짜, 유능한 메이드는 무섭네.)

"존 님, 이 수첩을 본 기억이 있지 않나요? 정 기억이 안 난다면 이 자리에서 한 번 읽어드릴 수도 있는데요."

"아, 아아뇨노노노, 괜찮습니다! 알고말고요. 기억하고 있으니까아아아아! 읽는 것만은 제발 봐주세요!"

내가 수첩을 흔들며 존에게 보여주자 그는 식은땀을 뚝뚝 흘리며 얼굴이 창백해졌다.

(아아, 자신의 흑역사가 폭로될까 무서운가 보네. 알아, 그 마음 알아~.)

그의 태도만 봐도 정답을 알 수 있다. 이 몸 씨는 존이 확실하다.

"헉?! 그럼 당신이 그 서클릿을 착용하고 있다는 건……."

존이 경악하며 레인 님을 쳐다보자 그녀가 고개를 천천히 끄덕였다.

"그 기품이 넘치는 자태도 그렇고, 레가리아 공작 영애와 함께 용무가 있다며 영지에 찾아왔으니…… 다, 다, 다시 말해서 속은……."

존이 머릿속으로 어떤 결론을 내렸는지 부들부들 떨었다. 레인 님은 그 반응을 보고서 고개를 끄덕였다.

"이, 이럴 수가……."

존이 고개를 푹 숙였다. 자신이 무슨 짓을 저질렀는지 통감하여 후회하는 건가?

"……저렇게 스타일 발군으로 변신할 줄 알았다면 내가 쓰는 거였는데! 최고의 여자로 변한 나를 차분히 바라보고 싶었는데에에에에!"

이 몸 씨가 진심으로 원통해하며 주먹을 쥐고서 영문을 알 수 없는 소리를 해댔다.

미인으로 변할지 어떨지는 원판에 좌우되겠지만, 스타일은 어떨는지 모르겠다. 특히 가슴 크기는 어떻게 결정되는 거지? 아니, 지금 그런 건 아무래도 상관없다.

"……어험."

실내에 미묘한 분위기가 흐르자 레인 님이 헛기침하며 다잡았다.

"그래서 존 님. 이 서클릿은 어떻게 해야 벗을 수 있습니까?"

"예? 안 벗겨집니까?"

""예?""

레인 님의 말에 존이 놀라서 되물었다. 나와 레인 님도 예상 밖의 반응에 놀란 소리를 내고 말았다.

"무슨 뜻입니까? 이건 당신이……."

"아뇨, 시작은 제가 했어도 그 서클릿은 거의 셰리 님이 혼자서 만드신 겁니다. 제가 한 건 서클릿의 토대 정도였죠. 그러니 자세한 건 모릅니다."

레인 님이 거듭 묻자 존이 황급히 변명했다.

"하지만 셰리 님은 한 번 쓰면 벗을 수 없다는 소리는 안 했습니다. 언제든지 벗을 수 있고, 효과도 딱 하루만 유지된다고. 하루가 지나면 저절로 벗겨져 효과가 사라진다고 들었습니다."

존이 거짓말을 하는 것 같지 않았다. 아니, 거짓말을 할 이유가 없었다. 그렇다면 왜 레인 님은 아직도 벗지를 못하는 거지?

그때 나는 피피의 말을 떠올렸다.

"레인 님. 피피 씨가 서클릿에서 집념 같은 것이 느껴진다고 분명 말했죠. 마음대로 벗을 수 있다는 말은 하지 않았어요."

"……맞아요. 그렇다면 셰리 씨가 거짓말을 했거나, 아니면 그녀도 예상하지 못한 일이 이 서클릿에 벌어졌다고 봐야겠군요?"

나와 레인 님이 진지한 얼굴로 고민하고 있으니 현재 완벽하게 외톨이 신세인 빅토리카가 우리를 번갈아 쳐다봤다.

"이야기가 제 예상과는 아예 딴판으로 흐르고 있다는 건 알겠어요. 즉 언니는 서클릿을 어떻게든 처리하고 싶은 건가요?"

빅토리카가 어리둥절한 얼굴로 물었다.

"뭐, 그런 셈이죠."

"그럼 셰리한테 물어보면 되지 않나요?"

"그 셰리 씨가 어디 있는지 몰라서 올딜 백작 영식님을 만나러 온 거 아냐."

빅토리카가 말하자 나는 생각을 중단하고서 한숨을 내쉬며 대답했다.

"셰리라면 바로 요전에도 왔다 갔습니다. 용무가 있다면 절 억지로 깨웠지요."

""어?""

새로운 사실에 나와 레인 님은 또 무심코 놀란 소리를 흘리고 말았다. 셰리가 온 건 둘째치고, 자고 있던 빅토리카가 일찍 일어난 원인이 셰리였다니.

나는 곧장 빅토리카를 추궁했다.

"자, 잠깐만. 당신, 우리가 말하는 셰리가 누군지 알고서 말하는 거지?"

"예? 엘프족 마공기사이자 방랑벽이 있는 아가씨를 말하는 거 아닌가요?"

빅토리카가 고개를 갸웃거리며 정답을 말했다.

"뭐야? 어떻게 알고 있는 건데? 자세히 들려줘."

내가 거듭 추궁하자 자신이 우위에 있다는 걸 알아차린 빅토리카가 사악하게 웃었다.

"흐~음, 어떻게 할까요~. 그게 남한테 부탁하는 태도인가요~."

(이 이 여자가……!)

빅토리카가 우쭐해져 웃자 나는 억지로 웃으며 관자놀이에 핏줄을 세웠다.

"빅토리카 씨, 어떻게 된 건지 자세히 알려줄 수 없을까요?"

"예, 언니~."

그러나 레인 님이 묻자 아까 전과는 딴판으로 엄청나게 기뻐하며 대답했다.

"저, 저저저, 저 자식이~!"

"아가씨, 참으세요. 지금은 참아야 해요."

내가 부들부들 떨자 뒤에서 튜테가 슬쩍 다가와 진정시켰다.

"셰리와는 오랫동안 알고 지낸 사이입니다. 이 성의 보물고에는 그녀가 방랑 여행 중에 발견한 귀중한 아이템이나 재료들이 보관되어 있지요. 그걸 가지러 종종 성을 방문하곤 합니다."

빅토리카의 이야기에 나는 앨리스 선배에게서도 비슷한 이야기를 들었다는 걸 떠올렸다. 설마 주인이 셰리였을 줄이야.

(등잔 밑이 어둡다고 해야 하나, 세계는 참 좁네.)

"그래서 그녀는 지금 어디에?"

"…………."

나를 아랑곳하지 않고 레인 님과 빅토리카가 대화를 이어나갔다. 그러나 이 질문에는 빅토리카가 대답을 하지 않았다.

"빅토리카 씨?"

"그, 그게…… 뭔가 말을 한 것 같긴 한데, 잠에 덜 깬 상태에서 들은 바람에 까먹어버렸답니다."

"이~ 바보 같은 자식이이이이! 떠올려, 어서 떠올리라고! 당장 그 선조 대대로 축적된 지식인지 뭔지를 발동시키란 말이야아아아아!"

빅토리카가 귀여운 몸짓과 함께 에헷, 하고 웃으며 얼버무리려고 하자 나는 인내의 끈이 끊어져 버렸다. 나는 소파에서 벌떡 일어서 그녀의 어깨를 붙잡고서 마구 흔들었다.

"아, 아아아, 아무리 물어본드드드들, 아, 아아아, 떠올랐어요, 조조조, 조금 떠올랐어요오오오오!"

빅토리카는 이리저리 흔들리면서도 기억의 바닥을 더듬어 무언가를 떠올려낸 모양이다. 나는 빅토리카의 말을 듣고서 흔드는 것을 멈추고는 기대 어린 시선으로 그녀를 쳐다봤다.

"그래서?"

"……어어~ 그게, 분명 돌아가겠다고 말한 것 같은데."

"돌아가? 어디로?"

"훗, 그야 당연히 고향이겠죠. 그런 것도 모릅니까?"

내가 질문하자 빅토리카가 한심하다는 표정으로 대답했다.

"그런 건 알고 있어. 내가 듣고 싶은 건 그 고향이 어디냐는 거야! 알아?"

나는 싸늘하게 웃으며 손가락을 뿌득뿌득 풀면서 다시 한번 흔들어주고자 빅토리카에게 다가갔다.

"히익! 아, 으음, 어디였더라? 광대한 숲……, 어음……, 오래되었고……."

내가 슬금슬금 다가가자 빅토리카가 황급히 자신의 기억을 긁어모으며 중얼거렸다. 어쩐지 퀴즈 방송에서 제한 시간에 쫓기고 있는 출연자를 보는 것 같았다.

"오래되고 광대한 숲? '고대의 숲' 말인가요?"

"맞아, 맞아. 거기예요. 언니!"

레인 님이 동아줄을 내려주자 빅토리카가 기뻐하는 표정으로 긍정했다.

고대의 숲……. 신화시대 때부터 자리를 지켜온 광대한 대삼림이다. 아무도 들어가 본 적이 없는 미지의 땅으로 알고 있었는데…….

어떤 나라는 그 숲을 성역으로 생각하고, 또 어떤 나라에서는 악마의 숲이라 이야기하기도 한다. 그만큼 신비롭고도 위험한 곳이란 의미였다. 물론, 수업 시간 때 배웠을 뿐이라 나도 잘 모르지만.

"고대의 숲에 엘프들이 살고 있다. 뭐, 당연하다면 당연하다고 해야 할까요."

"설령 그렇다고 해도 우린 그곳이 어딘지 모릅니다. 대삼림에 관한 정보가 거의 없으니까. 경솔하게 움직일 수는 없겠죠."

"그렇겠죠~."

나와 레인 님이 다음에 어떻게 움직일지 논의하고 있으니…….

"큭큭큭."

그때 빅토리카가 대담하게 웃으며 끼어들었다.

"아~, 자자, 빅토리카, 정보를 줘서 고마워. 우린 논의할 게 있으니 당신은 잠깐 저쪽에서 놀고 있어요."

나는 곁눈으로 빅토리카를 확인하다가 결국 관심에 굶주린 아가씨를 아이처럼 취급하고 말았다.

"이봐, 이봐요, 저를 아이 취급하는 건 그만두세요! 그리고 메어리, 제게 그런 태도를 보여도 될까요?"

빅토리카가 또다시 우쭐한 얼굴로 내 앞에 섰다.

"무슨 말이 하고 싶은 건데?"

"큭큭큭. 난 친구나 지인분들한테 바지런히 인사를 하러 가기도 하고, 놀러 가기도 하고, 이 성으로 초대하기도 하거든요."

(그러고 보니 그녀는 자기가 깨어났다는 걸 알리려고 올딜 백작과 엘리자베스 님을 만나러 갔었댔지. 대단히 활동적인 뱀파이어네.)

나는 그런 생각을 하면서 감탄하다가 한 가지 사실을 깨달았다.

"과연, 인사를 하고 다녔으니, 당연히 셰리 씨가 사는 엘프 마을도 알고 있다는 뜻인가."

내가 기대를 담아 말하자 빅토리카가 냐하~, 하고 사악한 웃음을 흘렸다.

"글쎄요~? 과연 어떨까요~? 알고 있을까요, 아니면 모르고 있을까요? 어머나, 그런데 이걸 어쩌죠? 저는 바쁜 몸이라~. 꼭 알고 싶다면 못 가르쳐 줄 것도 없지만~? 저기, 메어리. 그게 사람한테 부탁하는 태도인가요? 그게 맞아요~?"

나는 또다시 '이 여자가……!' 하고 속으로 분개했다.

나는 억지로 웃으며 주먹을 부르르 떨었다. 어차피 무슨 대답이 돌아올지 뻔하니까.

내가 이 상황을 어쩔지 레인 님에게 물어보고자 눈빛을 던졌지만, 레인 님은 무슨 생각 중인지 대화를 듣고 있지도 않은 것 같았다.

"레인 님?"

"아, 미안합니다. 빅토리카 씨한테 더 민폐를 끼치지 않으려면 어떻게 해야 할지 생각하고 있었습니다."

"""예?"""

예상 밖의 대사에 나와 빅토리카는 같은 반응을 보이고 말았다.

"고대의 숲을 아실만한 분이 한 분 계시거든요. 빅토리카 씨가 위치를 대강 알려주시고 셰리 씨에게 우리를 소개하는 편지 한 통만 써주면, 굳이 따라오지 않으셔도 되니까요."

레인 님이 부드럽게 미소 지으며 그렇게 말하자 빅토리카의 얼굴이 점점 새파래졌다.

"어, 어어어, 언니! 민폐라는 생각은 요만큼도 해본 적이 없어요오오오! 오히려 앞으로도 쭉 곁에, 그게 아니라 힘이 되고 싶습니다. 그러니까 제가 직접 안내해 드릴게요! 예, 무조건해야죠!"

빅토리카가 어금니를 드러내며 자기가 안내를 맡겠다고 아우성을 치자 약간 위축되었는지 레인 님의 얼굴이 굳어졌다.

"그, 그그, 그래요? 그럼 부탁해도 될까요?"

"물론이죠오오오오오!"

그리하여 우리의 다음 목적지가 정해졌다.

우리는 빅토리카의 성에서 하룻밤을 묵었다. 그리고 그 이튿날에도 성에 머물렀다.

빅토리카도 꽤 바쁜지 우리를 따라가기 위해서 할 일들을 착착 해치우고 있는 모양이었다. 참고로 레인 님은 그런 그녀를 지켜보다가 가끔 어리광을 받아주는 역할을 맡았다. 제멋대로 구는 뱀파이어에게 레인 님은 시종일관 웃어주고 있었다. 정말 대단한 정신력이었다. 나였다면 제멋대로 굴자마자 폭발했을 거다.

이튿날 올딜 백작이 성을 찾아왔다.

내가 이 성을 향해 출발할 즈음에 말을 탄 전령에게서 소식을 전해 듣고서 부랴부랴 길을 나선 모양이었다. 원래는 반듯하고 잘생긴 아저씨인데, 마음고생이 심했는지 꽤 야위었을 뿐만 아니라 눈 밑이 거멓게 번져있었다. 굳이 말하지는 않았지만, 처음 만났을 때는 무슨 좀비인 줄 알았다.

백작님은 사정을 듣고서 레인 님에게 연신 사죄하고는, 돌아가기를 거부하는 아들과 딸을 강제로 끌고 돌아갔다. 사족이기 한데 백작님은 언데드를 쫓아다니거나, 언데드에게 차이면 기뻐하는 비상식적인 신사가 아니라 평범한 사람이었다.

나는 틈이 났을 때 빅토리카의 허가를 받아 그 문제의 보물고로 향했다.

목적은 물론 힘을 제어할 수 있는 아이템을 찾기 위해서.

피피의 공방에서는 실패했지만, 이곳에 그런 아이템이 있을지도 모르는 일이었다. 만약에 무언가 좋은 게 있다면 빅토리카 앞에서 넙죽절을 하는 한이 있어도 꼭 손에 넣을 생각이었다.

그 아이 앞에서 넙죽절을 하는 건 몹시 굴욕적이지만…….

“오호, 오호, 이거, 이거. 마법에 관해 또 하나 알게 되었네.”

나는 고서적을 보면서 중얼거렸다.

“아가씨, 힘을 제어하는 아이템을 찾는 거 아니었나요?”

“헉! 망했다. 흥미가 끌리는 것들이 많아서 깜빡할 뻔했네. 마기루카였다면 한동안 보물고에 틀어박혔겠지.”

튜테가 지적하자 나는 제정신을 차리고서 읽고 있던 고서적을 덮었다. 그러자 대기하고 있던 스켈레톤이 이쪽으로 손을 뻗었다. 들고 있던 책을 넘겨주자 스켈레톤은 그 책을 원래 자리로 꽂으러 이동했다.

“……아가씨, 언데드에 상당히 익숙해지신 것 같은데요?”

“튜테도.”

우리는 책을 들고서 이동하는 스켈레톤을 묵묵히 쳐다봤다. 다른 곳으로 시선을 돌리니 보물고를 묵묵히 청소하고 있는 스켈레톤도 보였다.

이 성은 언데드투성이었다.

(이런 곳에 오래 머물면 나도 앨리스 선배처럼 되는 걸까……. 그것만은 제발 안 돼.)

나는 한숨을 깊게 내뱉고서 다시 보물고를 둘러봤다.

“그나저나 힘을 봉인하는 아이템 같은 건 없는 것 같네.”

“뭐, 평범한 사람은 자신의 늘리려고 하지, 숨기려고 하지는 않으니까요. 게다가 아이템은 수요에 따르는 거고요.”

내가 푸념을 늘어놓자 튜테가 곤혹스러운 표정으로 지극히 옳은 이야기를 했다.

"아, 이런 검은 자하가 눈독을 들일 것 같네. 사피나는 이 신발을 신으면 더 빨리 움직일 수 있을 것 같고."

"……그렇겠네요."

나는 보관 중인 아이템을 둘러보다가 문득 이곳에 없는 동료들 생각을 했다. 모두와 헤어진 지 아직 며칠밖에 되지 않았는데도 울적한 기분이 들었다.

튜테는 내 말에 맞장구를 쳐주면서 이야기를 진득하게 들어주었다.

"다들 뭘 하고 있으려나~."

나는 보물고 천장을 올려다보며 생각했다.

막간

“꺄아아아아아아!”

조용한 옛 지하수로에 마기루카의 비명이 되울렸다.

“이야~, 설마 저렇게 많을 줄이야.”

마기루카가 영애답지 않은 볼썽사나운 모습으로 전력으로 달리기 시작했다. 그러자 뒤늦게 따라붙은 자하가 하하핫, 하고 웃으며 도망치는 그녀에게 말을 걸었다.

“뭐가 간단하다는 거예요! 뭐가 맡겨달라는 건가요! 완전히 망했잖아요!”

마기루카가 자하와 나란히 달리면서 대답했다. 마기루카는 이미 거의 울먹이고 있었다.

“으앗, 온다!”

자하는 그런 마기루카를 내버려 두고서 뒤를 돌아봤다. 검은 무언가가 그들이 달려왔던 바닥을 파도처럼 쏴아아, 하고 검게 물들이며 밀어닥쳤다.

“히이이이익!”

자하의 말을 듣고 마기루카가 뒤를 돌아봤다. 바닥을 기어 다니는 물체들을 보고 마기루카는 비명을 질렀다.

검은 광택이 도는 갑각이 온몸을 뒤덮고 있는 그 물체가 기다란 두 더듬이를 쫑긋쫑긋 떨면서, 가느다란 여러 가닥의 다리를 바지런히 놀리면서 이쪽으로 오고 있었다.

메어리가 그것을 봤다면 이렇게 말하겠지. '아, 바○벌레네'라고…….

그러나 이 세계의 바○벌레는 메어리가 한때 살았던 세계의 바○벌레보다 컸다. 저래 봬도 어엿한 갑각충 몬스터니까. 다만 몬스터치고는 이렇다 할 전투력이 없었다. 평범한 여성도 쓰러뜨릴 수가 있을 만큼. 물론, 때려죽일 배짱이 있을 때 이야기지만…….

"마기루카, 마법으로 확 태워버릴 수는 없어?"

"다, 다다다, 당신이 벽이 되어서 저것들을 붙잡아둔다면 얼마든지 태워드리죠."

"하하핫, 이봐, 이봐. 그러면 저것들이 내게 모여들 거 아냐? 아무리 방패가 있더라도 그건 사양이야."

대량의 몬스터에게 쫓기면서 두 사람이 문답을 이어나갔다.

두 사람이 달려가는 방향 쪽에 있는 옛 지하수로 출입구 부근에 두 여성이 서 있었다.

아무도 들어오지 못하도록 지키고 있는 사피나와 그녀에게 넘겨준 무구 아이템의 상태를 확인하고 있는 피피였다.

"어, 두 분 모두 무슨……."

"사피나 씨, 어서 도망쳐요~~~!"

"사피나, 여긴 위험해에에에!"

마기루카와 자하는 무슨 일이 벌어졌는지 몰라서 멍하니 있는 사피나 옆을 그대로 지나쳐 가버렸다.

"……표적이 왔다. 아이템을 실험하기에 안성맞춤."

그들이 달려온 쪽을 보고 있는 피피가 그들이 달려간 쪽을 보고 있는 사피나에게 말했다. 사피나는 황급히 발도 자세를 취하고서 출입구 쪽으로 다시 몸을 돌렸다.

"삐야아아아아아악!"

사피나가 이상한 비명을 질렀다. 전방에서 꿈틀거리며 전진하던 징그러운 무리가 일제히 파아악, 하고 비약하기 시작했기 때문이다.

엽기적인 광경이 펼쳐지자 사피나는 패닉에 빠졌다. 발도 자세를 취한 채로 그 자리에서 굳어버렸다.

"……화염을."

어느새 피피는 사피나에게서 멀찍이 떨어져 있었다.

"아, 어어어어어으으으으, 화염을 칼날에 부여하려면 이 스위치르으으을."

당황한 사피나가 저도 모르게 입으로 읊으며 칼집에 부착된 마도구에 손을 뻗어서 여러 개 달린 스위치 중 하나를 눌렀다. 그러자 그 마도구에서 철컥, 하고 장전 소리가 울렸다.

"액셀 부스트! 바, 바바바, 발도! 염도연참(炎刀連斬)!"

사피나가 뽑은 칼날이 붉게 빛나고 있었다. 휘두를 때마다 화염이 흩뿌려졌다. 더욱이 가속 마법과 가속 아이템 덕분에 사피나는 참격으로 검은 물체들을 고속으로 베는 동시에 불태워나갔다.

피피가 사피나를 위해서 제작한 무기 아이템이었다. 여러 마법을 충전한 마도구를 칼집에 달아, 필요할 때 일회성 마법을 부여하는 방식이었다.

참고로 이 아이템의 아이디어는 메어리가 피피를 환영하는 자리에서 무심코 늘어놓은 전생의 만화 지식이었다.

"오오오! 굉장한데?! 최소한의 움직임으로 공격을 피하면서 잇달아 상대를 베어나가고 있어. 이게 카르샤나가의 무술과 발도를 결합한 기술인가! 게다가 피피 씨가 제작한 아이템 덕분에 위력도 범위가 강화되었잖아! 무지 멋있어, 사피나."

돌아온 자하는 도와주기는커녕 뒤에서 응원만 하고 있었다. 당사자는 이미 패닉 상태에 빠져 필사적으로 칼을 휘두르고 있는 것도 모른 채…….

"이 바보오오오오오! 보고만 있지 말고 어서 가세하세요! 파이어 볼!"

"아, 그렇구나! 사피나, 이제 됐어!"

뜻밖에도 사피나가 벽이 되어준 덕분에 마기루카는 그녀에게로 몰려드는 몬스터들에게 화염구를 날릴 수 있었다.

그 타이밍에 맞춰서 자하가 방패를 들고 앞으로 나섰다. 그리고 몬스터로부터 사피나를 지켰다.

그 순간을 기다렸다는 듯이 마기루카가 추가로 화염구를 날렸다. 몇 분 뒤에 몬스터들이 완전히 불타버렸다.

조금만 실력을 보이면 이렇듯 쉽게 결판을 낼 수 있건만 느닷없이 예상치 못한 몬스터 떼가 출몰한 바람에 정상적인 판단을 할 수가 없었다. 마기루카는 아직 멀었다며 반성했다.

"……휴우, 사피나 씨, 고생했습니다. 괜찮아……, 사피나 씨, 정신 차리세요!"

마기루카는 몬스터들을 소탕해낸 주역 곁으로 달려갔다. 공포에 질린 사피나가 영혼이 빠져나간 것처럼 새하얗게 질려서 쓰러지자 마기루카는 정신 차리라며 부산을 떨었다.

애초에 왜 이런 일이 벌어졌느냐면 이야기는 간단하다. 몬스터의 생태를 연구하는 학생들이 '포획하기 쉬우면서도 위험하지 않다' 멋대로 판단한 그 몬스터를 무단으로 학원에 들인 것이 발단이었다.

연구 중에 몬스터가 종종 달아났는데도 그들은 거듭 무시했고, 결국 학원 옛 지하수로에서 대량으로 불어나고 말았다. 뭐, 대량으로 불어난 건 조금 전에 막 알았지만…….

"하아~, 진짜……. 다들 아주 제멋대로 굴고 있네요. 이제부터 철저하게 관리해야겠어요."

마기루카가 휴우~, 하고 크게 한숨을 내뱉고는 들것에 실려 가는 사피나를 지켜봤다.

일단 왕자가 지시한 대로 학생들이 내버려 둔 활동이나 관리가 불충분한 활동들을 찾아내어 검열을 반복한 결과, 드디어 끝이 보이기 시작했다. 대부분 아까처럼 예상치 못한 사태를 겪어야 했지만.

"자, 일단 학원을, 히익!"

마기루카가 피곤해하며 학원으로 돌아가려는 순간 마지막으로 남은 갑각충 몬스터 한 마리가 그녀의 발치를 지나갔다. 그녀는 비명을 작게 지르며 굳어버렸다. 그래도 눈만은 그것을 쫓았는데, 무정하게도 누군가가 그 몬스터를 밟아버렸다.

바로 피피였다. 무표정한 그녀는 새하얗게 질려버린 사피나가 떨어뜨린 도를 태연하게 살펴보며 무언가 생각하고 있는 듯했다.

"……역시 위력도, 지속력도 부족해. 심지어 부서졌어. 자기 마력을 쓰지 않아도 다양한 마법을 부여할 수 있다는 건 좋은 아이디어지만 살리려면 아직 갈 길이 멀어. 데오도라 님과 상담을 해봐야겠어. ……그나저나 이런 걸 고안하다니, 메어리 님은 역시 대단해……."

피피가 고개를 끄덕이며 아무 일도 없었다는 듯이 떠나갔다. 마기루카는 그 뒤를 황급히 쫓아갔다. 그녀가 신발 바닥을 깔끔하게 씻어낸 뒤에 구교사에 들어가길 절실히 바라면서.

이튿날 세 사람 앞으로 한 통의 편지가 도착했다. 보낸 이는 왕자였고, 편지에는 올딜 백작 영식과 만나고 난 뒤에 겪었던 일들이 적혀 있었다.

"오오, 흡혈귀? 그거, 동화에서나 나오는 거 아니었나?"

"역시 메어리 님이세요. 흡혈귀 당주와 싸워서 얌전하게 만들다니. 어떤 싸움이었을까요?"

"전하께서는 그 싸움을 보지 못해서 모른다고 하시는군요. 메어리 님은 자신의 무용담을 잘 말하지 않는 겸손한 분이니까."

자하는 흡혈귀가 실존한다는 사실에 놀랐고, 사피나는 메어리의 무용담을 듣고서 가슴이 뛰었다. 그리고 마기루카는 그런 두 사람을 보면서 편지를 읽어 내려갔다.

"아쉽게도 올딜 백작 영식님은 서클릿을 벗기는 법을 모르시는 것 같군요."

마기루카가 아쉬워하며 어깨를 들먹이자 자하가 골똘히 생각하며 말했다.

"그렇다면 엘프족 셰리인지 뭔지 하는 마공기사한테 매달리는 수밖에 없나."

"예. 그래서 사피나 씨. 다음은 당신이 나설 차례예요."

"후에? 저 말인가요?"

사피나는 고개만 끄덕이며 두 사람의 이야기를 듣다가 마기루카가 자신에게 화제를 돌리자 무심코 자기 자신을 가리켰다.

"다음 목적지는 '고대의 숲'이라고 하네요. 그곳에 셰리 씨가 사는 엘프 마을이 있다고 합니다."

사피나는 마기루카의 말에 그대로 굳어버렸다. 마기루카가 사피나에게 그런 말을 한 건 고대의 숲이 카르샤나가와 인연이 있기 때문이었다.

카르샤나가는 기사에서 자작으로 벼락출세한 가문이지만, 왕족에게서 좋은 대우를 받는 건 물론, 주변 가문들도 카르샤나가의 역할을 묵인하거나 협조하고 있다.

이건 카르샤나가의 영지 위치와 관련이 있다. 왕도에서 카르샤나가의 영지까지는 마차로 사흘 넘게 걸리는데, 그 영지 인근의 산맥 너머에 광대한 고대의 숲이 있다. 즉 산맥이 끊어진 부분, 고대의 숲 일부가 카르샤나가의 영지와 붙어있었다.

올딜 백작령이 대대로 블러드레인가를 막아내는 장벽 역할을 해온 것처럼 카르샤나 자작령도 고대의 숲에서 출몰하는 몬스터들을 물리치는 임무를 수행해왔다.

더욱이 카르샤나가는 올딜가와 달리, 지금도 몬스터들과 빈번하게 교전을 치르고 있어서 카르샤나 경은 실질적인 병력을 중시하고 있다. 가문의 검술을 숨김없이 가르치는 것도, 영지를 방어하기 위해서이다.

그러다 보니 카르샤나가는 몬스터로부터 알디아 왕국을 지켜낸다는 대의와 자긍심을 가지고 있다. 그 사명은 가문의 일원인 사피나도 예외가 아니었다.

입학 초기의 사피나는 그 사명에 커다란 중압감을 느껴 두려워했지만, 지금은 달랐다. 중압감과 공포를 아예 느끼지 않는 건 아니지만, 그 이상으로 메어리와 동료들을 도울 수 있겠다는 기대감에 사피나는 가슴이 뛰었다.

"다음에는…… 저도 모두를 도울 수가……."

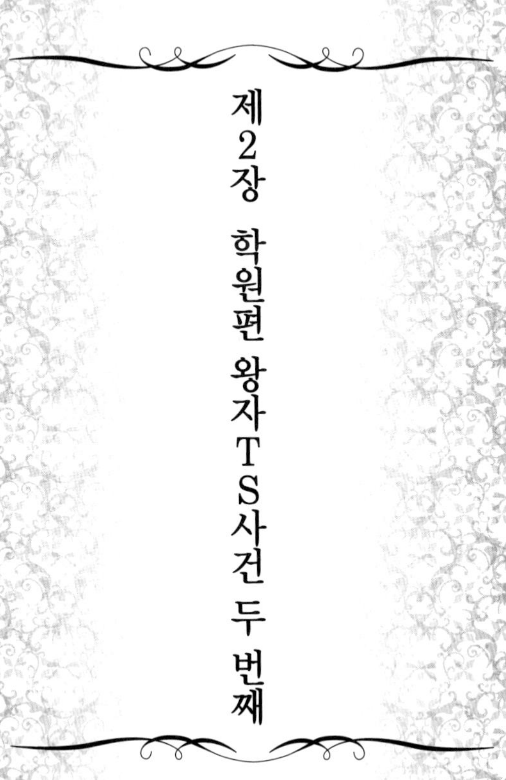

제2장 학원편 왕자TS사건 두 번째

01 돌아왔습니다

“일을 금세 착착 끝낼 수 있다면서? 끝내기는 무슨. 시간이 너무 오래 걸렸잖아. 역시 현지에서 집합하고 그냥 돌아갈 걸 그랬어.”

나는 흔들리는 마차 안에서 눈앞에 앉아 있는 흡혈귀 아가씨에게 푸념을 늘어놓았다.

“언니, 신수와 함께 아침부터 밤까지 매일매일 빈둥거렸던 글러 먹은 아가씨가 트집을 잡아서 무서워요.”

전혀 무섭지 않은데도 빅토리카가 이상한 핑계를 대며 옆에 앉아 있는 레인 님에게 달라붙었다. 나는 할 말이 없어서 시선을 돌려버렸다.

(그, 그야 할 일이 없어서 성을 돌아다니기도 하고, 스노우의 털을 만끽하기도 하고, 리리랑 놀기도 했지만……. 어라? 나, 꽤 글러 먹은 인간이었나?)

결국 빅토리카의 보물고에 보관된 아이템 중에서 일상생활에 도움이 될 만한 것은 거의 없었다. 내가 찾는 힘을 제어하는 물건도 없었다.

그러고 나니 금세 할 일이 사라져버렸다. 곁에 튜테밖에 없기에 나는 거리낌 없이 체면을 벗어던지고서 마구 빈둥거렸다.

(아니, 레인 님 앞에서는 자제했어. 아마도.)

내가 그렇게 빈둥거리는 사이에 빅토리카는 할 일을 끝내고서 성을 올바스에게 맡기고 학원으로 돌아가는 마차에 우리와 함께 탔다.

우리는 그렇게 흔들리는 마차 안에서 빅토리카와 험담을 주고받으며 학원으로 돌아갔다.

"메어리 님! 어서 오세요."

학원에 도착하자 가장 먼저 사피나가 웃으며 달려왔다.

"사피나, 다녀왔어."

나는 곁으로 달려온 멍멍이, 아니, 사피나의 머리를 쓰다듬으며 위안을 얻었다.

(아아~, 리리와는 다른 맛이 있어~.)

"어머머, 이거, 이거. 귀여운 아이로군요~."

내가 위안을 얻고 있으니 언제 마차에서 내렸는지 빅토리카가 근처에서 사피나의 옆모습을 음미하고 있었다.

"꺄악?!"

목소리를 듣고서 그쪽으로 시선을 돌린 사피나가 화들짝 놀라 내 뒤로 사사삭, 숨었다.

"뭐 하는 거야? 그렇게 갑자기 등장하면 내 친구가 놀라잖아?"

"후훗, 겁먹은 모습도 귀여워."

"턴 언데——."

"노, 놀라게 해서 미안합니다. 앞으로는 조심하겠어요~."

내 말을 듣지 않는 빅토리카에게 다짜고짜 신성 마법을 영창하려고 하자 그녀가 황급히 사피나에게 사과하고서 레인 님 뒤로 사사삭 숨었다.

"전하…… 아니, 레인 님. 어서 오세요."

왕비님의 당부가 떠오른 마기루카가 황급히 호칭을 고치며 다가갔다.

"마기루카~!"

의지할 수 있는 친구가 근처에 있는 것만으로도 어깨의 짐을 내려놓은 듯한 기분이었다. 안도의 한숨이 절로 나왔다. 레인 님과 둘이서 여행을 하는 동안에 생각했던 것 이상으로 압박감을 느꼈던 모양이다.

"그래서 메어리 님. 그쪽 분은?"

내가 겨우 안도하고 있으니 마기루카가 바로 물어봐 주었다. 대단히, 고맙다.

"아, 맞다, 맞다. 여기 있는……, 아니, 이분은…… 으음…… 뭐였더라? 최소이자 최약의 흡혈귀, 빅토리카 블러드레인 님이야!"

"최고이자 최강의 흡혈귀라고요!"

내 소개를 듣고 빅토리카가 황급히 어금니를 드러내며 호통을 쳤다. 우선은 가벼운 농담으로 분위기를 누그러뜨리려고 했는데 쓸데없는 참견이었나 보다. 다른 사람들도 무슨 의미인지 몰라서 어리둥절하고 있고.

"아, 맞다, 맞다. 그거, 그거. 당신이 갑자기 자기소개할 때 그 말을 집어넣으라고 요구해서 살짝 실수했을 뿐이야."

"살짝이 아니잖아요! 의미가 아주 딴판으로 다른데! 당신은 그런 것도 기억 못 하는 좀비 대가리인가요?"

"어머머, 그건 다시 말해서 내 머리가 썩었다고 말하고 싶은 걸까? 뭐, 얘가 참 재밌는 소리를 하네~. 우후후훗."

빅토리카가 물어버릴 기세로 달려들자 나는 미소를 지으며 그녀의 얼굴에 다짜고짜 아이언 클로를 먹였다.

"아파파파파파파! 마, 말이 지나쳤어요. 방금 그 발언은 철회하겠어요오오오오오!"

빅토리카가 아이언클로를 바로 풀려고 했으니 불가능하다는 걸 깨닫고는 바로 사과했다. 에밀리아는 조금 더 버텼는데 말이야. 의외로 약한가 보다.

"메어리 님, 점점 왕비님과 엘리자베스 님처럼 되어가는 것 같네."

우리의 행동을 지켜보던 자하가 솔직하게 내뱉은 말이 내 가슴을 가차 없이 후볐다. 나는 빅토리카를 해방하고서 고개를 푹 숙였다.

"내, 내가……, 그 무서운 두 분과 비슷하단 말인가……."

"어라? 내가 뭔가 하면 안 되는 말을 했나?"

"저기, 메어리 님. 그렇게까지 경악하면 오히려 그 두 분한테 실례라고요.”

내 태도를 보고 자하가 의아해하며 고개를 갸웃거렸다. 그리고 마기루카가 어이없다는 표정으로 나에게 말했다.

“거기, 당신? 제게 이름을 알려주지 않겠어요?”

“어, 아, 저기, 사피나 카르샤나라고 합, 합니다.”

시무룩해 있는 내 뒤에서 빅토리카의 달콤한 목소리와 겁을 먹은 사피나의 목소리가 들렸다.

“어머, 사피나라고 하는군요. 우후후, 귀여워라~. 아아, 어쩐지 무지 괴롭혀주고 싶네요. 저기, 살짝 물어봐도 될까나?”

“될 리가 없잖아, 이 파렴치 흡혈귀야.”

빅토리카가 콧소리를 내며 울먹이는 사피나에게 슬금슬금 다가가려고 하자 나는 웃으며 관자놀이에 핏줄을 세운 채로 그녀의 어깨를 붙잡았다.

“……저기, 슬슬 다음 목적지로 움직이고 싶은데.”

내 뒤에서 레인 님이 헛웃음을 흘리며 말하자 나와 빅토리카가 흠칫 놀라고는 겸연쩍은 표정으로 서로를 쳐다봤다.

자기소개를 후다닥 끝내고서 우리는 보고를 할 겸 학원장실로 향했다. 빅토리카는 학원장과의 대화에는 흥미가 없는지 자리에서 벗어나 방에 꽂혀 있는 책들을 흥미롭게 쳐다보고 있었다.

(진짜 진득하게 앉아있질 못하는 아이네~. 마족들은 천성이 자유분방한 건가?)

"과연. 헛걸음하지 않아서 다행이긴 하구먼. 하지만 고대의 숲이라……."

이야기를 들은 학원장님이 복잡한 표정을 짓고서 턱수염을 쓰다듬었다.

"뭔가 문제라도 있나요?"

그의 태도를 보고 의문이 들었는지 마기루카가 바로 물었다.

"흐음, 문제라기보다 걱정인 게지. 고대의 숲은 사람의 발길이 거의 닿지 않은 미지의 땅인데, 그런 위험한 곳에 전하를 보내도 될는지……."

"빅토리카 씨가 안내를 맡기로 했습니다. 그녀는 엘프 마을에 여러 번 가보았다고 하니 괜찮을 듯합니다. 그리고 이번에는 사피나 씨한테도 협력을 요청할 생각입니다."

레인 님의 말을 듣고 사피나가 허리를 똑바로 펴고서 학원장님을 쳐다봤다.

"사피나 짱을? 나쁘지 않은 생각이군. 으음."

학원장님의 질문에 레인 님이 고개를 끄덕였다.

"학원장님, 학원에 있던 큰 문제는 해결했으니 이번에는 저와 자하도 동행하려고 합니다."

두 사람의 대화에 마기루카가 끼어들었다. 이번 여행에서도 혼자서 많은 일을 저질렀다는 자각이 있던 나는 마기루카의 말이 몹시 기뻤다.

"음, 그럼 학원의 허가를 내주지, 대신 왕궁의 허가도 받도록."

학원장님이 조건부로 마지못해 승낙하자 레인 님은 고개를 크게 끄덕였다.

그리고 이튿날.

바로 허가를 받고 오겠다고 했던 레인 님이 학원에 오지 않았다.

그래서 비교적 가장 자유롭게 움직일 수 있는 내가 홀로 왕궁으로 향해 무슨 일인지 알아보기로 했다.

"메어리 님을 모시고 왔습니다."

메이드가 고개를 숙이며 방 안에 있는 왕비님에게 알리고서 나를 두고 뒤로 물러났다.

(이상하네~? 난 왕비님을 뵈러 온 게 아닌데 왜 자연스럽게 왕비님에게 안내해주는 걸까? 아주 궁금해.)

안내해준 메이드가 떠나가는 것을 지켜보고서 나는 심호흡을 한 번 한 뒤에 왕비님 쪽으로 시선을 돌렸다. 솔직히 엘리자베스 님과 마찬가지로 마주하는 것만으로도 정신력이 깎여나가는 상대인지라 그다지 만나고 싶지 않았다.

"……레인 일로 왔나요?"

"예, 왕비님."

나는 긴장한 나머지 말수가 적어졌다. 이번에는 길동무로 스노우도 데리고 오지 못했다. 튜테도 멀리 대기하고 있어서 이번에야말로 진짜 혼자였다.

(앗! 혼자라는 걸 자각하니 새삼스럽게 긴장이 되는데?!)

"으음……. 남에게 그다지 보일만 한 게 아니지만, 뭐, 메어리이니 괜찮겠지요. 따라오도록 하세요."

왕비님은 고민 끝에 한숨을 쉬시더니 내 대답을 기다리지도 않고 성큼성큼 걸어 나갔다. 나는 황급히 그 뒤를 쫓았다.

한동안 걸어가니 어느 방에서 말싸움 소리가 들려왔다.

왕비님이 문지기를 시켜 그 방문을 열자…….

"싫어어어어어, 싫다고오오오, 절대 반대다아아아!!"

"아바마마, 적당히 좀 하십시오! 전 원래 모습으로 돌아가야만 합니다!"

아저씨 하나가 아름다운 공주님의 허리에 매달려 울면서 떼쓰고 있었다. 음, 뭐, 정확히 말하자면 레인 님과 국왕 폐하이지만…….

폐하의 모습도 충격적이었지만, 그보다 언제나 온후하던 레인 님이 화를 내고 있다는 게 더 놀라웠다. 오랜만에 보는 남자다운 모습이었다.

"이게 대체 무슨……."

나는 왕비님에게 조심스럽게 물어보았다.

"어제 레인이 다음 여행을 떠나겠다 해서 허가를 내줬는데, 오늘 갑자기 마음이 바뀌었는지 저렇게 붙잡고 떼를 쓰기 시작했습니다."

누가 문제인지는 굳이 묻지 않아도 알 수 있었다. 레인 님의 허리에 매달려 울고 있는 아저씨가 문제였다.

"아바마마께서는 어렸을 적부터 왕자로서, 더 나아가 차기 국왕으로서 왕국을 넓게 보라고 말씀하시지 않았습니까? 어제는 좋은 기회라며 분명 허가를 내주셨다고 들었습니다!"

레인 님이 허리에 매달려 있는 아저씨를 뿌리치면서 무언가가 적혀 있는 종이 한 장을 아저씨에게 들이밀었다.

"그랬지! 귀여운 딸의 부탁이니까 당연히 들어줄 생각이었다! 그런데 오늘 널 보니 마음이 바뀌었다! 이렇게 귀엽고 아름다워진 내 자식을 대체 어디로 보낸단 말이더냐! 성 밖에 어떤 건달들이 있을지 모르거늘! 그런 놈들이 나의 귀여운 레인을 쳐다본다니, 단 1초도 허락할 수 없다!"

(미인만 보면 말부터 거는 폐하가 할 소리는 아닌 것 같은데. 그 건달은 다름 아닌…….)

나는 입이 찢어져도 내뱉을 수가 없는 딴죽을 속으로 걸었다.

"남자였을 때는 전혀 개의치 않으셨잖습니까!"

"지금은 귀여운 여자애가 아니냐! 이야기가 다르다아아아아!"

아마 짐작건대, 폐하는 어제 공무나 어떤 일(?)로 바빠서 레인 님을 만나지도 못하고 그냥 허가를 내려준 것 같군. 그리고 오늘 아침에 출발하겠다고 인사하러 온 레인 님의 완벽한 공주의 자태를 보고 생각이 바뀐 거겠지.

레인 님은 남자였을 때는 기회가 있으면 나가라고 하던 게, 여자가 됐다고 나가지 말라 하니 화가 난 거고.

"……당신이 생각하고 있는 대로예요."

왕비님이 불쑥 내 생각이 맞는다고 말하자 나는 입 밖으로 심장이 튀어나올 만큼 화들짝 놀라 몸을 흠칫 떨었다.

(까, 깜짝이야아아아아. 왕비님, 혹시 독심술을 쓸 줄 아나?)

왕비님이 말다툼을 벌이는 두 사람을 쳐다보는 사이에 나는 뒤를 돌아 아직도 두근거리는 심장을 달래고자 심호흡을 연거푸 했다.

"폐하, 메어리가 레인을 데리러 왔습니다. 레인이 원래 모습으로 되돌아가기 위해서 꼭 가야 하는 중요한 여행입니다. 보내주는 게 어떨는지요?"

왕비님이 어린 자식을 타이르는 듯한 목소리로 말하며 두 사람에게 다가갔다. 왕비님의 말을 듣고 두 사람이 고개를 돌리자 나는 마치 아무 일도 없었다는 듯이 똑바른 자세로 숙녀의 예를 표했다.

"으그그그, 허나 귀여운 딸을 홀로 위험한 곳에 보낼 수는……! 헉, 그래! 군대다! 지금 바로 출병 준비를 하……."

"폐하, 적당히 하지 않으시면 때려눕히겠습니다."

왕비님이 방긋 웃으며 엄청난 발언을 했다.

폐하는 왕비님을 보고 그대로 굳어버렸다. 말다툼이 중단되자 레인 님은 폐하의 손아귀에서 재빨리 빠져나왔다.

(하아~, 혼자는 피곤해……. 어서 일행들이 있는 곳으로 돌아

가고 싶어.)

나는 세 사람 몰래 깊은 한숨을 내쉬었다.

그리고 나중에 들은 이야기인데, 어젯밤에도 이미 사건이 한 차례 있었다는 모양이었다.

빅토리카는 왕국의 손님으로 왕궁의 객실에서 머물고 있었는데, 어젯밤에 무슨 생각을 했는지, 몰래 레인 님의 방으로 향하려다가 문 앞에서 왕비님에게 붙잡혔다고 한다.

오늘 안내를 받아 빅토리카가 머물고 있다는 객실로 향했더니, 빅토리카는 이불에 돌돌 말려 침대 위에 버려져 있었다.

나는 또 '분에 차서 이 갈고 있겠네' 하고 생각했는데, 막상 보니 반짝이는 눈으로 '아아, 이런 처벌도 나쁘지 않네요' 같은 황홀한 표정을 짓고 있었다. 나는 어떤 변태 선배가 떠올라서 변태 흡혈귀를 못 본 척하기로 했다.

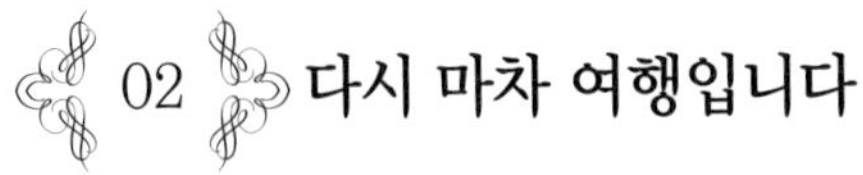

02 다시 마차 여행입니다

고대의 숲을 향해 가는 길.

〈왜 나까지 가야 하는 건데~.〉

“이번 여행의 평화는 너한테 달려 있다는 걸 알아버렸거든.”

나는 창문을 열고 마차 밖에서 걷고 있는 스노우를 보며 말했다.

지난번에 호위를 맡았던 병사의 말에 따르면 스노우가 마차 밖을 어슬렁거려준 덕분에 도적 같은 수상한 자들이 얼씬도 못했다고 한다. 생각해보면, 이만치 거대한 설표가 돌아다니는데 겁이 안 나는 게 이상한 일이었다.

그래서 나는 안전한 여행의 안전과 무심코 일을 저질렀을 때를 대비하여 반드시 스노우를 곁에 두기로 했다.

더구나 이번에는 마기루카, 사피나, 자하, 세 사람이 함께 가고 있었다. 마음이 매우 든든했다.

그리고 출발하기 직전에 예상치 못한 여행 친구가 한 명 늘었다.

어디서 이야기를 들었는지 피피가 우리와 같이 가고 싶다는 이야기를 했다. 엘프의 마공기술을 꼭 보고 싶다나?

길동무와 함께라면 어떤 여행이든 즐겁다는 말도 있으니, 결국 함께 가기로 했다. 다만 이따금 불쑥 ‘새로운 기술로 메어리 님이 제안한 무기를…….’ 하고 중얼거리는데, 솔직히 매우 신경이 쓰였다.

(뭔지 모르겠지만 창안자는 피피로 해줘. 난 전혀 상관없는 사람으로 해줬으면 좋겠어.)

"언니, 쿠키를 구워왔답니다. 자, 아~앙."

"고, 고맙습니다. 빅토리카 씨."

내가 생각에 잠겨 있는 동안, 눈앞에서 빅토리카가 쿠키를 하나 집어 옆에 앉아 있는 레인 님에게 내밀었다. 레인 님이 당황해서 손으로 쿠키를 받으려고 하자 빅토리카는 쿠키를 얼굴 쪽으로 더 들이밀었다.

"자, 언니. 아~앙."

꼭 직접 먹여주고 싶은 모양이다.

(이것 차~암 이상하네? 미소녀 둘이 사이좋게 지내는 흐뭇한 광경인데, 왜 한쪽에서 더럽고 사악한 아우라가 느껴지는 걸까나? 기분 탓인가~?)

나는 사악한 아우라가 느껴지는 흡혈귀를 어이없다는 눈으로 쳐다봤다.

"뭐, 뭔가요? 왜 그렇게 쳐다보죠? 아, 쿠키가 먹고 싶은가 보군요. 훗, 심술궂은 먹보 같으니, 아파파파파파파파!"

빅토리카가 코웃음을 친 순간 나는 그 얼굴에 다짜고짜 아이언클로를 먹였다.

“평화롭네~. 지난 여행은 누구 때문에 부리나케 돌아다녔는데, 이번에는 정말로 순조로운 여행이 될 것 같아.”

휴식 시간이 되자 나는 마차에서 내려 화창한 하늘을 올려다보며 평화를 만끽했다.

“정말로 순조롭군요~. 이대로 아무 일도 없기—읍읍?!”

옆에서 마찬가지로 평온한 시간을 만끽하고 있던 마기루카가 경솔한 말을 내뱉으려고 하자 나는 그녀의 입을 틀어막았다.

“위험했어. 신님이 어디서 귀를 쫑긋 세우고 있을지 모르니까, 부주의한 발언은 조심해.”

나는 마기루카의 입에서 살짝 손을 떼고서 그녀를 나무랐다.

“부주의하다니요? 전 그저 이대로 아무 일도 벌어지지 않기—읍?!”

“그~게 부주의하다는 거야. 플래그라고. 마기루카, 알겠어?”

나는 또다시 마기루카의 입을 막은 뒤 얼굴을 가까이 대고서 진지하게 부탁했다. 그러자 마기루카는 얼굴을 살짝 붉히면서도 고개를 끄덕여주었다.

“저기~, 그 빅토리카라는 흡혈귀 여자애 말이야. 어쩐지 나만 대하는 태도가 다른 것 같지 않아?”

내가 안도하며 마기루카를 풀어주자 자하가 레인 님과 함께 이쪽으로 다가오면서 물었다.

자하의 말을 듣고 보니 어쩐 일로 레인 님 곁에 빅토리카가 없었다. 주변을 둘러보니 살짝 떨어져서 자하를 보고 우우~ 하고 고양이 마냥 위협하고 있었다.

"당신이 언니 곁에 있으니까 그런 거 아닌가요?"

"언니라니?"

내가 이유를 말해주자 자하는 이해를 못 하겠다는 표정으로 고개를 갸웃거렸다. 내가 레인 님에게 눈빛을 던지자 자연스럽게 사람들의 눈이 레인 님에게 향했다.

"아, 저는 여성들한테 둘러싸여 있는 것보다 남성분과 있는 게 편해서……."

레인 님이 쓴웃음을 지으며 그렇게 대답했다. 우리는 무슨 말인지 이해할 수 있지만, 사정을 모르는 사람이 듣는다면 자칫 오해를 살 수가 있는 무서운 말이었다.

"레인 님, 그 이야기를 빅토리카한테 하셨나요?"

"예, 뭐, 자하 씨와 함께 있을 때 물어봐서."

내가 질문하자 레인 님이 고개를 갸웃거리며 대답했다. 응, 귀여워, 귀여워.

"……자하 씨. 빅토리카가 당신을 라이벌로 받아들인 것 같네요. 언젠가 레인 님을 걸고 승부를 가려야 하는 날이 올지도~?"

"오오, 진짜?! 왜 그렇게 되는지는 모르겠지만, 흡혈귀의 라이벌이라니! 가슴이 두근거리네! 근데 저 흡혈귀 강해? 내가 봐도 실력이 상당해 보이는데, 메어리 님은 싸워봤지?"

농담 반 협박 반으로 말했는데, 자하가 기뻐하며 들었다.

"글쎄? 어땠더라? 자칭 최강의 흡혈귀라니까 강하지 않을까?"

내 생각과는 크게 다른 반응이긴 하지만, 뭐, 자하니까. 나는 어이가 없어서 적당히 대꾸했다. 솔직히 빅토리카가 강한지 어떤지는 내 척도로는 잴 수가 없었다. 어차피 난 누구랑 붙여놔도 반칙이라…….

"좋았어. 그럼 일단 어떤 느낌인지 대련을 해봐야겠어. 응, 그래야겠다! 빅토리카~!"

내가 건성으로 한 말을 듣고서 자하가 기뻐하며 검을 집어 들었다. 그러고는 웃으면서 떨어진 곳에서 으르렁거리고 있는 빅토리카 쪽으로 달려갔다. 눈치 없는 전투민족, 무서워라.

"저기~, 메어리 님."

사피나가 머뭇머뭇 물었다.

"왜?"

"학원이나 왕도에서 멀리 떨어졌으니 전하께서 억지로 여성 흉내를 내지 않아도 되지 않을까요?"

아, 그런가……?

"사피나 씨, 무르군요."

"그렇군요."

사피나가 의견을 제시하자 마기루카와 레인 님이 곧바로 부정했다.

"어머님께서 이번 여행에 감시를 붙이지 않았을 리가 없습니다. 절 수행하는 종자 중에도 어머님의 부하가 섞여 있었고요. 메어리 씨는 이미 눈치챘겠죠. 이번 여행 중에는 다들 메어리 씨가 그러하듯이 절 여성으로 대해주세요."

"그렇군요! 역시 메어리 님이에요!"

레인 님의 말을 듣고 그 사실을 비로소 깨달은 나는 식은땀을 흘렸다. 반짝거리는 눈으로 쳐다보는 사피나를 차마 똑바로 바라보지 못했다.

"그, 그렇지 않아요. 저도……."

"아아, 진짜! 당신, 대체 뭐죠? 저는 남자랑 장난치고 있을 생각이 없다고요!"

"뭐야? 검술은 젬병이야? 그럼 체술로 붙어도 좋아."

"이야기 좀 들어요오오오오!"

"하하핫, 뭘 그렇게 부끄러워하는 거야?"

"누가 부끄러워한다는 건가요! 이쪽으로 다가오지 말아요! 발로 차버릴 거예요!"

"오, 붙어볼 마음이 들었나! 좋아, 와라!"

나는 사피나의 착각을 정정해주려고 했지만, 뒤에서 큰소리로 말다툼을 벌이며 이쪽으로 달려오는 빅토리카와 자하 때문에 목소리가 묻히고 말았다.

더욱이 미묘하게 맞물리지 않는 두 사람의 대화를 듣고서 모두가 어이없다는 얼굴로 그쪽으로 시선을 돌린 바람에 정정할 타이밍을 잃고 말았다.

"……하암~. 메어리 님, 왜 죽은 생선 눈깔 같은 눈으로 웃고 있어?"

세상의 부조리를 깨닫고서 자학적으로 웃고 있으니 조금 전까지 마차에서 자고 있었는지 피피가 하품하면서 잔인한 말로 지적했다.

"으으응…… 아무것도 아니에요."

나는 주저앉고 싶은 마음을 억누르며 피피에게 어색하게 웃었다.

여행은 무서우리만치 순조로워, 우리는 아무 일 없이 카르샤나 영지까지 올 수 있었다. 조금만 더 가면 카르샤나 영도에 도착한다. 사피나의 말에 따르면 영도에서 더 나아가면 숲과 영지를 가르는 강이 나오고, 그곳에 요새가 있다고 한다.

그 요새를 지나 숲으로 들어가는 게 가장 간단하고도 안전한 경로인데, 그 길을 지나려면 여러 절차를 밟아야 한단다. 우리는 영주의 딸인 사피나가 있으니 얼굴만 보여주면 무사통과할 수 있을지도 모르지만.

생각에 잠겨 있으니 머릿속에서 스노우의 목소리가 울렸다.

〈저기, 메어리. 어째서 넌 마차에 타지 않고 내 등에 타고 있는 거야?〉

"빅토리카 때문에 마차 안에 달콤~한 분위기가 흐르고 있거든. 답답해서 못 있겠어."

〈그거 그냥 둬도 괜찮아~? 아무도 없으면 흡혈귀가 그 왕자님을 자빠뜨리는 거 아니야?〉

"어……? ……괜, 괜찮을 거야! 그 아이도 그렇게까지 바보는 아니겠지……. 게다가 안에는 리리랑 마기루카도 있으니까."

괜찮다고 말하긴 했지만, 내심 불안이 차오르고 있었다. 하지만 엮이고 싶지 않은 마음에 이내 생각하기를 포기했다.

"아가씨, 도시가 보이기 시작해요."

내 뒤에 앉아 있는 튜테의 말에 따라 시선을 먼 곳으로 돌렸다.

아직 멀리 떨어져 있지만, 견고한 성벽에 둘러싸인 도시가 보였다. 일단 저곳에서 하룻밤을 묵은 뒤 이튿날 요새를 통과하여 빅토리카의 안내를 받아 셰리가 있는 엘프 마을로 갈 예정이다.

(엘프라~, 기대되네~.)

전생에서 여러 매체를 통해 접했던 엘프와 곧 만날 생각을 하니 마음이 부풀었다.

우리는 곧 성문에 도착했다. 검문은 사피나의 얼굴로 금방 통과할 수 있었다.

"여기가 사피나의 고향이구나."

나는 아직도 스노우의 등에 탄 채로 성내를 활보하고 있었다. 아니, 솔직히 눈에 띄고 싶지는 않았지만, 스노우가 홀로 걸어 다니면 영민들이 놀랄 수 있으니 괜찮다는 걸 보여주기 위해서라도 그녀의 등 뒤에 앉아 있어야 했다. 이곳은 다른 영지와는 달리 몬스터와 자주 마주치기에 주민의 경계심이 유달리 강하다는 모양이고.

(아무리 그래도 그렇지…… 으아~, 사람들이 죄다 이쪽을 쳐다

보고 있잖아~! 이럴 줄 알았으면 스노우의 등에 안 탔을 텐데!)

마차와 달리 몸을 숨길만 한 곳이 없기에 지나다니는 사람들의 시선을 흠뻑 받고 있었다. 심지어 건물 안에 있던 사람들마저 창문 너머로 쳐다보고 있었다.

〈어쩐지 메어리 때문에 시선을 한 몸에 받는 것 같은데~?〉

"내가 아니라 너 때문이잖아아아아!"

스노우가 은근슬쩍 이 상황의 원인을 나에게 돌리려고 하자 나는 그녀의 머리를 착착 때리며 항의했다.

"저기…… 아가씨. 뭔가 저희를 보고 경배하시는 분들이 계시는데, 전 내리는 게 좋지 않을까요?"

나와 같이 앉아 있는 것이 불편해졌는지 튜테가 뒤에서 조심스럽게 말했다.

"어?! 잠깐, 날 혼자 내버려 두지 마! 그리고 경배는 뭔데?!"

나에게서 떨어지려는 튜테를 제지하려다가 그녀가 불온한 단어를 내뱉었음을 깨달았다.

"신수님이 나타난 것도 모자라서 신수님 등에 아가씨가 타고 계시니까 그런 게 아닐까요?"

내가 질문하자 튜테가 자못 당연하다는 듯이 대답했다.

"미안. 이야기 앞부분은 이해했는데 뒷부분은 이해를 못 하겠어."

"그렇겠죠. 지금 이게 얼마나 신비로운 그림인지 당사자가 눈치채지 못했으니 어쩔 수 없죠."

"잠깐, 잠깐. 그 불온한 단어는 뭐야? 난 평범해. 아무리 봐도 평범한 공작 영애라고!"

〈그보다, 메어리.〉

"그보다, 라니?! 이것보다 더 중요한 게 어딨어?"

스노우가 튜테에게 항의하는 내 말을 끊으려고 하자 나는 또다시 그녀의 머리를 착착 때렸다.

〈아니, 이 도시 말이야. 어쩐지 병사가 많이 돌아다니는 것 같지 않아?〉

영민들과 되도록 눈을 마주하지 않으려고 했기에 눈치채지 못했는데, 스노우의 말을 듣고 보니 눈을 돌리는 곳마다 병사가 있었다. 다른 곳보다 몬스터가 많다고 하니 카르샤나 영지에서는 흔한 풍경일지도 모르지만……. 나는 사피나가 타고 있는 마차에 접근하여 창문을 통해 그녀를 불렀다.

"메어리 님, 무슨 일이세요?"

"저기, 여긴 원래 이렇게 병사가 잔뜩 돌아다녀?"

나는 창문 밖으로 얼굴을 내민 사피나의 귀에만 들릴 정도로 나직이 물었다.

"……아뇨, 제가 봐도 오늘은 평소보다 많아 보이는데요."

사피나가 주변을 신경 쓰며 대답했다.

"그래? 혹시 무슨 일이 있나?"

"숲에서 몬스터가 대량으로 나올 것 같으면 이렇게 병사를 늘리긴 하는데……."

사피나도 말을 하던 도중에 무슨 의미인지 깨달았는지 말꼬리가 점점 기어들어 갔다. 어쩐지 분위기가 이상하게 돌아가는 것 같아서 나는 하늘을 올려다봤다.

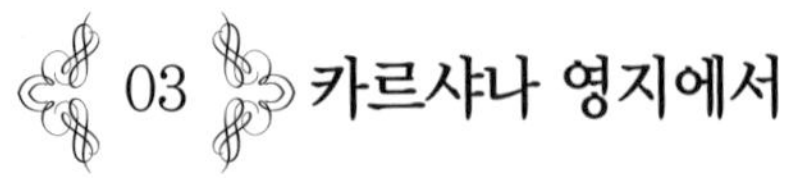

03 카르샤나 영지에서

“사피나~!”

“어, 어머님!”

카르샤나가 저택에 도착하자마자 현관이 호쾌하게 열리더니 안에서 한 여성이 뛰어나왔다. 사피나는 화들짝 놀라 그쪽으로 시선을 돌렸다.

사피나의 어머니는 부인이라기보다는 여기사라고 하는 편이 더 어울릴 듯한 풍채였다.

옷차림도 드레스가 아니라 기사 같은 옷을 입고 있었다. 키가 크고 몸도 탄탄해 보였으며 머리는 쇼트커트였는데, 갈색 머리카락 끝이 사피나처럼 곱슬곱슬했다.

그런 여성이 마차에서 막 내린 사피나를 향해 돌진해오자 우리도 아연실색할 수밖에 없었다.

“사피나, 한동안 못 본 사이에 의젓해졌구나아아아! 이곳에서도 네 무용담으로 떠들썩하단다. 역시 내 자랑스러운 딸이야!”

여성은 사피나를 뒤덮듯이 포옹하고는 기쁨을 온몸으로 표현하듯 힘을 꽈아아아아악, 하고 주었다.

“어, 어머니이임…….”

사피나의 목소리가 기어들었다. 물론 재회의 감동으로 울먹이는 게 아니었다.

"저, 저기~, 무례하다는 건 잘 알지만 잠시 한 말씀 드려도 될까요? 그렇게 계속 끌어안으면 사피나가 숨이 막혀 죽을 것 같은데, 슬슬 힘을 빼시는 게 어떨까요?"

상대가 사피나의 어머니라는 것만은 이해했기에 나는 위기에 빠진 친구를 돕고자 조심스럽게 조언했다.

"응? 아아, 미안합니다. 너무 기뻐서 그만."

내 말을 듣고 상황을 파악했는지 그 여성이 활짝 웃으며 사피나를 풀어줬다.

그녀의 이름은 '루실 카르샤나.' 사피나의 어머니이자 전직 기사다.

현역 시절에는 여성 기사로서 누구에게도 뒤처지지 않는 전적을 세웠다. 특히 몬스터 토벌 수는 역대 여성 기사 중에서 최고 수준이다.

그녀는 어떤 몬스터를 토벌하는 과정에서 사피나의 아버지와 만나 홀딱 반해버렸단다. 과묵하고 엄격한 카르샤나 경에게 맹렬하게 들이댔다는 일화가 있을 정도로 그녀는 정열적인 사람이다.

(으~음, 어째서 이런 강단 있는 여성한테서 사피나처럼 겁 많은 딸이 태어난 걸까? 아니, 강단이 넘쳐서 그렇게 된 건가?)

우리는 응접실로 자리를 옮겨 자기소개를 끝마친 뒤에 휴식을 취할 겸 각자 느긋하게 시간을 보내기로 했다.

"그나저나 카르샤나 자작 부인, 도시에서 병사가 자주 보이던

데, 무슨 일이 있나요?"
레인 님이 곧바로 궁금한 점을 물어봤다.
"으음, 레인 님이라고 부르면 되려나?"
"예, 꼭 부탁드려요. 그렇지 않으면 왕비님께서 저희한테 벌을 내리실 거라."
루실이 질문하자 마기루카가 솔직하게 대답했다. 그녀는 "왕비님답네" 하고 곤혹스러운 표정을 지었다.
"병사 이야기였지? 며칠 전에 약초를 캐러 숲속에 들어간 약사와 모험가 파티가 몬스터의 습격을 당했어. 뭐, 그 정도는 일상다반사라 딱히 문제는 아니었는데……."
루실의 이야기에 따르면 모험가들이 가벼운 상처를 입긴 했어도 무사히 숲에서 돌아왔는데, 그들의 상황 설명에 문제가 될만한 내용이 있었다.
그들을 습격한 몬스터가 '대쥐'였던 것이다.
대쥐는 일반 쥐와 생긴 건 비슷하나 덩치가 중형견과 맞먹는다는 특징이 있다.
보통은 지하나 동굴처럼 비좁고 어두운 곳을 좋아하며, 지능이 낮고 겁이 많은 몬스터라 모험가를 먼저 공격하지 않는데, 그 대쥐가 숲에 나타나 파티를 습격한 것이다.
몬스터의 생태를 잘 아는 카르샤나령 주민들에게는 이해할 수 없는 사건이었다.
이에 카르샤나 경은 영민들이 느낀 의문을 진지하게 받아들여

병력을 증강했다. 곧 인근 요새로 병력을 파견해 숲을 조사할 작정이라고 한다.

"하지만 그래봤자 대쥐는 대쥐일 뿐이지. 그렇게까지 경계할 필요가 없는데 그 사람은 걱정이 많아서~. 뭐, 그게 귀엽고 멋지긴 하지만."

이야기 마지막에 자연스럽게 남편 자랑을 늘어놓았다.

"어떻게 하죠? 엘프 마을은 조금 있다가 가는 게 좋을까요?"

나는 옆에 앉아 있는 레인 님에게 슬쩍 귓속말했다. 그러자 그녀가 눈을 감고서 생각에 잠겼다.

"아뇨, 우린 예정대로 엘프 마을로 향하도록 하죠. 시간을 더 지체했다가는 방랑벽이 있는 셰리 씨가 종적을 감출 수도 있으니까."

레인 님이 강한 의지를 보이자 우리는 새삼스레 결의를 굳히고서 고개를 끄덕였다. 옆에 '언니, 멋져요' 하고 눈동자를 반짝이며 쳐다보는 흡혈귀가 하나 있었지만 모른 척했다.

그날 밤. 카르샤나가 저택에서 묵게 된 나는 숲에 들어가 엘프와 곧 만날 수 있다는 생각에 흥분이 되어 좀처럼 밤잠을 이루지 못했다. 그래서 졸릴 때까지 잠시 산책을 하고자 방을 나갔다.

그리고 달빛이 비치는 정원에 한 소녀가 서 있다는 걸 알아차렸다.
"사피나?"
도를 쥐고서 정신집중을 하던 그녀가 일사불란하게 도를 휘두르기 시작했다. 1학년 때와는 비교도 되지 않을 만큼 아름다웠다.
"망설임이 전혀 느껴지지 않는 칼솜씨로구나."
반대 방향에서 사피나에게 말을 건 사람이 나타났다. 나는 말을 걸기가 어색해져서 그대로 조용히 지켜보기로 했다.
"아, 아버님……."
사피나가 도를 칼집에 넣고서 황급히 아버지 쪽으로 몸을 돌렸다. 어쩐지 긴장한 것처럼 보였다.
사피나의 아버지, 카르샤나 경은 내 아버지인 페르디드와 달리 큰 키에 비해 호리호리한 몸을 하고 있었다. 다만 옷 위로도 알 만큼 근육이 발달해 있었다. 이른바 마른 근육남이었다.
눈초리가 길게 째져 있고 비취색 눈동자가 날카롭게 빛났다. 얼굴 생김새는 단호하고 엄격해 보였다.
(저 사람이 사피나의 아버지구나~. 아주 엄할 것 같아. 어렸을 적에 만났다면 무서워서 분명 울었을 거야.)
"그 검술은 네가?"
"……아, 아뇨. 메어리 님이 가르쳐 주셨습니다……."
"무술대회 성적과 그동안에 여러 사건을 해결한 공적은?"
"……그것도…… 다른 분들 덕분입니다. 저 혼자서는……."
사피나는 고개를 숙인 채로 마치 혼나고 있는 것처럼 벌벌 떨며 아버지의 물음에 대답했다.

"'…………'"

사피나는 먼저 카르샤나 경에게 말을 걸지 않는 모양이었다. 아니, 말을 걸지 못하는 건가? 한동안 침묵이 흐른 뒤 카르샤나 경이 다시 사피나에게 말을 걸었다.

"……미안하다."

그 말을 듣고 놀랐는지 사피나가 아버지를 올려다봤다.

"……약혼 건 말이다. 난 인품을 무시하고 실력밖에 보질 않았다. 네게 불쾌한 기억만 심어줬구나."

"……아뇨…… 메어리 님과 동료들이 곁에 있어 줘서……."

사피나는 무언가 떠올린 것처럼 눈을 감은 채 고개를 숙이고서 대답했다. 그리고 침묵이 다시 찾아왔다.

"……사피나, 학원은 즐겁느냐?"

"예!"

카르샤나 경이 침묵을 깨고서 묻자 사피나가 지금까지와는 달리 아버지를 똑바로 바라보며 확실하게 즉답했다. 그러나 부끄러웠는지 이내 고개를 또 숙였다.

"그래, 다행이구나……."

카르샤나 경이 불쑥 중얼거렸다. 그의 말에서 따뜻하고 포근한 감정이 느껴졌다. 사피나도 똑같은 감정을 느꼈는지 황급히 고개를 들었다. 그러나 카르샤나 경은 이미 딸에게서 등을 돌린 채 떠나가 버렸다.

어쩐지 지금 나가면 안 될 것 같아서 기둥 뒤에 숨어 그 광경을 지켜봤다.

(사피나의 사정을 듣고 안 좋은 인상이 있었는데, 지금 보니까 딸을 아주 소중히 여기기는 하지만 표현이 서투른 아버지 같다는 느낌이 들어. 걱정은 안 해도 되려나…….)

나는 기둥에 기대고서 고개를 들었다.

(부모님이라……. 이 사건이 무사히 해결되면 나도 두 분과 대화를 잔뜩 나눠야겠어. 그리고 아버님의 어깨를 주물러드릴까……. 앗, 그전에 아버님의 어깨를 분쇄하지 않도록 연습을 해둬야겠네.)

나는 기합을 다시 불어넣고 내일을 위해 방으로 돌아갔다.

이튿날. 카르샤나 경과 인사를 끝마친 우리는 출발하기에 앞서 필요한 물품을 구하러 나갔다. 요새까지는 마차를 타고 갈 수 있지만, 숲에서 엘프 마을까지는 걸어서 가야 하기에 옷을 갈아입어야만 했다.

"그래서, 한번 입어보고 싶었던 모험가 복장!"

"뭐가 그래서, 라는 건가요?"

내가 혼자서 흥분하자 마기루카가 냉정하게 지적했다.

우리는 옷과 방어구를 사기 위해서 시내 상점 앞에 나와 있었다.

“일단 마기루카는 마법사니까 그럴듯한 옷을 입도록 해. 그 뭐라고 하더라? 챙이 넓고 산처럼 우뚝 솟은 모자. 그리고 로브는 필수.”

마기루카가 지적하자 나는 그걸 옆으로 치워버리는 듯한 몸짓을 보이고서 이야기를 진행했다.

“그럼 난 기사~.”

내 의도를 알아차렸는지 자하가 손을 들고서 희망 사항을 말했다.

“모험가는 기사보다 전사지. 당신은 가죽 갑옷에 한손검과 방패를 드는 게 좋겠어. 모험가의 정석 복장이 어울려.”

“엥~, 난 메어리 님이 입었던 전신 갑옷 같은 게 좋은데~.”

“그런 복장으로 숲에 들어가면 순식간에 지칠걸요?”

자하가 내 의견에 토를 달자 마기루카가 냉정하게 지적했다.

“으음, 사피나는 도가 있으니, 사무라이같은 느낌이 좋겠지만, 아무래도 기모노는 없겠지. 아니면 몸놀림이 재빠르니까 닌자도 괜찮겠다! 아, 그것도 마찬가진가?”

“예? 사무라이? 기모노? 니, 닌자?”

내 말을 전혀 이해하지 못한 사피나가 고개를 갸웃거렸다.

(으음…… 동쪽 어딘가에 일본 비슷한 나라가 있다고 하지 않았던가? 문화 전파가 좀 빨리 됐으면 좋겠는데.)

“사피나 씨도 전사처럼 꾸미는 게 좋지 않을까요?”

“안 돼! 사피나한테 비키니 아머 따위를 입힐 수는 없어!”

"예? 비키니 아머요? 뭐, 뭐죠, 그게?"

나의 진지한 태도에 압도되면서도 마기루카가 물었다.

"비키니 아머란 여전사가 입는 장비인데 이~런 느낌……."

나는 마기루카의 질문에 대답하기 위해서 조금 볼썽사납긴 하지만 땅바닥에 간단한 그림을 그렸다. 그 그림을 본 마기루카와 사피나의 얼굴이 점점 빨개져 갔다. 아마도 완성 예상도를 구체적으로 상상했겠지.

"무, 무리무리무리, 무리입니다. 그런 옷을 입으면 부끄러워서 죽을 거예요!"

사피나가 머리 위로 김이 피어오를 것처럼 귀까지 새빨갛게 물들이고는 두 팔을 뻗어 붕붕 휘저으며 거부했다.

"아니, 애초에 이건 갑옷의 의미가 전혀 없잖아요!"

"……흐음~ 흐음~ 호오, 호오. 이게 비키니 아머. 아주 흥미로워. 다음에 데오도라 님한테 제작해달라고 부탁해야겠어. 이 상태에서 방어력을 어떻게 올리느냐는 마공기사의 실력에 달려 있지."

마기루카의 지적이 허무하게도, 내가 그린 그림을 무척이나 흥미롭게 바라본 여우 수인님이 의욕을 내기 시작했다. 마기루카의 얼굴이 한 층 더 창백해졌다.

"그, 그그그, 그보다도 메어리 님은 어떻게 할 건가요? 저처럼 마법사인가요? 아니면 전사인가요?"

마기루카가 애써 피피를 쳐다보지 않고 이야기를 빠르게 진행했다.

“글세……? 나는 둘 다 할 수 있으니까 검과 마법을 동시에 사용할 수 있는 직업이…….”

“아, ‘전설’의 마법기사 말인가요?”

“아냐, 내 착각이었어. 못 들은 거로 해줘.”

내가 불쑥 내뱉은 희망 사항을 듣고 마기루카가 대단히 위험한 발상을 내놓았다. 나는 황급히 발언을 철회했다.

(마법기사는 백은의 기사나 용사, 영웅 같은 애들이랑 어깨를 나란히 하는 직업이라고! 어라? 곰곰이 생각해보니 나, 아주 곤란한 상황에 한쪽 발을 내디딘 것 같은데?!)

“그래, 난 마을 아가씨를 할게!”

“그건 모험가가 아닌데요.”

눈에 띄고 싶지 않은 나는 RPG에 등장하는 캐릭터 중 최고의 직업(?)을 골랐으나 마기루카에게 즉시 격파당했다.

“메어리 님은 신성 마법을 쓸 수 있으니까 신관이나 승려가 좋지 않을까요?”

“신관은 좀……. 뭔가 성교국 사람 같아 보이잖아…….”

마법기사 같은 흉흉한 직업보다는 승려가 훨씬 나을 것 같지만, 학원제나 레리렉스 왕국에서 겪었던 사건 때문에 내 머릿속에서 성교국 호감도는 바닥까지 떨어져 있었다.

(뭐, 그냥 코스프레를 일 뿐이니 대충 생각해서…….)

“크크큭, 어리석은 질문이군요. 백은의 성녀라 불리고 있으니 성녀다운 옷을 입으면 될 것을."
""""그렇네!""""
햇볕을 피하고자 양산을 쓰고 있는 빅토리카가 대담하게 웃으며 말 같지도 않은 소리를 하자, 마기루카를 비롯한 동료들이 명안이라는 듯 손뼉을 쳤다.
참고로 흡혈귀는 햇볕을 싫어하는데, 빅토리카는 양산만 있어도 돌아다닐 수 있었다. 어쩌다 햇볕을 쬐더라도 '앗, 뜨거!' 하고 살짝 그을리는 게 전부란다. 그마저도 뱀파이어 특유의 재생 능력 덕분에 금세 회복한다는 모양이지만. 거참 고성능 뱀파이어네.
"그런 부끄러운 옷차림을 어떻게 해! 애초에 성녀 같은 옷차림이 대체 어떤 차림인데?!"
내가 맹렬하게 항의하자 모두가 으~음, 하고 생각에 잠겼다.
"듣고 보니 성녀는 어떤 옷을 입을까?"
"동화 속에서는 신의 목소리를 들은 마을 아가씨가 성녀가 되는 경우가 많아요."
"그럼 마을 아가씨도 괜찮겠네?"
자하와 마기루카가 문답을 나눈 덕분에 처음에 내놓은 제안이 채택되었다. 하지만 나는 찝찝한 느낌이 들 뿐이었다.
"그럼 전 어떤 직업의 복장이 어울릴까요?"
내가 석연치 않은 표정을 짓고 있자니, 지금까지 가만히 듣고만 있던 레인 님이 불쑥 그런 말을 했다. 어째서인지 모두의 시선이 나에게 쏠렸다. 내가 답하는 거야?

"으음…… 레인 님은…… 프린세스?"

나는 게임 등에서 자주 등장하는 '프린세스'라는 수수께끼의 직업을 떠올렸다.

"어? 공주가 직업이었나?"

내 말을 듣고 레인 님이 무심코 원래 말투로 말했다.

"하지만 드레스 같은 걸 입고서 숲을 걷는 건 불편하니 조금 가벼운 복장이……."

"레인 님, 무슨 말씀을 하시는 건가요? 그게 왕족입니다! 보세요, 동화 속에 등장하는 공주님은 붙잡힐 때도, 도망칠 때도 늘 호화로운 드레스를 입고 있잖아요? 바로 그겁니다, 그거."

"예? ……그런가요?"

내 열변을 식은땀을 흘리며 듣던 레인 님은 결국 그대로 숲에 들어가기로 했다.

그리고 한 시간 뒤. 우리는 각자 원하는 차림으로 나타났다.

"튜테, 어때? 커플룩, 커플룩♪"

이번에는 역시 튜테도 메이드복으로 걸어 다닐 수가 없기에 나와 비슷한 복장을 입혔다.

"튜테 씨가 메이드복 말고 다른 옷을 입은 모습을 보는 건 처음입니다. 어쩐지 신선하고 아주 귀엽네요."

내 옆에서 사피나가 튜테를 물끄러미 쳐다봤다.

"그, 그렇지는……."

사피나가 쳐다보자 튜테도 부끄러웠는지 치맛자락을 부여잡으며 우물쭈물했다.

"이렇게 나란히 서 있으니 우리 꼭 자매 같네~."

나는 부끄러워하는 튜테와 팔짱을 끼고서 사피나에게 보였다.

"……자매라기보다는 마을 아가씨로 변장하고서 놀러 나온 아가씨와 종자 같아. 아무리 옷을 갈아입었다고 해도 몸에 밴 관계성은 숨길 수 없지."

우리를 보고 있던 피피가 대놓고 그런 말을 하자 나는 실망한 나머지 두 손과 두 무릎을 땅에 대고서 고개를 푹 숙였다.

"아가씨, 괘, 괜찮으세요?"

내가 의기소침해하자 튜테가 상냥하게 다독여주었다. 그리고 나는 피피의 그 신랄한 평가를 듣고서 대항심에 불이 붙었다.

"튜테, 그 아가씨라는 호칭 때문에 우리가 마을 아가씨처럼 보이지 않는 걸지도 몰라. 앞으로는 날 메어리라고 불러. 난 튜테 언니라고 부를 테니까."

"예에?! 그, 그렇게 무례한 짓을 제가 어떻게 감히……."

튜테는 고개를 가로저으며 전력으로 거부했다.

"부탁이야, 튜테! 이번만이야! 응, 제발, 한 번 불러봐!"

나는 당황한 튜테의 손을 쥐고서 올려다보며 부탁했다.

"메, 메, 메어리……님."

"님 자는 빼버리고! 자, 다시 한번!"

"……메, 메어리……."

"왜? 튜테 언니♪"

내가 기대 어린 눈으로 쳐다보자 튜테는 결국 작은 목소리로 이름을 불렀다. 너무 기쁜 나머지 활짝 웃으며 대답해줬더니 튜테가 얼굴을 홱 돌리고는 두 손으로 얼굴을 가린 채 부들부들 떨다가 주저앉았다. 그녀의 얼굴이 귀까지 새빨개졌다.

"무리, 무리예요, 아가씨! 다시 태어나면 그때 할 테니 제발! 파괴력이 장난이 아니라서 몸부림치다가 죽을 거예요오!"

튜테가 얼굴을 가리며 주저앉아 있자 사피나가 마치 '그 마음을 잘 안다'는 듯이 고개를 끄덕이며 그녀의 등을 쓰다듬었다.

(으음, 튜테라면 언니가 되어도 상관없는데~. 역시 신분이 걸림돌인가. 아쉬워라.)

사피나가 튜테를 격려해주었다. 나는 두 사람이 대화를 나누며 의기투합하는 장면을 바라보면서 나름 그렇게 결론을 내렸다. 엇갈렸다는 것도 모른 채…….

"여러분, 뭘 하고 계시나요?"

옷을 다 갈아입었는지 마기루카도 모자를 쓰고 이쪽으로 왔다.

그리고 모두가 다 모이자 피피가 새롭게 결성된 얼렁뚱땅 파티의 면면을 음미하며 감상평을 내놓았다.

"……이쪽에 검사, 전사, 마법사는 그럭저럭. 하지만 나머지는 모험을 너무 얕잡아보고 있어."

"피피 씨, 우리 쪽 평가가 너무 신랄한 거 아닌가요? 에둘러서 표현해줬으면 좋겠어요."

피피가 나머지라고 표현한 건 물론 나, 튜테, 레인 님, 빅토리카, 네 사람이다. 무장도 하지 않은 마을 아가씨와 호화로운 드레스를 입은 아가씨가 숲으로 모험을 떠난다고 한다면 그야 말리겠지만.

"크크크, 우릴 얕잡아보면 곤란합니다. 우리 파티는 흡혈귀에 성녀와 그 종자, 공주님이라고요?"

"……그래서 뭐? 그 직업들이 모여봤자 모험하기는 그른 것 같은데."

빅토리카가 자신만만하게 가슴을 활짝 펼치며 말하자 피피가 말의 검으로 그녀를 싹둑 베어버렸다.

"언니, 저 무표정한 여우녀가 너무 엄해욧!"

빅토리카가 혼이 난 아이처럼 울먹이며 레인 님의 팔에 달라붙었다. 레인 님은 울지 말라며 머리를 쓰다듬어주었다.

"어쨌든! 모두, 이제 엘프 마을로 가자! 힘차게 가보자아아아!"

나는 억지로 의욕을 북돋고자 혼자서 주먹을 번쩍 들었다.

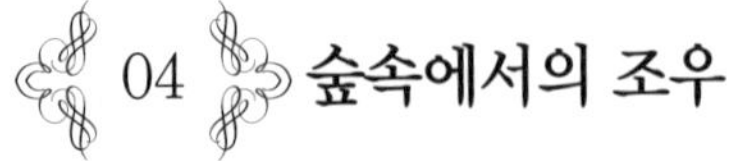

04 숲속에서의 조우

〈으음, 기분이 복잡하네~. 미소년을 태우는 건 좋지만, 이건 결국 미소녀를 태운 거잖아~〉

요새에 지나 숲으로 향하는 길, 내 머릿속에서 스노우가 아무래도 상관없는 고민을 털어놓았다.

현재 스노우의 등에는 레인 님이 다리를 옆으로 돌린 채 앉아 있었다. 리리는 레인 님의 무릎 위에서 축 늘어져 있다.

레인 님은 혼자서만 신수에 타는 걸 마뜩잖게 여겼지만, 만약의 사태가 벌어졌을 때 그녀만이라도 즉각 탈출할 수 있도록 대비해둬야 한다고 마기루카가 설득했다. 그래서 마지못해 스노우의 등에 탔다.

(음, 모습도 모습이지만, 리리까지 무릎에 올려두고 있으니 그야말로 신수의 사랑을 받는 황금의 공주구나. 내가 앉아 있었을 때보다 훨씬 그림이 되네.)

"메어리 씨, 스노우 님이 뭐라고 말씀하셨나요? 역시 내리는 편이……."

내가 레인 님과 스노우를 지그시 쳐다보고 있으니 레인 님이 그 시선에 무슨 의미가 있는 줄 알고 물어봤다.

"아뇨, 아뇨. 레인 님을 태우고 있어서 무척 기쁘대요. 저 변태 신……."

〈야아아아아아! 내가 기쁘다는 말은 하긴 했지만 변태라니! 무례하기 짝이 없네에에에! 정정하세요, 정정해!〉

내가 레인 님을 올려다보며 말하고 있으니 옆에서 스노우가 코를 들이대며 방해를 했다.

"좀 그만해, 스노우. 간지럽잖아. 미안, 미안해. 아까는 실언했어. 음, 레인 님의 말이 될 수 있어서 너무너무 기쁘다네요. 변……."

〈악화되었잖아아아아!〉

스노우는 그렇게 말하고서 이번에는 내 머리를 가볍게 깨물었다.

훗, 그 정도로 대미지를 입을 공작 영애가 아니지.

그러나 모두가 어리둥절 바라보고 있기에 일단 스노우에게 사과를 하여 마무리 짓기로 했다.

"거기, 백은의 성녀. 지금 우리가 놀러 왔나요? 긴장감이 없네요. 그렇죠, 언니~?"

한 손으로 양산을 든 채로 레인 님 옆에 붕붕 떠 있는 빅토리카가 나를 보면서 말했다.

대단하다고 해야 할지, 아니면 칠칠치 못하다고 해야 할지. 여하튼 힘을 쓸데없이 낭비하고 있는 최고이자 최강의 뱀파이어님이 동의를 구하고자 레인 님에게 다가가자 그녀의 무릎 위에서 기분 좋게 쓰담쓰담을 받고 있던 리리가 고개를 들고서 살살 으르렁거렸다.

그러자 빅토리카도 어금니를 드러내며 우우~, 하고 으르렁거렸다.

리리는 레인 님의 무릎 위에서 쓰담쓰담을 받는 것이 마음에 들었는지 빅토리카에게 방해받고 싶지 않은 눈치였다. 빅토리카에겐 레인 님에게 달라붙는 걸 리리가 방해하고 있는 거겠지만. 결국, 빅토리카와 리리 사이에서 위협이라는 이름의 공방이 벌어졌다.

"거기 어른스럽지 않은 뱀파이어, 어린애를 위협하지 마. 그리고 백은의 성녀라고도 하지 마. 지금 난 마을 아가씨 메어리 레가리야란 말이야."

"저기, 아가씨. 레가리야라는 성을 말한 시점에서 아가씨는 이미 마을 아가씨가 아닌데요."

내가 빅토리카에게 당당하게 선언하자 나와 비슷한 옷을 입고 있는 튜테가 슬쩍 귓속말로 지적했다. 나는 말문이 막혀버렸다.

"여러분, 숲이 보이기 시작했어요."

"우와 굉장해! 여기서 봐도 숲이 얼마나 큰지 알겠네."

안내하며 선두에서 걷고 있는 사피나가 말하자 자하가 감탄했다. 그 목소리에 이끌려 앞쪽을 쳐다보자 지평선을 메울 것 같은 광대한 숲이 펼쳐져 있었다.

저마저도 숲 일부일 뿐이다. 고대의 숲은 대체 얼마나 광대한 걸까.

압도적인 규모를 보고 질려버린 우리는 발걸음을 멈추고서 한

동안 멍하니 숲을 바라보았다.

여담이긴 하지만 지금까지 호위로 따라왔던 사람들은 여기서부터 야영하며 후방지원을 맡기로 했다. 빅토리카의 말에 따르면 엘프 중에는 인간을 싫어하는 자도 많아서 여럿이서 밀어닥치면 다짜고짜 전투가 벌어질지도 모른단다.

물론 호위들은 반대했지만, 흡혈귀도 있고, 신수도 있으니 그렇게까지 위험하지는 않을 테고, 스스로 싸움의 불씨를 떠안고 들어갈 필요는 없지 않냐고 설명하니 마지못해 승복해주었다.

"……여기서부터는 빅토리카 씨한테 맡기겠습니다. 잘 부탁해요."

"예, 언니! 이 빅토리카 블러드레인한테 맡겨두세, 앗 뜨거!"

레인 님이 부탁하자 의욕이 솟았는지 빅토리카는 허공에 뜬 채로 허리에 손을 대고서 가슴을 활짝 폈다. 내가 어이없는 눈으로 쳐다보는 것도 아랑곳하지 않고. 그러나 여전히 멍청한지 양산도 덩달아 내리고 말았는데……. 그 결과 햇볕을 온몸으로 쬐고서 절규했다.

(어쩐지 걱정되네. 쟤가 제대로 안내나 할 수 있으려나?)

내가 걱정하는 걸 아는지 모르는지 얼렁뚱땅 파티는 숲에 들어가기 위해서 다시 걸어가기 시작했다.

가지와 잎들이 햇볕을 가릴 듯이 하늘을 뒤덮고 있었다. 잎 사이사이마다 새어드는 빛이 숲의 분위기를 몽환적으로 빚어냈다. 더욱이 일찍이 본 적이 없을 정도로 굵고 높은 나무들에 둘러싸여 있어서 지금 어느 쪽으로 걸어가고 있는지조차 알 수가 없었다.

(고대의 숲이라…… 확실히, 타지 사람은 함부로 들어오면 위험할 수도 있겠는데.)

나는 거대한 나무들을 올려다보면서도 일행과 떨어지지 않도록 주의했다. 문득 사피나가 일행들이 지나가기가 편하도록 가지와 잎을 쳐내는 모습이 보였다. 어쩌면 그와 동시에 표식을 남기고 있는지도 모른다.

"사피나는 꽤 익숙한가 봐?"

언제나 그녀는 이런 곳에 오면 가장 먼저 벌벌 떨었기에 약간 의외였다.

"예, 카르샤나 영지는 숲에서 출몰하는 몬스터를 막아내는 방어선이기도 하지만, 숲의 은혜를 누리고 있는 영지이기도 합니다. 그래서 어른들이 곧잘 숲으로 끌고 가곤 했습니다. 싫긴 했지만……."

사피나가 마지막에는 하하핫, 하고 웃으며 얼버무렸다.

"그래도 지금은 그 경험 덕분에 모두를 도울 수 있으니 아주 기뻐요. 에헤헤."

헛웃음을 지은 뒤에 조금 창피한지 우물쭈물하며 방긋 웃는 사피나. 아주 귀여웠다.

"아아아아앙, 너무너무 귀여워라. 저기, 깨물어도 될까요? 살짝만. 응, 살짝만 깨물 테니까."

뺨을 붉히며 선두에서 걷고 있던 빅토리카가 헉헉거리며 사피나를 덮치려고 했다.

"괜찮을 리가 없잖아, 이 변태 흡혈귀야! 안내나 제대로 해!"

빅토리카에게서 사피나를 지키기 위해 나는 그녀를 꼭 끌어안고는 손을 휙휙 털며 저 변태 흡혈귀를 쫓아냈다.

"크크큭, 마을 아가씨 주제에 이 최고이자 최강의 흡혈귀인 빅토리카 블러드레인 님한테 지시를, 앗 뜨으!"

왜 그러는지는 모르겠지만 재수 없게 젠체하기에 나는 슬쩍 그녀의 양산을 기울여주었다. 그러자 그녀가 나뭇가지 사이로 새어든 햇볕을 쬐고서 땅바닥을 굴러다녔다.

"……그보다도."

"잠까아아아안! 은근슬쩍 넘어가지 말아요!"

피피가 차갑게 말하자 빅토리카가 굴러다니는 것을 멈추고서 그녀를 쳐다봤다. 그러나 피피는 전혀 개의치 않고, 아니, 표정이 변하지 않아서 무슨 생각을 하는지 전혀 모르겠지만, 여하튼 주변을 둘러보고 있었다.

"……뭔가가 다가오고 있어."

피피가 태연한 목소리로 말했다. 역시 마족의 청각과 후각은 대단하다. 모두 황급히 주변을 주시했다.

"숲에 들어온 지 얼마 안 되었는데, 벌써요? 전에는 이런 적이……."

사피나가 경계하면서 혼잣말처럼 중얼거렸다.

"어쩌지? 그냥 짐승일지도 모르니 가만히 지나가길 기다릴까?"

〈포위당했어. 몬스터 냄새가 나.〉

스노우는 보이지도 않는데도 아는지 주변을 경계했다. 리리도 레인 님의 무릎 위에서 우우~ 하고 으르릉거렸다.

"포위당한 모양이야. 상대는 몬스터이니 다들 정신 바짝 차려."

"크크크, 몬스터가 얼마나 몰려오던 이 빅토리카 블러드레인의 적수는……."

빅토리카가 앞으로 나서 양산을 돌리며 말하자 풀숲에서 무언가가 튀어나왔다.

"말을 다 마치지도 않았는데 버릇이 없군요."

빅토리카는 그렇게 말하고서 튀어나온 무언가를 한 손으로 쳐냈다. 그러자 그녀가 휘두른 손에 맞은 그 무언가가 엄청난 속도로 날아가 나무줄기와 부딪치고서 떨어졌다.

바보 같은 모습만 봐온 터라 빅토리카의 힘을 보고 나는 깜짝 놀랐다.

"대쥐예요! 여러분, 조심하세요!"

사피나가 싱겁게 토벌된 몬스터의 정체를 가장 먼저 확인하고서 모두에게 알려주었다.

"대쥐라면 괜찮을 것 같네! 자, 어서 덤벼! 프로보크!"

자하가 방패를 들고서 앞으로 나서면서 마법을 사용했다.

(적의 시선을 끄는 마법이었던가? 언제 그런 마법을 익혔지?)

내가 놀라워하는 사이에 대쥐 세 마리가 자하를 향해 일제히 달려들었다.

"어스 월."

마기루카가 대쥐와 자하 사이에 흙벽을 세우자 미리 계산한 것처럼 그중 한 마리가 벽과 부딪쳤다.

"발도!"

"나머지를 부탁해."

나머지 대쥐들이 황급히 옆으로 비켜났지만, 미리 기다리고 있었던 사피나와 자하가 격퇴하였다. 자하는 흙벽과 격돌하고 기절해버린 대쥐도 끝장내버렸다. 멋지다고 해야 할까? 익숙해 보이는 연계 플레이였다. 복장 때문에 그런지 더욱 그들이 마치 애니메이션에 나오는 모험가처럼 보였다.

"으음……."

하지만 나는 말 못 할 찜찜함을 느끼고 있었다. 자하가 발동한 '프로보크' 덕분인지 내 쪽으로는 몬스터가 한 마리도 달려들지 않았기 때문이다.

(저 마법이 적들을 그렇게 완벽하게 유인해낼 수가 있었던가? 아까 나와 눈을 마주친 대쥐 한 마리가 황급히 달아난 것 같은 기분이 드는데.)

"레인 님은 그대로 스노우의 등 위에 계세요. 아무래도 대쥐는 스노우가 무서운 것 같으니까요. 피피 씨도."

나는 튜테와 함께 스노우에게 바짝 다가갔다. 그런데 무슨 영문인지 피피는 내 쪽으로 다가왔다. 이해가 안 되네…….

〈아니, 굳이 말하자면 나보다도 메어리를 더 무서워하는 게 아닐까?〉

이 현상의 원인이 자신일지도 모른다는 걱정을 남몰래 하고 있었는데, 스노우가 대변해주었다. 나는 입을 다물라며 검지를 입에 댔다.

그리고 나와 스노우가 긴장감이 전혀 느껴지지 않는 짓을 벌이는 사이에 전투는 끝났다. 우리의 압승이었다.

"다들 못 본 사이에 꽤 강해졌구나. 아니, 연계가 익숙해졌어."

나와 같은 느낌을 받았는지 레인 님이 모두에게 물었다.

"예, 뭐, 두 분이 부재중일 때 누가 학원 안에 대쥐를 들이기도 하고, 갑각충 떼에게 쫓기기도 하는 등 여러 일을 겪어서요……."

뭘 떠올렸는지는 모르겠지만 마기루카가 지친 표정으로 먼발치를 바라보고 있었다. 자하와 사피나도 응응, 하고 고개를 끄덕이고 있었다.

(진짜 우리 학원은 자유와 혼돈으로 가득하단 말이야~. 용케도 붕괴하지 않았네. 아니, 붕괴 직전인가?)

"자, 놀이는 이쯤에서 끝내고 슬슬 마을로 가볼까요?"

조금 전 싸움을 전투가 아닌 놀이라고 평가한 빅토리카가 손이 더러워지지 않았는지 확인하면서 걸어 나갔다.

다들 그녀를 따라서 걷기 시작했지만, 사피나만이 복잡한 표정을 지으며 쓰러진 대쥐를 보고 있었다.

"사피나, 왜 그래?"

"아, 아뇨. 이 대쥐 말인데요. 학원에서 봤던 것보다 덩치가 작고 야위었어요. 아마도 힘도 제대로 못 내겠지요. 근데 그런 상태로 '메어리 님이 곁에 있는' 저희를 습격하다니, 어지간히도 굶주렸나 싶어서요……."

내가 무슨 일인지 묻자 사피나가 생각하면서 대답했다. 그런데 일부 정정해야 할 부분이 있다는 걸 깨닫고서 나는 사피나의 두 어깨에 손을 올렸다.

"저기, 사피나. 그건 내가 아니라 빅토리카와 스노우겠지. 그거 중요한 부분이니까 절대로 틀리면 안 돼."

"예? 하지만 메어리 님은 두 분 모두를 이기셨잖아요?"

내 말을 듣고는 사피나가 어리둥절하며 무서운 소리를 했다.

"그런 뒤숭숭한 말 하지 마. 그냥 헛소문이야, 헛소문. 난 싸우지 않았어. 스노우나 빅토리카와는 평화적으로 대화를 나눠서 친구가 되었을 뿐이야. 착각하지 않도록!"

물론 스노우와 처음 만났을 때 사피나와 함께 싸우긴 했지만, 그때 이미 그녀는 굴복, 아니, 싸울 마음이 없었고, 빅토리카와는 아예 싸운 기억이 없었다. 신성 마법을 쓰긴 했지만, 쓰러뜨리지 못했고, 마지막에 그저 벽쿵을 했을 뿐이다.

(응, 안 싸웠어. 결단코 안 싸웠다고!)

"……진정한 강자는 싸우지 않고도 이기는 법."

내가 사피나를 설득하고 있으니 피피가 불쑥 그런 말을 하며 지나갔다.

"과연, 그렇군요."

내 말에 납득한 건지, 피피의 말에 납득한 건지는 모르겠으나 사피나가 손뼉을 치고서 피피를 따라 걸어 나갔다.

"잠깐, 잠깐, 사피나. 방금 누구 말을 듣고 납득한 거야? 저기, 사피나, 사피나아~."

나 역시 사피나를 쫓아 모두와 합류하였다.

그 이후에는 이렇다 할 위험이 찾아오지 않았지만, 우리는 여전히 숲속에 있었다.

빅토리카가 앞장서서 가고 있지만, 아무리 걸어도 풍경이 바뀌지를 않아서 마을에 제대로 가고 있는지 의심스러웠다.

"저기~, 빅토리카. 앞으로 얼마나 더 가야 마을에 도착해?"

"이제 얼마 안 남았어요."

내가 묻자 빅토리카가 이쪽을 보지 않고 대답했다. 무슨 근거로 그런 말을 하는지는 모르겠지만, 그녀는 망설이지 않고 단호하게 발걸음을 내디디고 있었다.

"음?"

바로 그때 나는 온몸으로 위화감을 감지했다.

(방금 뭐지? 어쩐지 공기의 벽 같은 눈에 보이지 않는 막을 지나간 것 같은데?)

"크크크, 역시 나의 라이벌. 알아차린 모양이군요."

내가 위화감을 느끼고서 주변을 두리번거리자 선두에서 걷고 있던 빅토리카가 나를 쳐다보며 말했다.

"엘프 마을이 사람들한테 보이지 않는 이유는 마을 주변에 사람을 쫓아내는 결계가 있기 때문이에요. 지금 막 그 결계를 통과한 참이죠."

"오호? 사람을 쫓아내는 결계인데 빅토리카는 어째서 그 마법이 통하지 않았지?"

"크크크, 어리석은 질문이네요. 이 결계는 그렇게까지 강력한 마법은 아닙니다. 오히려 마법의 흔적을 추적할 수 있기에 마을로 인도해주는 좋은 길잡이 역할을 해주고 있죠."

내가 질문하자 빅토리카가 양산을 빙글빙글 돌리면서 담담하게 대답했다.

"뭐, 설령 강력한 마법 결계일지라도 이 최고이자 최강의 흡혈귀, 빅토리카 블러드레인을 저지할 수는 없지만요!"

빅토리카는 자신만만하게 빈약한 가슴을 활짝 펴고는 레인 님을 힐끔힐끔 쳐다봤다. 칭찬받고 싶은 모양이다.

"역시 빅토리카 씨네요. 당신한테 부탁하길 잘했어요."

상상대로라고 해야 할까, 역시 레인 님이라고 해야 할까? 빅토리카가 바라는 말을 활짝 웃으면서 했다.

"아아아앙, 언니! 앗, 쳇! 가르르르르."

빅토리카가 기뻐하며 공중에 떠올라 레인 님에게 다가가려고 하자, 무릎 위에 있던 리리가 으르렁거리며 위협했다. 빅토리카도 지지 않고 바로 으르렁거렸다.

"그러니까 그런 부분이 어른스럽지 못하다고. 어린애가 으르렁거린다고 똑같이 으르렁거리면 어쩌자는 거야?"

〈그런데 말이야. 메어리.〉

내가 탄식하고 있으니 스노우가 대화에 끼어들었다.

"스노우, 왜 그래?"

〈결계 효과가 잠시 끊긴 걸 알았는지 누군가가 이쪽으로 오고 있는데~? 지금도 기척을 지우고서 나무 위에 있어. 게다가 하나가 아냐. 이거 우릴 마중 나온 거야?〉

스노우의 말을 듣고 나는 얼어붙었다.

(결계 효과가 잠시 끊겨……? 설마 내 스킬 때문은 아니겠지? 아니, 아마도 나 때문이겠지만, 잠시라고 했으니 부순 건 아니니까 괜찮을 거야! 하지만 마중을 나올 때 보통 숨어다니진 않을 텐데? 그렇다면 즉…….)

"모두 조심해! 누군가가 있어."

나 때문에 모두에게 민폐를 끼칠 수는 없다. 나는 큰 소리로 모두에게 경고했다.

내 목소리가 모두에게 닿자마자 주위에 솟아 있는 커다란 나무 위에서 누군가가 놀란 기척이 느껴졌다.

"어머, 마을에서 마중을 나온 모양이군요. 일부러 나올 것까지는 없는데요."

모두가 주변을 경계하고 있는 동안에 빅토리카가 기척이 느껴진 방향을 올려다보며 말했다. 그러자 나무 위에 숨어있던 사람이 모습을 드러냈다.

(우오오오오, 엘프가! 애니메이션에 나올 법한 잘생긴 엘프가 있어!)

그럴 때가 아니라는 건 잘 알지만, 고대하던 엘프와 만나게 되자 가슴이 콩닥콩닥 뛰었다. 난 참 글러 먹었네.

"누가 마중을 나왔다는 거냐! 이 재앙의 흡혈귀 녀석!"

그 남자가 말을 내뱉자 숨어있던 엘프 남자들이 일제히 모습을 드러냈다. 그러고는 우리를 향해 활시위를 당겼다.

(뭐, 뭐뭐가 어떻게 된 거야?! 신님, 알려줘요오오오!)

05 재앙의 흡혈귀?

나무 위에서 엘프 남자 두 명이 모습을 드러냈다. 그리고 지상에서도 무장한 엘프 다섯 명이 나타나 합류했다. 그들은 우리에게 적의를 드러내고 있었다.

정확히는 '우리'보다 '빅토리카'에게였지만.

"재앙의 흡혈귀? 누굴 가리키는 건가요? 이곳에 흡혈귀는 저 하나뿐입니다만?"

엘프들에게 포위를 당했는데도 빅토리카는 꿈쩍도 하지 않았다. 그저 고개를 갸웃할 뿐이었다.

"아니, 아무리 봐도 널 가리키는 것 같은데."

전혀 모르는 눈치라서 나는 뒤에서 빅토리카에게 알려줬다.

"뭐라고요? 절 그렇게 부르다니 뜻밖이군요!"

"네 이놈! 설마 그 참극을 잊어버렸다고는 할 셈이냐!"

빅토리카는 진심으로 무슨 소리를 하는지 모르는 눈치였다. 그녀가 남자 엘프에게 맹렬하게 항의하자 남자도 또다시 호통을 쳤다.

"당신, 대체 무슨 짓을 저지른 거야? 화내지 않을 테니까 말해봐."

남자들이 험악하게 다그치자 나는 어이없는 표정으로 빅토리카를 쳐다봤다.

"음~ 글쎄요? 뭔가 했던가?"

검지를 턱에 대고서 으음~? 하며 빅토리카가 생각에 잠겼다. 뭐지? 정말로 기억이 없는 건가?

"웃기지 마라! 네놈이 몇 년 전에 잠시 휴면에 들어가야겠다면서 셰리 씨를 만나러 마을에 왔을 때 일이다! 벌써 잊었나!"

"아~ 그때는 잠깐의 이별을 아쉬워하며 연회를 마련해주셨지요. 참 즐거웠답니다."

남자가 분노에 표정을 일그러뜨린 것과는 대조적으로 빅토리카는 생긋 웃고 있었다.

"즈, 즈즈즈, 즐거웠다고오오오오?!"

빅토리카가 천연덕스럽게 대답하자 인내의 끈이 끊어졌는지 남자가 빅토리카를 향해 활시위를 당겼다.

"기다려, 로이! 너 혼자서 어떻게 할 수 있는 상대가 아니야!"

"슈바이츠, 말리지 마! 저 여자는 마을 사람들을 공포에 빠뜨려놓고도 즐거웠다고 지껄이고 있잖아!"

로이가 잘생긴 얼굴을 험상궂게 일그러뜨리자 슈바이츠가 만류했다. 그러나 로이는 만류를 뿌리치고서 이쪽으로 활을 쏘려고 했다.

만약 그가 화살을 쏜다면 우리도 싸울 수밖에 없다. 무슨 사태인지는 잘 모르겠지만 그것만은 피하고 싶었다.

"뭔지 모르겠지만, 빨리 사과해! 빅토리카, 사과하라고오오오!"

"어째서 제가 사과해야 하는 겁니까!"

"당신이 그 연회에서 무슨 짓을 저질렀으니까 저러는 거 아니야! 대체 무슨 짓을 한 거야?"

"그건…… 그때 술이 들어가서 기억이 애매하지만, 아마…… 기분이 좋아져서 비장의 장기를 보여줬던 것 같은데……. 그게 뭐가 문제란 거죠?"

"구체적으로 뭔데?"

"큭큭큭, 듣고서 놀라지나 마세요. 제 권속인 본 드래곤의 개인기를 보여줬답니다! 뭐, 술에 취해서 뭘 시켰는지는 전혀 기억이 나지 않지만요. 그러고 보니 아버님도 제게 술을 먹이려고 하지 않으셨었죠."

나와 빅토리카는 엘프들을 뒷전에 두고서 말다툼을 벌였다. 그런데 빅토리카가 엄청난 발언을 자랑스럽게 내뱉었다.

그 발언을 듣고 우리는 얼이 완전히 나가버렸다.

(술은 무섭네……가 아니라! 안 돼, 이건 안 돼! 유죄야, 유죄! 변명할 여지가 없어!)

"드디어 생각이 난 모양이군. 마을 안에 느닷없이 나타난 흉악한 본 드래곤에게 의미 모를 행동을 시킨 바람에 마을 사람들이 패닉에 빠졌고, 그 소동 때문에 마을이 반쯤 파괴되었다. 게다가 넌 본 드래곤한테 무언가를 명령하고는 그대로 내버려 두고서 곯아떨어졌지. 그 악몽 같은 사건 때문에 우리 씨족장은 달밤마다 트라우마에 시달리고 있단 말이다아아아아!"

우리의 대화를 듣고 로이가 또다시 분노했다. 그러고는 이번에야말로 빅토리카에게 활을 쏘려고 했다.

"기다려주세요!"

숲에 늠름한 목소리가 울렸다. 빅토리카와 로이 사이에 스노우의 등에 타고 있는 레인 님이 끼어들어 두 팔을 활짝 펼쳤다.

그 의연한 태도를 보고 로이는 팽팽하게 당겨졌던 활시위를 풀었다. 다른 엘프들도 멍하니 그녀를 쳐다봤다. 그만큼 레인 님의 당당한 모습과 표정은 압권이었다.

"바, 방해하지 마라. 인족 아가씨. 그러다가 다칠 수가 있다."

"물러서지 않을 겁니다. 이 아이가 저지른 짓은 반드시 보상할 테니 부디 분노를 가라앉혀 주실 수 없겠습니까?"

로이의 기백에 굴하지 않고 레인 님이 의연하게 대답했다.

"언니, 전 그럴만한 짓은……."

"입 다물어요, 빅토리카!"

"윽!"

납득이 되지 않는지 빅토리카가 말대답을 하려고 하자 레인 님이 큰소리로 제지했다.

지금껏 언니처럼 상냥했던 레인 님이 버럭 화를 내자 빅토리카는 몸을 흠칫 떨며 고개를 푹 숙였다. 그 눈에는 눈물이 고여 있었다. 당장에라도 쏟아질 듯했다.

그 모습을 본 레인 님의 표정이 확 바뀌었다. 조금 전까지만 해도 늠름했는데 지금은 당황한 눈치였다. 여자애를 울려버려서 그런 듯하다.

레인 님이 우리에게 한 말은 아니었지만, 우리는 그 박력에 놀라 입을 다물고서 그저 지켜보기만 했다.

"다들 활을 내려."

로이도 무슨 일인가 어리둥절한 얼굴로 보고 있자니 슈바이츠가 나서서 스노우에게 다가갔다. 레인 님은 리리와 함께 스노우의 등에서 내려 그를 맞이했다. 이윽고 레인 님의 앞에 이른 슈바이츠가 공손하게 예를 표했다.

"내 이름은 슈바이츠. 씨족을 통솔하는 씨족장 대리를 맡고 있지. 동료의 무례함을 사과하겠다. 신수가 가호하는 황금의 공주여."

슈바이츠는 아주 자연스럽게 레인 님의 한 손을 잡더니 손등에 입술을 대는 것이 아닌가.

너무나도 충격적인 광경에 우리 여성들은 뺨을 붉힌 채 굳어버렸다. 뭐, 무표정한 피피와 오히려 얼굴이 새파래진 빅토리카는 제외해야겠지만…….

"저, 전 사연이 있어서 지금은 레인이라는 이름을 쓰고 있지만, 저기, 황금의 공주는……."

"레인 공주, 이름이 멋지군."

"아뇨, 그러니까 공주가 아니……."

"레인 공주. 뜬금없긴 하지만 당신한테 첫눈에 반했다. 결혼을 전제로 사귀고 싶다."

"""""…………."""""

잘생긴 엘프가 시원스레 웃으며 레인 님의 이야기는 귓등으로도 듣지 않고 말했다. 너무나도 갑작스러운 상황인지라 저쪽도, 우리 쪽도 이해가 되지 않아 침묵했다.

"……뭐?! 너, 갑자기 무슨 소리는 하는 거야?!"

슈바이츠 뒤에서 멍하니 있던 로이가 침묵을 깼다.

"훗, 사랑이란 느닷없이 찾아오는 법. 로이, 너도 알잖나?"

"아니, 전혀."

"아름답고도 기품 어린 저 자태며 의연한 태도, 의지. 저 모습에서 그야말로 위에 서는 자의 아우라가 느껴져. 그런데도 동시에 상대를 배려하는 고운 마음씨와 포용력까지. 완벽해, 완벽해. 내 이상형이라고! 로이, 너라면 이 마음을 알겠지?"

"아니, 전혀."

어리둥절한 로이 앞에서 뭔가 이상한 스위치가 켜진 것처럼 슈바이츠가 온몸으로 그 기쁨을 표현하며 열변을 토해냈다.

나는 아직도 이 상황이 이해되지 않았다.

"대, 대, 대……."

빅토리카가 고개를 숙이고서 뭐라고 중얼대기 시작했다. 표정은 안 보여서 잘 모르겠지만, 부스럭거리며 무언가를 하는 것 같았다.

"빅토리카?"

"대죄예요오오오오오오! 빌어먹을 엘프으으으으으으!"

빅토리카가 그렇게 외치며 고개를 들었다. 그녀는 어금니를 드러낸 채 평소에는 가리고 있는 붉은 눈을 반짝거리며 슈바이츠를 응시하고 있었다.

(아, 안대를 벗고 있던 거였구나. 매번 참 고생스럽군. 냉정하다고 해야 할지, 감정적이라고 해야 할지, 대체 어느 쪽이야?)

"진정해! 빅토리카, 진정해! 당신, 또 레인 님한테 혼나고 싶어?"

나는 이를 갈며 당장에라도 달려들 것 같은 이 광견 흡혈귀를 뒤에서 팔을 둘러 제지했다. 안 그래도 빅토리카는 이미 전과가 있으니 이 이상 엘프와 관계가 틀어지는 건 곤란했다.

"……어, 그러니까, 저기, 고, 곤란합니다."

처음 보는 남자가 느닷없이 손등에 입맞춤한 것도 모자라서 고백까지 하는 바람에 레인 님의 두뇌가 방전됐다가 빅토리카의 고함에 재기동을 시작했다.

"갑자기 곤혹스럽게 해서 미안하다고 생각한다. 당신의 상식으로는 무례할지도 모르지. 하지만 말하지 않고는 배길 수가 없었어."

슈바이츠가 공주님과 이룰 수 없는 사랑 이야기에서나 나올 법한 멋진 대사를 읊었다. 그런데 고백은 시간을 들여서 서로 친해진 뒤에 좋은 분위기 속에서 해야 하는 거 아닌가? 만난 지 몇 분밖에 안 된 사람이 할 말이 아닌데?

"어어, 그게, 저, 전 남자예요."

재기동을 해도 여전히 혼란한지 레인 님이 평소답지 않은 엉뚱한 대답을 했다. 상대도 무슨 말인지 못 알아듣고 멍하니 굳어 있었다. 덤으로 날뛰던 빅토리카도 놀라 멍한 표정으로 굳었다.

"후훗, 재밌는 농담이군. 진지한 사람인 줄로만 알았는데 이렇게 재미있는 구석도 있을 줄이야. 멋져."

레인 님이 겨우 진실을 털어놓았건만, 슈바이츠는 깨끗하게 무시했다. 오히려 레인 님을 향해 호감도만 더욱 올라간 듯했다. 사랑에 빠진 사람은 콩깍지가 낀다더니. 나는 탄식했다.

"자, 갈까?"

슈바이츠가 자못 당연한 듯이 레인 님의 손을 잡고서 선도하기 시작했다.

"자, 잠깐, 잠깐, 잠깐! 슈바이츠, 어딜 가려고? 설마 이 자들을 마을로 데리고 갈 작정이야?"

로이가 슈바이츠의 앞을 가로막고서 따지기 시작했다. 참고로 '이 자들을' 할 때 정확히 빅토리카를 보고 말했다.

"물론이지. 그녀는 우리 마을에 볼일이 있는 것 같으니까. 게다가 내가 누군지, 그리고 마을이 어떤지 더 알려줘야 하지 않겠어?"

몇 분 전까지만 해도 마을 안으로 절대로 들여보낼 생각이 없었던 씨족장 대리가 갑작스레 변심하자 로이는 기가 막혔는지 말을 잇지 못했다.

"마, 말도 안 돼! 저 흡혈귀까지 마을에 들이겠다고?! 경비대장으로서 난 반대야!"

화가 폭발한 로이가 무례하게도 빅토리카를 가리키며 노성을 질렀다. 뭐, 마음을 모르는 바는 아니지만, 삿대질은 그만두라고.

옆에 있는 나까지 덩달아 혼이 나고 있는 것 같잖아.

“그래? 그럼 흡혈귀만 이곳에 놔두도록 하자. 그럼 됐나?”

슈바이츠가 선선히 말하자 빅토리카의 이성의 끈이 뚝, 하고 끊어졌다.

“크크크, 오랜만에 피가 들끓는군요. 쿠히히히히, 피로 물든 광란의 연회를 시작해볼까앗으으으으으으으윽! 앗으으으으으으으윽!”

빅토리카가 이상하게 웃기 시작했다. 뭔가 눈도 빛나는 것 같고 어금니도 아까 전보다 길어진 듯했다. 나는 완전히 미쳐버린 빅토리카를 만류하기 위해서 최후의 수단을 쓰기로 했다.

“자~, 여러분~. 보다시피 이 아이는 그렇게 무서운 아이가 아니랍니다~. 이거 보세요~. 이렇게 햇빛에 약~한 존재예요. 괜찮아요~.”

나는 웃는 얼굴로 그녀를 단단히 붙잡고 아름다운 햇빛 아래로 끌고 나왔다.

“아앗, 앗으으으으으으으윽! 이거 놔요. 빌어먹을 불여우우우우우!”

“……로이, 괜찮을 것 같지 않나? 저 흡혈귀, 마을 아가씨조차 떨쳐내질 못하잖아.”

“뭐지? 소환한 몬스터가 강할 뿐, 본체는 강하지 않았던 건가?”

엘프들이 수군거리기 시작했다. 실제로는 빅토리카가 훨씬 강할 테지만, 내가 마을 아가씨 옷을 입고 붙잡는 바람에 이상한 오해가 생겼다.

“우, 우리가 이 아이를 똑바로 감시할게요. 저희는 셰리 씨를 만나러 왔을 뿐이니 볼일을 마치면 바로 돌아갈 겁니다."

"뜨겁다고요, 이 좀비 대가리녀가!"

"조용히 햇! 누구 때문에 내가 이 고생을 하는 줄 알아?!"

내가 열심히 설득하고 있는데도 빅토리카가 분위기도 읽지 못하고 욕지거리를 내뱉었다. 나는 늘 그랬듯이 아이언클로로 침묵시켰다.

"아파파파파! 하, 항복할게요오오오오! 아으으으으읏, 아파파파파파파!"

"이, 이봐. 이제 알겠으니까 그만해줘. 어쩐지 그 흡혈귀가 불쌍하게 보이잖나……."

차마 보고 있을 수가 없었는지, 결국 로이가 먼저 나서서 말리기 시작했다.

"그럼 이 아이도 데리고 가도 된다는 말씀인가요?"

"아, 아아……. 상관없으니까 놔줘."

"잘됐네, 빅토리카~."

로이가 승낙하자 나는 웃으며 빅토리카의 얼굴에서 손을 뗐다. 그러자 그녀는 땅바닥에 맥없이 쓰러지더니 그대로 햇볕에 지지직 그을렸다.

"어어?! 잠, 잠깐, 빅토리카! 정신 차려! 별로 안 다쳤잖아!"

"아뇨, 아주 크게 다쳤다고 생각합니다."

내가 축 늘어진 빅토리카를 정신 차리라며 흔들고 있으니 양산으로 햇볕을 가리며 튜테가 나직이 딴죽을 걸었다.

그리하여 우리는 여러 문제를 떠안기는 했지만, 목적지인 엘프 마을로 들어갈 수가 있게 되었다.

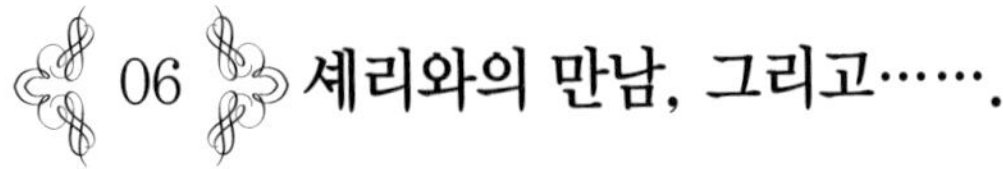

06 셰리와의 만남, 그리고…….

한동안 숲을 걷고 있으니 이윽고 마을 같은 곳이 보였다.

건물들은 어떻게 지은 건지, 마치 숲과 하나가 된 것처럼 보였다. 굵은 나무의 위, 아래, 혹은 안쪽까지 거주 공간으로 쓰고 있었다.

"이게 엘프 마을……."

나는 모두와 함께 촌뜨기처럼 그 경관을 올려다보며 중얼거렸다.

"……여기저기에 미지의 기술들이 담겨있어. 흥미로워."

피피 혼자서만 다른 시점으로 여러 군데를 살펴보고 있었다. 나는 문득 그녀가 문제 행동을 벌일 것 같다는 불안감이 들었다. 감동적인 공간이 순식간에 조마조마하고 불안한 공간으로 바뀌어버렸다.

"피피 씨, 그런 건 이따가……."

"……분해하고 싶다."

"잠깐, 잠깐. 멋대로 타인의 물건을 분해하지 말아요!"

엘프 마을을 보자마자 문제 발언을 불쑥 내뱉는 피피에게 핀잔을 주자 그녀가 무표정한 얼굴로 이쪽을 쳐다봤다. 여전히 아무런 감정도 드러내지 않아 도통 무슨 생각을 하는지 알 수 없었지만, 나는 한사코 그녀가 상식을 지켜주길 바랄 뿐이었다.

"빌어먹을, 이 썩을 엘프! 신수에서 내리는 언니에게 감히 손을 내밀지 마세요! 그건 내 역할이라고요!"

"하하핫, 이런 건 먼저 하는 사람이 승자지. 머뭇거리는 쪽이 패자고. 잘 기억해둬."

"당신은 얌전하게 구는 법을 좀 배우도록 하세요. 아니, 그럴 필요 없겠군요. 지금 당장 이 자리에서 재로 만들면 되니까."

(아아아아아아~.)

피피를 보고 있는 사이에 다른 쪽에서 문제가 터질 것 같았다. 나는 무심코 두 손으로 얼굴을 가리고서 몸부림쳤다.

"마기루카. 미안하지만 피피 씨가 이상한 짓을 하지 못하도록 감시해줘. 난 저 바보의 입을 막고 올게."

안심하고 맡길 수 있는 마기루카에게 피피를 부탁하고 나는 빅토리카와 슈바이츠 사이에 끼어들어 레인 님 구출을 시도했다.

레인 님은 빅토리카를 한 번 울린 게 마음에 걸렸는지 빅토리카를 말리지 못하고 있었다.

이곳에 오는 동안에 레인 님은 진짜 신분 이외에 모든 자초지종을 털어놓았지만, 두 사람은 전혀 믿지 않았다. 뭐, 눈앞에 있는 완벽한 공주님이 자기 입으로 자기가 남자라고 말한다고 한들 누가 선뜻 믿을 수 있을까…….

주변을 둘러보니 길길이 날뛰는 빅토리카를 보고는 마을 사람들이 그녀가 누군지 알아차렸는지 겁을 먹기 시작했다. 마을에 또다시 재앙을 초래하는 게 아닌지 두려운 눈치였다.

"빅~토~리~카~."

나는 뒤에서 빅토리카의 머리를 움켜쥐고서 낮은 목소리로 그녀를 불렀다. 빅토리카는 몸을 흠칫 떨고서 식은땀을 삐질삐질 흘리기 시작했다.

"잠깐 저기서 나랑 얘기 좀 할까? 빅토리카♪"

나는 웃으며 그녀의 머리를 움켜쥔 채로 햇볕이 내리쬐는 곳으로 질질 끌고 갔다.

"아뇨, 난 지금 바빠, 음캬아아아아아아악!"

그리고 나는 빅토리카가 예전에 일으킨 본 드래곤 개인기 사건 때문에 피해(주로 정신적)를 본 엘프 분들이 지켜보는 앞에서 마녀를 화형, 아니, 일광욕 형벌을 집행했다.

"자, 드래곤을 소환하여 여러분께 민폐를 끼쳐 죄송합니다, 하고 사과해."

"아앗, 앗으으으윽! 죄송합니다, 미안합니다아아아아!"

일광욕이라 하니 별거 아닌 것 같지만, 실제로는 보고 있던 사람들이 나서서 말리려 할 정도로 가혹한 형벌이었다.

애당초 하이브리드 뱀파이어이기에 가능한 형벌이다. 다른 흡혈귀였다면 진즉에 불타버렸을 거다.

"헥~헥, 헥~헥, 알, 알디아의 하얀 악마였군요. 하얀 악마가 여기에 있어요. 나쁜 짓을 저지르면 혼내주러 찾아온다는 전설은 사실이었어요!"

마을 사람들의 용서를 받고 나서야 빅토리카는 햇볕에서 탈출할 수 있었다. 그녀는 두 손과 두 무릎을 바닥에 대고는 고개를 푹 숙인 채 중얼거렸다. 그녀의 온몸에서는 뿌연 연기가 푸쉬~ 하고 피어올랐다.

"당신이 죗값이라고 생각하고 받아들이도록 해. 그리고 하얀 악마라고 하지 마. 그건 백은의 기사님의 별명이지 나 같은 평범한 마을 아가씨의 별명이 아니야."

〈아니, 아니 그런 잔혹한 짓을 태연하게 저지르는 너야말로 마을 아가씨의 탈을 뒤집어쓴 악마야, 악마! 주변을 보라고. 사람들이 빅토리카보다 널 더 무서워하고 있잖아~.〉

"뭐?!"

나는 황급히 주변을 둘러봤다. 몸을 흠칫 떠는 사람부터, 얼굴이 창백해져서 눈을 돌리는 사람, 심지어 황급히 달아나는 사람마저 있었다.

"거, 거짓말이지? 난 평범한 마을 아가씨일 뿐인데……."

나는 고개를 숙이고 있는 빅토리카 앞에서 마찬가지로 고개를 숙였다.

"아가씨께서 그런 짓을 태연하게 저질러서 그런 거라고요."

"……어쩐지 화가 치밀어서 그만."

"빅토리카 님이 아가씨를 방해했을 때와 같은 이유잖아요. 두 분은 생각마저 똑 닮았네요."

"아읏!"

아직 충격이 가시지 않은 내 마음에 튜테의 가차 없는 지적이 비수처럼 꽂혔다. 내 마음의 상처가 한층 더 깊어졌다.

"어라? 빅토리카가 광장에서 일광욕한다는 소문을 듣고 달려왔는데, 벌써 끝났나?"

그때, 웬 여성 엘프 하나가 그런 소리를 하며 빅토리카에게 다가갔다.

"……셰, 셰리……! 날 구하러 와준 겁니까? 역시 친구……."

(응? 셰리……?)

"아니, 일광욕하는 흡혈귀라니, 이런 걸 볼 기회는 좀처럼 없잖아? 어떤 꼬락서니인지 꼭 관찰하고 싶어서. 못 봐서 아쉽다."

빅토리카가 감동에 젖은 표정으로 비틀비틀 일어서자 엘프가 가차 없는 대답을 내놓았다.

"아아, 그래요! 당신은 원래 그런 사람이었죠! 실망스럽네요!"

벌써 부활한 빅토리카가 엘프에게 따졌다.

"무얼, 어차피 너도 일광욕 좀 했다고 죽진 않잖아? 그럼 걱정보다는 기회를 살려야지."

"앗?! 이분이 셰리 씨?!"

정신적 충격에서 겨우 벗어난 나는 이 엘프가 바로 우리가 찾던 사람이란 걸 뒤늦게 깨달았다.

엘프 특유의 뾰족하고 긴 귀, 어깨까지 내려오는 연황록색 머리카락, 에메랄드색 눈동자.

"이런, 셰리. 와 있었나?"

내가 셰리를 물끄러미 쳐다보고 있으니 뒤에서 슈바이츠가 다가와 말을 걸었다.

"어라? 오빠야말로 결계에 이상이 생겨서 확인하러 나갔던 거 아니었어?"

"!"

결계에 이상이 생겼다는 말에 나는 크게 긴장했다. 심장 박동도 격해졌다.

안 그래도 방금 마을에 폐를 끼친 빅토리카에게 그토록 모진 형벌을 내린 참인데, 만약 내 탓에 결계에 무슨 문제가 생겼다면 빅토리카가 어떤 앙갚음을 하려 들지 알 수가 없었다.

아니, 애당초 얼버무릴 자신이 없었다.

나는 자연스레 근처에 있는 튜테에게 다가가 숨으려고 했다.

"그냥 잠깐뿐이었어. 노후화가 원인일지도 모르겠군. 오랜 옛날에 만든 뒤로 한 번도 건드린 적이 없으니까. 슬슬 한 번 손을 볼 때가 됐는지도 모르지."

슈바이츠가 다른 의견을 내준 덕분에 나도 자연스럽게 의혹을 피할 수 있었다. 나는 남몰래 가슴을 쓸어내렸다.

"뭐, 그 덕분에 운명의 사람과 만날 수 있었다!"

"예~ 예~, 그러세요. 대체 몇 번째 운명인지 모르겠구먼. 하도 들어서 이제 질렸다."

슈바이츠가 흥분하며 말하자 셰리는 또 시작이구나 하는 얼굴로 흘려들었다.

(몇 번째? 방금 몇 번째라고 말하지 않았나?)

나는 곧장 슈바이츠가 의심스러워지기 시작했다.

혹시 저 엘프는 툭하면 여자에게 반하는 사람인 건가…….

"이분이 레인 공주님이다. 널 만나러 왔다는군."

"그러니까 공주가 아니라니까요……. 처음 뵙겠습니다. 셰리 님. 당신을 만나서 영광입니다."

슈바이츠가 태연하게 레인 님의 허리에 손을 두르고서 소개하는 바람에 레인 님이 살짝 당황했지만, 그대로 이야기를 이어갔다. 참고로 슈바이츠의 손은 곧장 빅토리카가 꼬집어서 떼어냈다.

"미안하지만, 우리는 딱딱한 인사는 별로 안 좋아해서. 흐음, 레인이라고? 흠흠."

소개받은 셰리가 레인 님을 유심히 관찰하기 시작했다.

역시 마공기사. 뭔가를 관찰하는 듯한 눈동자가 피피와 똑같았다. 이미 레인 님의 몸에 무슨 일이 벌어졌는지 감지해낸 듯했다.

나는 마른침을 삼키고서 셰리가 할 말을 기다렸다.

"엘프가 봐도 넋을 잃을 만큼 미인이잖아. 오빠한테는 아까워."

내 착각이었다. 저 마공기사의 눈동자는 아무것도 찾지 못했다.

레인 님도 실망했는지 어깨를 축 늘어뜨렸다.

"저기, 옆에서 끼어들어서 죄송합니다, 셰리 님. 레인 님의 이마에 있는 서클릿을 본 적이 없으십니까?"

안달이 났는지 결국 마기루카가 끼어들어 억지로 이야기를 시작했다.

"서클릿?"

마기루카의 말을 듣고 셰리가 레인 님의 이마를 쳐다봤다.

"흐음……."

그녀의 표정이 매우 진지해졌다. 우리는 모두 마른침을 삼켰다.

"푸흡, 디자인이 아주 치졸한 서클릿이네. 이런 허접한 서클릿을 만든 게 누구니? 제작을 맡길 때는 사람을 잘 고르는 게 좋아."

"그걸 만든 게 당신이라고오오오!"

셰리가 손으로 입을 가린 채 웃기에 나는 결국 참지 못하고 진실을 들이밀고 말았다.

"엇, 내가?"

셰리가 어라? 하는 얼굴로 서클릿을 바라보았다. 진짜로 기억이 없는 것 마냥.

"하아~, 늘 있는 일이에요. 셰리, 어차피 계약서를 작성했겠죠? 그걸 확인해보는 게 어때요?"

빅토리카가 한숨을 쉬면서 말했다.

"아, 그렇겠군. 미안하지만 내 공방까지 와줄래?"

셰리는 손뼉을 치고는 자신의 공방으로 걸어 나갔다.

(어라? 계약서를 늘 쓴다고 해서 진지하고 딱딱한 엘프인 줄 알고 감탄했는데. 혹시 그냥 잘 깜빡해서……?)

셰리의 뒤를 졸졸 따라가면서 나는 생각해서는 안 되는 것을 생각했다.

"오오, 여기 있구나. 호오, 이것 참 그립구먼~."

셰리의 공방으로 안내를 받아 기다리고 있자니, 이윽고 셰리가 한 장의 종이를 들고서 감개무량하게 말했다.

(뭐지? 셰리 씨에게서 갑자기 할머니의 느낌이 물씬 나는데? 실제로도 연상이겠지만…….)

"아~, 그래, 그래. 그 '이 몸' 꼬맹이는 잘 지내니?"

꼭 옛날이야기를 하는 할머니 같잖아. 얼굴이랑 안 어울려서 자꾸 위화감이 드니까, 그 말투 좀 어떻게 해줘!

"잘 지내기는 하지만, 저기 셰리 씨, 단도직입으로 말할게요. 이 서클릿을 벗겨주세요."

"어? 안 벗겨지니?"

(얼마 전에도 같은 대사를 들었던 것 같은데.)

레인 님이 긴장감 가득한 얼굴로 말하자 셰리는 어리둥절한 표정을 지었다. 그러고는 안경 같은 물건을 꺼내 착용하고는 레인 님의 이마에 빛나는 서클릿을 살펴보았다. 이윽고 청진기 같은 것까지 꺼내서 서클릿에 대보기 시작했다.

(여기 마공기사의 방 맞지? 진료소는 아니지?)

나는 그 광경을 지켜보면서 마음속으로 조용히 딴죽을 걸었다.

"흐음……. 참으로 안타깝다만 이건 벗길 수가 없겠구나."

셰리가 꺼낸 기기를 집어넣으며 말하자 의자에 앉아 있던 레인 님이 휘청거렸다. 마기루카가 황급히 그녀의 몸을 붙잡았다.

"아, 미안. 설명이 짧았구나. 바로 벗길 수는 없다는 의미란다."

"……역시 요정의 장난이 원인?"

근처에서 견학하고 있던 피피가 우리의 대화에 끼어들었다.

"오호라, 잘 아는구나. 혹시 동업자인가?"

"……동업자는 아니지. 난 피피. 마족측 마공기사야."

"아아, 고지식하기 짝이 없는 마공기사였나."

셰리가 웃으면서 그런 말을 했지만, 여전히 피피는 무표정했다. 하지만 나는 봤다. 그녀의 커다란 귀가 꿈틀거린 것을.

(혹시 엘프 마공기사와 마족 마공기사는 사이가 안 좋나?)

어느 업계든 파벌 싸움은 반드시 있기 마련이지만, 설마 마공기사 업계에도 그런 파벌이 있을 줄이야. 그러고 보니 피피도 엘프파가 만든 도구는 사도라고 평한 적이 있었다.

"저기, 지금 어렵다는 건, 벗길 방법이 있긴 하다는 말인가요?"

충격이 컸는지 아직도 멍하니 허공만 쳐다보고 있는 레인 님을 사피나와 튜테에게 맡겨두고서 마기루카가 두 사람의 대화에 끼어들었다.

평소였다면 시키지 않아도 빅토리카가 나서서 레인 님을 보살폈을 테지만, 지금 그녀는 별실에서 자고 있다. 햇볕을 너무 쬐어서 피폐해진 모양이다.

"그래. 이 아이 말대로 요정의 장난이 걸려 있어서 그런 것뿐이니까."

엘프는 특히나 수명이 기니 그녀가 보기에 우리는 다 어린애 같겠지만, 피피는 아이라는 말에 다시 귀가 꿈틀했다.

(피피 씨는 화나면 무섭다고! 아아, 어쩌면 피피 씨는 얼굴이 아니라 귀나 꼬리로 표정을 표현하는 게 아닐까?! 그렇게 생각하니 무지 신경 쓰여서 마음이 조마조마하잖아아아아!)

내가 이 상황과 별 관계도 없는 일로 긴장하고 있으니 셰리가 설명하기 시작했다.

그녀의 말에 따르면 '요정의 장난'이란 문자 그대로 요정이 장난을 쳐 생긴 괴현상을 말한다.

요정은 이 세계와는 다른 공간(세계)인 '요정계'의 주민으로, 엘프를 제외한 이 세계 사람들은 요정을 눈 같은 감각기관을 통해 인지하기 어렵다고 한다.

말 그대로 다른 세계이기에 법칙도 여러모로 다른데, 이번처럼 불가사의한 현상이 그 여파라고 한다.

그래서 어려운 상황에 직면하면 엘프는 뭐든지 가능한 정령에게 의지한다며 피피가 푸념을 늘어놓았다.

정령이나 요정과 교류할 수 있는 엘프이기에 가능한 반칙 기술이지만, 요정은 미지의 존재이기에 마도구가 폭주하거나 제어 불가능이 되기 일쑤라고 셰리가 말했다.

"다시 말해서 이 서클릿은 지금 폭주 중이라는 건가요? 왜 그런 일이?"

"그게 말이지~. 잠깐만 남자애를 여자애로 변신시켜 달라고 부탁하기에 기껏 도와줬더니 그 힘을 쓰지도 않고 서클릿을 상자에 넣어버렸잖니? 그래서 요정의 기분이 언짢아진 거지. 어떻게든 서클릿을 쓰게끔 구슬려서 요정의 기분을 풀어주려고 했는데, 설득하는 사이에 땅에 서클릿을 땅에 묻어버렸고, 결국 요정이 단단히 삐치고 말았지."

셰리가 난처하다는 듯 웃으며 말했다.

다시 말해 존 올딜의 경솔한 행동 때문에 화가 난 요정이 레인 님에게 해코지했다는 뜻이었다.

"그 뒤로 오랫동안 벼르고 있었는데, 때마침 네가 써버린 거지. 그래서 지금껏 쌓아왔던 울분을 풀고자 착 달라붙은 모양이야."

"어떻게 벗길 수 없을까요?"

비로소 부활하여 현 상황을 이해한 레인 님이 셰리에게 머뭇머뭇 물었다.

"으음, 우리는 요정들한테 협력을 요청할 수는 있어도, 강제성은 없거든. 말하자면 요정의 마음이 풀릴 때까지 기다리는 게 가장 편한 방법이란 거지."

"얼마나 걸릴까요?"

"요정은 기분파거든. 상자 속에 갇혀 있던 세월만큼 걸릴지도 모르고 그 이상일지도 모르지. 다만 한 가지 말할 수 있는 건 지금 당장은 어려워. 처음에는 울분을 풀려고 달라붙은 것 같은데, 지금은 몹시 즐거워하고 있는 것 같아. 잘됐네, 요정의 마음에 들어서."

그 말을 들은 레인 님이 또다시 의자에서 휘청였다.

상자 속에 갇힌 세월만 해도 10년이 넘는다. 요정에게 10년은 대수롭지 않을지도 모르지만, 인간은 아니다.

"……엘프에게 물건을 맡기면 꼭 이런 문제가 생겨. 차라리 싸구려가 나을 정도."

뜻밖의 전개에 우리가 망연자실해 있자 피피가 불쑥 셰리를 비난했다.

"이런, 이런. 물건 하나에 막대한 시간과 돈을 쓰고도, 쓸 수 있는 사람이 거의 없어서 결국은 무용지물로 만드는 어딘가의 마공기사들보다는 낫지."

피피가 중얼거리는 말을 들었는지 셰리가 기다랗고 뾰족한 귀를 꿈틀거리며 웃으면서 되받아쳤다.

한쪽은 웃고 있고, 한쪽은 무표정하지만, 나는 보았다. 두 사람의 사이에서 불꽃이 튀기고, 뒤에서는 용과 호랑이 서로 노려보는 광경이.

(아니, 피피 씨는 호랑이가 아니라 여우라고 해야 하나?)

"다, 달리 방법이 없겠습니까?"

내가 쓸데없는 생각을 하기 시작하자 마기루카가 동료들의 부축을 받는 레인 님을 힐끔 쳐다보며 셰리에게 매달렸다.

"음…… 좋은 방법은 아니지만, 직접 교섭하는 수도 있지."

"교섭이라고요? 하지만 이미 셰리 님께서 요정과 대화를 하신 게 아닌가요? 그럼 별 의미가……."

셰리의 말을 듣고 마기루카가 자기 생각을 전했다.

"이런, 교섭하는 건 내가 아니야. 네가 하는 거지."

셰리는 겨우 일어선 레인 님을 쳐다보며 말했다.

"저, 저 말입니까? 하지만 저는 요정을 볼 수조차……."

"그렇겠지. 신이나 정령한테 사랑받는 특별한 존재가 아니고서야 평범한 인족이 요정과 대화를 나눈다는 건 불가능해. 하지만 엘프의 힘과 기술로 보조한다면 이야기가 조금 달라지지."

"그럼 바로……."

레인 님이 서둘러 진행하려 하자 셰리가 일단 자기 말을 들어보라며 손바닥을 펼쳤다.

"아까도 말했지만 이건 좋은 방법이 아니야. 너무 위험해."

"위험하다고요?"

요정과 대화만 하는 것뿐인데 왜 위험하다는 거지? 의미가 와닿지 않아서 우리가 고개를 갸웃거리고 있으니 셰리가 대답을 망설였다.

"……요정은 실체가 모호해서 교섭하려면 정신만으로 다가가야 해. 인간한테는 상당히 위험 일. 정신이 붕괴할 가능성이 있고, 어쩌다 붕괴를 피해도 무방비한 정신을 요정이 삼켜버릴 수도 있어."

"……맞아. 공부를 열심히 했구나."

피피가 단도직입으로 대답하자 셰리가 탄식하며 고개를 끄덕였다.

“보아하니 레인 짱은 솔선해서 위험에 뛰어들면 해서는 안 되는 신분이지? 말해두겠지만 이 방법은 엘프도 꼭 성공한다는 보장이 없어.”

“……하지만 오랫동안 기다리는 것보다는…….”

셰리가 아픈 곳을 찌르자 레인 님이 말끝을 흐렸다.

“아주~~~ 잘 생각해보도록 해. 너희들이 이 마을에 한동안 머물 수 있도록 내가 오빠한테 부탁해둘 테니.”

“……예.”

셰리와 만나면 사건이 짠! 하고 해결될 줄 알았건만, 또다시 레인 님에게 시련이 찾아왔다. 이것만은 내 힘으로도 어찌할 수가 없었다. 오로지 레인 님의 결단을 기다릴 뿐.

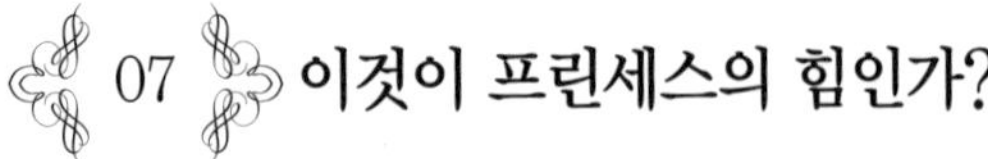

07 이것이 프린세스의 힘인가?

이튿날 아침.

“어라? 메어리. 잔뜩 따가지고 왔네.”

“예, 저쪽에 잔뜩 열려 있어요♪”

엘프 언니(외모는 20대 후반으로 보이지만, 실제 나이는 세 자릿수가 넘는다고 한다)가 말을 걸자 나는 치맛자락에 담은 나무 열매를 보여주었다.

“잘됐네~. 하지만 숲은 위험하니까 너무 멀리 가면 안 돼?”

“예, 조심할게요.”

나는 나무 열매를 따고 있는 엘프 언니에게 웃으며 대답하고서 나뭇가지 사이로 빛이 새어드는, 몽환적인 숲을 올려다봤다. 내 주위로 작은 새들이 날아와 말을 걸듯이 지저귀었다.

“어머머, 너희도 날 걱정해주는 거야? 하지만 난 괜찮아. 우후훗.”

나는 날아온 작은 새들에게 웃어주고서 아까 따온 작은 열매를 나눠주었다. 그러자 작은 새들이 손에 내려앉아 열매를 쪼아 먹기 시작했다.

“우후훗, 간지러워~.”

내가 미소를 지으며 모여드는 작은 새들을 맞이하고 있으니 숲에서 열매를 채집하고 있는 엘프들이 따뜻하게 웃으며 그 모

습을 지켜보았다. 이제 그들의 얼굴에서 두려움이나 긴장감은 찾아볼 수 없었다.

(좋아. 내가 봐도 손발이 오그라들 연출이지만, 이미지는 개선할 수 있었어. 됐다, 됐어.)

"아가씨, 이야기 속에나 나오는 '모두에게 사랑받는 활기찬 마을 아가씨'를 부끄러워하지도 않고 잘도 연기하시네요. 잘 어울리기는 하지만, 너무 노골적이라서 아는 사람이 보면 기겁할 거에요."

과하게 웃음을 뿌리고 다니는 내 모습을 뒤에서 지켜보던 튜테가 신랄한 평가로 내 수치심을 가차 없이 자극했다.

우리는 씨족장 대리인 슈바이츠의 주선으로 그의 커다란 집에서 묵고 있었다.

현 씨족장은 지난번 본 드래곤 개인기 사건 때문에 충격을 받아 마을에서 조금 떨어진 조용한 곳에서 부인과 함께 요양 중이다.

이번에는 빅토리카가 마을에 왔다는 소식을 전하지 않기로 했다. 혹여나 또 충격을 받을 수도 있으니까.

지금은 레인 님의 결단을 기다리는 중이었다. 딱히 할 일이 있는 건 아니었지만, 이대로 하릴없이 시간만 보낼 수는 없는 상황임을 깨달았다.

이 마을에 도착하자마자 일을 저지른 바람에 현재 엘프들은 나를 무서운 사람이라고 생각한다는 걸 깨달았다. 하루빨리 이미지를 바꿔야 했다.

참고로 다른 일행들은 무엇을 하고 있느냐면…….

자하는 어느새 로이가 통솔하는 경비대의 훈련에 끼었다. 이른 새벽에 훈련 중인 엘프들 사이에 자연스럽게 섞여 있기에 깜짝 놀랐다.

(뭐지……. 자하는 종종 엄청난 커뮤니케이션 능력을 발휘한다니까.)

마기루카는 셰리의 공방에 있는 서적들을 닥치는 대로 섭렵하고 있다. 오늘 아침에 일어나서 봤더니 어젯밤에 책을 읽던 그 자세로 그대로 책을 읽고 있었다. 잠이나 제대로 잔 건지 걱정스럽다.

(뭐, 이곳에는 마초(魔草) 등 약학을 다루는 책들이 많으니 마기루카가 폭주할 만도 한가…….)

마지막으로 사피나는 내 곁에 있고 싶어 했지만, 피피가 개발 중인 마도구를 테스트해보고 싶다며 그녀를 데리고 가버렸다. 피피가 내 의견도 들어보고 싶다고 요청했지만, 허튼소리를 했다가 내 주가가 급등할까 우려되어 정중하게 거절했다.

셰리도 끼어달라며 따라갔다. 두 사람이 사피나를 데리고 이것저것 시도를 해볼 텐데, 괜찮을지 걱정이다.

(여하튼 내가 제공한 아이디어 때문에 터무니없는 아이템이 탄생하지 않기를 바랄 뿐이야.)

뭐, 이야기가 벗어났지만, 결국 다들 내키는 대로 움직이고 있었다. 나도 셰리의 소개로 엘프들 틈에 끼어 여러 일을 거들며 무서운 인상을 좋은 인상으로 바꾸고자 노력하고 있었다.

(그토록 노력하고 있건만 튜테가 부끄러워하지도 않고 연기를 한다고……. 그야 엄청 부끄럽긴 하지만, 이건 다 우리의 인상을 좋게 바꾸기 위해서야.)

나는 내숭을 떨듯 고개를 갸웃거리며 나의 노력을 신랄하게 평가한 튜테에게 살짝 짓궂게 반격했다.

"어머~, 튜테 언니. 전 평소랑 똑같아요. 연기라니요. 너무해요~."

"언니?!"

내 말이 효과가 있었는지 튜테가 한 걸음 물러섰다. 그러고는 두 손으로 얼굴을 가린 채 하늘을 올려다봤다.

"언니, 왜 그래? 응, 튜테 언니♪"

"그, 그만……."

튜테가 얼굴을 가린 채 귀까지 새빨개져서 등을 돌리자 나는 가차 없이 '언니'를 연호했다.

"후훗, 두 사람 모두 그러고 있으니 진짜 우애 깊은 마을 아가씨 자매처럼 보이네요."

레인 님이 우리를 흐뭇하게 지켜보며 다가왔다.

생각이 정리되지 않아 집 안에서 가만히 자문자답을 거듭하던 레인 님을 두고 볼 수가 없었는지 셰리가 밖에 나가서 기분전환을 하라고 권했다. 그래서 나와 함께 엘프들을 도우러 나왔다.

"어머머, 레인 '님'. 그런 걸 들고 계시면 옷이 더러워져요. 메어리, 어서 들어드리세요."

바구니를 들고 있는 레인 님을 보고서 아까 그 엘프 언니가 황급히 지시했다.

"아, 아뇨, 그럴 필요는……."

"예, 알겠습니다. 레인 님, 제가 들게요."

나는 활짝 웃으며 엘프 언니의 지시대로 레인 님에게서 바구니를 받아들고서 채집한 열매를 담았다.

(아아~, 멋져! 레인 님은 '님'으로 부르지만 난 그냥 '메어리'! 난 이제 일반인이야! 레인 님은 히로인이고 난 일개 마을 아가씨라고~!)

처음으로 일반인 대우를 받아 나는 마음속으로 환희했다. 근데, 쭉 지켜보고 있자니, 그 엘프 언니 이외에 다른 엘프들도 레인 님을 깍듯이 모시고 있었다.

설마, 씨족장의 아들이 첫눈에 반했다고 잘해주는 건 아닐 테고…….

"어째서 레인 님은 엘프 마을에서도 공주님 대우를 받는 걸까? 설마 이게 바로 수수께끼의 직업 '프린세스'의 힘인가?"

〈그럴 리가 있겠니~.〉.

"어머, 스노우. 게으른 네가 일을 하러 나오다니 참 별일이네."

오늘도 나오기 전에 스노우가 집 안에서 뒹굴뒹굴하는 모습을 보았다.

〈안 할 건데? 리리가 저 사람을 만나고 싶어 해서 데리고 왔

을 뿐이야~.〉

스노우가 물고 있던 리리를 내려주자 그녀가 레인 님 곁으로 졸랑졸랑 달려갔다.

"어머머, 귀여워라. 미소가 절로 지어지네. 그나저나 아까 그 이야기는?"

〈응? 아아, 그건 '프린세스' 같은 힘이 아니라, 리리 때문이야. 엘프는 우리가 신수인 걸 보기만 해도 알 수 있으니까. 근데 그 신수가 저 사람을 따르고 있잖아? 신수의 사랑을 받는 사람인 셈이지.〉

"그렇구나……."

〈게다가 무시무시한 너와 빅토리카가 그녀의 지시를 따르고 있잖아~. 그것만 봐도 그녀가 대단한 사람인 건 쉽게 알 수 있겠지~.〉

"음, 그렇……아니, 잠깐. 흘려들을 수가 없는 단어가 하나 있는데? 무시무시? 누가 무시무시하다는 걸까?"

〈더, 더불어서 저 왕자님은 요정의 힘 때문에 공주님으로 변한 셈이잖아? 엘프들의 눈에는 요정의 힘이 그녀의 온몸을 휘감고 있는 것처럼 보이겠지. 거기에 마침 요정은 그녀의 처지를 보며 즐기고 있으니 악한 기운도 없지. 다시 말해 엘프들은 그녀가 요정의 가호와 사랑을 받고 있다고 생각할 거야~.〉

내가 이야기를 뚝 끊고서 따지려고 하자 스노우가 시선을 돌린 채 억지로 이야기를 되돌렸다.

의외로 흥미로운 이야기였기에 이번엔 넘어가기로 했다.

"레인 님을 우러러볼 만한 근거가 차고 넘치네. 사정을 모르는 엘프들이 숭배하고 싶어질 만도 하겠어. 역시 수수께끼의 직업 '프린세스'!"

〈그러니까 직업이 아니라고~.〉

내가 우쭐한 얼굴로 말하자 스노우가 바로 내 머리에 앞발을 올리고서 딴죽을 걸었다.

"후훗, 무슨 얘기를 하고 있는지는 모르겠지만, 둘 다 정말 즐거워 보이네요."

우리가 만담을 펼치고 있으니 레인 님이 웃으며 리리를 데리고서 이쪽으로 다가왔다.

"여기서부터는 엘프가 아니면 들어가기 어려우니 먼저 돌아가라고 하는군요."

레인 님은 그렇게 말하고서 커다란 나무를 올려다봤다. 아까 봤던 언니들이 나무 사이를 능숙하게 넘나들며 이동하고 있었다.

"그렇군요. 저건 조금 어려울 것 같아요. 이만 돌아가도록 하죠."

일단 내 인상을 부드럽게 만드는 데는 성공했다. 언니들이 다른 엘프들에게 사실 내가 상냥한 사람이라는 걸 널리 전해준다면 더할 나위 없겠지.

나는 충실감으로 가득한 얼굴로 엘프들을 한 번 올려다보고는 레인 님과 함께 마을로 돌아갔다.

도중에 로이가 이끄는 남자 엘프들과 맞닥뜨렸다.

"응? 이런 데서 뭘 하고 있지?"

상대도 우리를 보고 말을 걸었다.

"엘프 분들의 일을 거들고서 돌아가는 길입니다."

"그, 그러십니까? 고생이 많으셨겠군요."

레인 님이 생긋 웃으며 말하자 무슨 영문인지 로이가 존댓말로 대답했다.

(역시 '프린세스'! 경계심이 가장 강했던 로이 씨마저도 함락시키다니!)

"대장님, 서둘러야 합니다."

로이가 레인 님을 보면서 우물쭈물하고 있으니 뒤에 있던 남자 엘프가 재촉했다.

"아, 아아, 그래야지."

"무슨 일이, 으읍……."

로이가 발걸음을 돌려 어디론가 가려고 하자 레인 님이 말을 걸려고 했다. 나는 뒤에서 황급히 입을 막았다.

(위험해, 위험해. 이럴 때 경솔하게 '무슨 일이 있습니까?' 하고 물어보면 이상한 일에 휘말리는 것은 필연. 모르는 게 약이야.)

내가 입을 막은 의도를 전혀 모르는 레인 님이 곁눈으로 나를 쳐다봤다. 로이도 의아한 얼굴로 이쪽을 쳐다봤다.

"아, 아뇨, 아무것도 아닙니다. 오호호호, 수고하세요. 조심해서 잘 다녀오세요~."

나는 황급히 웃으며 이 상황을 얼버무리려고 했다.

"……이상한 녀석이군. 동료가 사냥을 나갔다가 대쥐 떼와 맞닥뜨렸다고 해서 급히 출동하는 중입니다. 요즘 이런 일이 잦은 모양이니 당신들도 조심해주십시오. 그럼 이만."

로이는 레인 님만 보며 여러 가지를 알려주고서 그대로 멋있게 바람처럼 달려갔다.

"대쥐요? 요즘 자주 들려서 신경이 좀 쓰이네요. 어라? 메어리 씨?"

나는 레인 님의 입을 막았던 손을 떼고는 머리를 싸쥐며 몸부림쳤다.

(으아아아아아! 저 남자, 내가 기껏 플래그를 회피했더니 눈치도 없이 플래그를 또 세우다니이이이이!)

"메, 메어리 씨, 왜 그래요?"

"레인 님. 아가씨께서는 종종 저렇듯 이해할 수 없는 기행을 저지르실 때가 있으니, 그냥 모른 척해주세요."

"……그, 그런가요?"

레인 님은 튜테의 충고를 듣고 어떻게 대답해야 할지 몰라 말을 흐렸다.

"읏, 튜테. 방금 기행이라고 하지 않았어?"

내가 몸부림을 멈추고서 튜테를 째려보자 그녀가 고개를 홱 돌렸다.

"자자, 로이 님이 당부한 대로 어서 마을로 돌아가시죠."

튜테가 그렇게 말하며 레인 님을 재촉하며 걸어 나갔다.

“잠깐, 튜테, 기다려. 저기, 말했지? 말한 거 맞지이이이이?”

나는 두 사람을 쫓아갔다. 그리고 마을에 도착할 때까지 튜테에게 끈덕지게 따졌다.

08 결단을 내릴 때

마을로 돌아가자 주민들이 레인 님에게 마치 공주님을 대하듯이 웃으며 말을 걸었지만, 곧 나를 보고는 놀라서 뒷걸음질을 쳤다. 이 오해를 어떻게 풀어나가야 할지 앞이 막막했다.

(아아, 하도 억지로 웃었더니 표정이 원래대로 돌아가질 않아.)

내가 뺨을 마사지하며 표정을 되돌리고 있으니 레인 님이 걱정스럽다는 듯 나를 보았다.

"마을 사람들이 빅토리카 씨한테 경계심을 품지 않도록 당신이 그 경계심을 대신 짊어지다니……."

"예? 아뇨, 아뇨, 아뇨, 아뇨. 전 그런 대단한 각오로 한 게 아닙니다. 그냥 어쩌다 보니 그렇게 됐을 뿐이지요."

우발적으로 일을 저질렀을 뿐인데 레인 님은 내가 자기희생적인 각오로 일을 벌인 것으로 착각하였다. 그래서 전력으로 부정했다.

"하지만 이래서는……."

"이, 이걸로 충분하지 않나요? 이제 마을 사람들도 빅토리카를 받아들였고, 다들 웃으면서 살아가고 있으니까요."

레인 님이 더 말을 붙이려고 했지만, 나는 이야기를 억지로 끝내버렸다. 이 패턴은 항상 내가 바라지 않은 상황으로 흘러갔으니까. 길어지기 전에 끝내버리는 것만이 살길이다.

"다들 웃으면서……."

내 말을 듣고 무언가가 마음에 걸렸는지 레인 님이 잠시 생각에 잠겼다.

"……레인 님."

"후훗, 당신은 예기치 않은 곳에서 내 등을 밀어주네요. 역시 메어리 씨예요."

무언가 납득한 것처럼 미소를 짓더니 레인 님이 나를 칭찬하고서 후련한 얼굴로 걸어 나갔다.

상상과 다른 전개에 나는 그대로 굳어버렸다.

"어라? 나, 또 뭔가 저질렀나?"

"……역시 아가씨세요."

내 혼잣말을 들은 튜테가 그렇게 대답하고서 레인 님을 따라갔다.

"아아아아읏오오옷! 뭔지 모르겠지만, 난 바보오오오오!"

〈으앗! 좀, 갑자기 털에 얼굴을 묻지 마아아아~.〉

어쩐지 마음이 울적해져 나는 옆에 있는 스노우를 끌어안았다. 그러고는 복슬복슬한 털에 얼굴을 문대며 마음이 가라앉혔다.

"셰리 씨, 요정과 교섭하겠습니다."

레인 님은 공방에 가서 셰리 씨를 만나자마자 당당하게 뜻을 밝혔다.

"으음, 그래? 너라면 그렇게 나올 줄……윽."

"안 됩니다, 언니. 위험해요!"

세리가 웃으며 대답하는 도중에 빅토리카가 세리를 옆으로 밀쳐내고서 레인 님을 만류했다.

"위험한 건 압니다. 하지만 전 결심했습니다. 바꿀 생각은 없습니다."

레인 님은 자신을 만류하는 빅토리카를 똑바로 바라보며 말했다. 그러자 빅토리카가 몸을 부들부들 떨었다.

(아~, 화났나? 아니면 걱정하는 건가? 생각대로 되지 않아서? 뭐, 여하튼 히스테릭을 부리기 전에 저지해야겠어. 최악의 경우에는 또다시 일광욕 형벌을 해야겠지.)

나는 떨고 있는 빅토리카에게 다가갔다. 그러고는 언제든지 그녀를 붙잡을 수 있는 거리에까지 다가간 뒤 그녀의 표정을 살폈다.

"아아아아~, 늠름한 저 태도, 당찬 의지가 담긴 눈동자. 언니 멋 · 져 · 요! 가슴이 두근두근거려요오오오오!"

빅토리카는 감동에 떨고 있었다. 나는 어이가 없어서 힘이 쭉 빠졌다.

"공주, 난 당신의 결단을 따르겠소. 난 언제나 당신 편──아앗윽."

"방해하지 말아요, 이 썩을 엘프! 지금 제가 언니와 단둘의 시간을 보내고 있는 게 안 보이나요?!"

슈바이츠가 은근슬쩍 끼어들어 레인 님의 두 손을 감싸고서 결정적인 대사를 뱉으려 했으나, 그 직전에 빅토리카가 그를 떼어냈다.

레인 님이 결단을 내렸으니 심각한 전개가 펼쳐져야 했건만, 무슨 영문인지 더 떠들썩해졌다. 도통 분위기가 가라앉지 않았다.

"자자, 어쨌든. 레인 짱이 그렇게 결정했으니 어서 준비해야겠구먼."

소란스러운 분위기를 가라앉히고자 셰리 씨가 손뼉을 치고서 이야기를 진행했다.

"그럼 우리 씨족이 대대로 지켜온 성역을 이용하도록 하지. 거기라면 요정과 교섭하기 한층 수월할 테니."

셰리 씨의 결단에 슈바이츠가 호응해주었다. 뭔지 모르겠지만 엄청난 곳을 제공할 작정인 듯하다.

(성역에 타지 사람을 이리 쉽게 들여도 되는 건가?)

"괜찮을까요? 저희가 성역에……."

"당신을 위해서라면 난 마을 사람들을 적으로 돌려도 상관없—으억?!"

나와 똑같은 생각을 했는지 레인 님이 머뭇거리며 묻자 슈바이츠가 시원스레 웃으며 그녀의 손을 쥐고는 멋진 말을 했다. 뭐, 마지막에는 당연히 빅토리카가 날린 발차기에 맞았지만…….

(이제 와서지만, 씨족장 대리를 저렇게 대해도 괜찮은 걸까?)

걱정되어 셰리 쪽을 보았다. 그녀는 날아가 버린 씨족장 대리님을 보며 배를 부여잡고는 깔깔거렸다.

(응, 괜찮은 것 같네.)

나는 멋대로 결론을 내리고서 이 의제를 종료시켰다.

"뭐, 오빠가 말한 대로 성역을 이용하면 레인 짱의 부담을 덜 수 있을 것 같아."

너무 웃어서 눈물이 핑 돈 셰리가 눈물을 훔치면서 슈바이츠의 제안을 추천했다.

"하지만 오빠. 씨족장 대리의 판단만으로 성역을 쓰게 할 수는 없잖아. 씨족장뿐만 아니라 다른 높은 분들의 허가를 받아야 해. 그 완고한 할아범과 할멈한테서……."

셰리가 무언가 떠올랐는지 진심으로 귀찮아하는 표정으로 말했다.

"그 녀석들은 내가 여행을 떠나고 싶다고 말해도 좀~처럼 허가를 내주질 않았었지. 진짜 머리가 꽉 굳어버린 사람들이야."

끝내 셰리는 혼자서 투덜거리기 시작했다.

씨족장은 셰리의 아버지일 것이다. 그리고 마을의 높은 사람들을 '그 녀석들'이라고 부르는 것으로 보아 과거에 여러 일이 있었을까? 어쩐지 앞날이 불안해지기 시작했다.

"훗, 여동생아, 좋은 걸 알려주지. 들키지 않으면 그만이란 말을 아나?"

씨족장 대리가 황당한 소리를 내뱉자 나는 말문이 막혔다.

"……그렇구나. 그런 수가 있었네."

여동생이 손뼉을 짝 치고서 동조했다.

"그렇다면 행동은 빠를수록 좋지."

"그렇지. 더욱이 우리 행동을 신경 쓰지 못할 사건이 벌어진다면 더할 나위 없고."

우리를 빼놓고서 엘프 남매가 터무니없는 계획을 논의하기 시작했다.

바로 그때 누군가가 우리가 있는 방문을 힘차게 열었다.

"여기 있었나? 슈바이츠!"

로이였다.

"무, 무무무, 무슨 일이지? 로이!"

"우, 우우우, 우린 아직 아무 짓도 안 했다고."

로이가 등장하자 남매의 행동거지가 어쩐지 수상해졌다. 로이는 잠시 수상한 눈으로 남매를 쳐다봤지만, 용건이 급했는지 다시 이야기를 되돌렸다.

"큰일 났다, 슈바이츠! 숲에 이변이 벌어졌어!"

로이가 온몸으로 심각한 분위기를 전하고 있었다. 내가 긴장하여 마른 침을 삼키며 슈바이츠와 셰리를 쳐다보자 남매가 사악하게 히죽 웃었다.

"슈바이츠, 왜 그러냐? 어째서 히죽거렸지?"

"어, 아, 아니, 하늘은 우리 편……이 아니라 자세히 얘기해봐."

슈바이츠의 반응에 의문을 느끼고서 로이가 묻자 그는 하마터면 마음의 소리를 내뱉을 뻔했다. 옆에 있던 셰리가 팔꿈치로 찌르자 이내 화제를 돌렸다.

"……요즘에 대쥐와 만나는 자들이 늘어나고 있잖아?"

로이는 어쩐지 석연치 않아 했지만, 그런 걸 신경 쓸 상황이 아님을 깨닫고서 보고하기 시작했다.

(큭, 역시 플래그가 서버렸나?)

"아~, 듣고 보니 그러네. 뭐, 대쥐 한두 마리쯤은 별 위협도 되지 않겠지만."

"한두 마리라면 그렇겠지."

슈바이츠는 큰 문제로 보지 않았지만, 로이는 심각한 표정을 짓고 있었다.

"무슨 뜻이지?"

"오늘 사냥을 나간 자들이 대쥐 떼와 마주쳤다는 보고를 받고서 가세하러 달려갔는데, 포레스트 보어가 대쥐 떼의 습격을 받고 있었어."

"말도 안 돼! 그 거대한 멧돼지를 쥐들이 포식했단 말인가?"

로이의 보고를 듣고 슈바이츠가 믿기지 않는다는 표정을 지으며 큰 소리로 말했다.

"맞아. 그 거구를 집어삼킬 만한 숫자였지. 50마리는 족히 되는 것 같더군. 게다가 그 대쥐 놈들은 지금껏 우리가 맞닥뜨렸던 어떤 녀석들보다도 덩치가 컸어."

""""""…………""""""

로이가 보고를 끝냈는지 방 안에 침묵이 찾아왔다.

"혹시 그거 이른바 스탬피드라는 건가요?"

나는 이런 징조가 나타난 뒤에 꼭 벌어지는 패턴이 떠올라서 말해봤다. 그러자 모두 놀라서 나를 쳐다봤다.

"아, 죄송합니다. 방금 한 말은 못 들은 거로……."

모두 너무 놀라워하기에 나는 쓸데없는 소리를 내뱉었다는 걸 깨닫고 급히 철회했다.

"대쥐가…… 이 숲에서 늘 포식당하던 그 몬스터가 스탬피드를 일으킬 만큼 숫자가 불어났다는 건가?"

내 발언을 무시해주길 바랐건만 내 마음을 모르는 로이가 내 발언에 의문을 품으면서도 진지하게 고민하기 시작했다.

(끄으으응, 저 남자가 또 쓸데없는 소리를~.)

"가능성이 없지는 않지만, 꽤 낮아. 그나저나 스탬피드라. 자질구레한 정보로 용케도 그런 결론을 도출해냈네? 만약에 그게 정답이라면 통찰력이 대단한 거야."

"후엥?"

내가 로이의 행동에 분개하고 있으니 셰리가 이야기를 진행하다가 나를 추켜세웠다.

"……그야 당연. 메어리 님은 엘리자베스 님이 높게 평가하고 있으니까."

설마 이 대목에서 피피가 지원사격을 할 줄은 몰랐다. 모든 엘프가 "오~, 그 빙혈의 마녀한테?" 하고 경탄했다. 오로지 빅토리카만이 이를 갈며 이쪽을 노려보고 있었다. 나는 무시하기로 했다.

"잠깐, 피피 씨. 이상한 소리 하지 마."

"……사실을 말했을 뿐. 메어리 님 덕분에 레리렉스 왕국은 위기에서 벗어날—으읍."

더 불을 지피려는 여우님을 침묵시키기 위해서 나는 그녀의 입을 막았다.

"아하하하, 죄송합니다. 말허리를 잘라먹어서. 자자, 제 발언은 잊어버리고 이야기를 어서 진행하죠."

"……설마 싶긴 하지만, 스탬피드가 벌어질 가능성을 염두에 두고서 녀석들의 서식지를 찾아내는 게 좋을 것 같군. 슈바이츠."

(또, 또 저 남자가~!)

기껏 피피의 입을 막아 아까 했던 발언을 얼버무렸건만, 로이가 또 눈치 없이 이야기를 이어나갔다.

"흐음, 그래야겠지. 미안하지만 조사를 부탁하네. 그리고 밖으로 나가는 자들한테도 주의하라고 당부하고."

"그래, 알겠어."

슈바이츠가 결단을 내리자 로이가 고개를 끄덕이고는 즉각 행동하고자 방에서 나갔다.

"후후후, 역시 메어리 짱. 책사네~."

로이가 떠나는 것을 지켜본 뒤 셰리가 히죽거리며 나를 쳐다봤다.

"예? 무슨 소리죠?"

셰리가 느닷없이 무슨 소리를 했는지 이해가 되지 않아 나는 고개를 갸웃거렸다.

"시치미 떼지 마. 공주를 성역에 몰래 데리고 가려고 작은 소동을 큰 사건의 징조인 것처럼 부풀렸잖나?"

슈바이츠도 나에게 이상한 소리를 했다. 남매가 쌍으로 착각을 하자 나는 어떻게 대답할지 좋을지 곤혹스러웠다.

(에에에에엥! 어쩌지, 어쩌지이이이이?! 어떻게 대답하지?! 알려줘요, 신니이이이이임!)

나는 운명의 선택이 거듭 닥쳐오자 패닉에 빠졌다. 하지만 나는 지금껏 그 운명을 바꾼 전례가 한 번도 없었다.

"……아하하하."

나는 새로운 선택지를 택하기로 했다. 웃으며 은근슬쩍 넘어가기 전법을 발동!

"……아가씨, 그건 오히려 긍정하는 거나 마찬가지인데요."

"헛……?!"

내 속내를 꿰뚫어 볼 수 있는 튜테가 슬쩍 귓속말했다. 억지로 웃으며 주변을 둘러보니 다들 무언가 납득한 듯한 표정을 짓고 있는 게 아닌가.

나는 또다시 운명을 바꾸지 못한 채 정신적인 충격을 받고서 속으로 좌절했다.

"……만에 하나 진짜 스탬피드라고 해도 이걸로 조기에 발견할 수 있어. 어느 쪽이 됐든 쥐를 퇴치하는 데 여념이 없을 테니 우리한테는 좋은 기회야. 한순간에 거기까지 생각해내다니 역시 메어리 님."

그리고 좌절한 나에게 결정타를 가하듯 피피가 그렇게 이야기를 마무리 지었다.

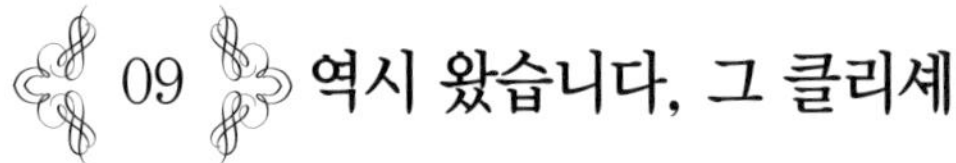

09 역시 왔습니다, 그 클리셰

"오늘 밤에 움직이자. 다들 대쥐 소동에 정신이 팔렸으니까."

이튿날 셰리가 한자리에 모인 우리에게 말했다.

우리는 나쁜 짓을 하는 사람처럼…… 아니, 여지없는 나쁜 짓이겠지. 여하튼 우리는 사악한 조직원들처럼 방 안에서 밀담을 나눴다.

"공주, 성역까지 이 슈바이츠가 안내하겠소."

"오빠, 무슨 소리를 하는 거야? 이 소동에 씨족장 대리가 빠지면 안 되잖아. 오빠는 얌전하게 집이나 지키시지."

슈바이츠가 당당히 에스코트를 자청하자 셰리가 무슨 소리냐는 얼굴로 말했다.

"이, 이럴 수가. 말도 안 돼애애애애!"

슈바이츠가 엄청나게 경악한 얼굴로 제자리에서 털썩 무릎을 꿇었다.

(아~, 제 꾀에 자기가 넘어간 꼴이네. 가엾어라.)

"우후후훗, 그럼 에스코트는 이 빅토리카가 맡지요."

슈바이츠가 두 손과 두 무릎을 땅에 댄 채로 고개를 푹 숙였다. 빅토리카는 그 모습을 의기양양하게 바라보았다.

"아니, 너도 집이나 지켜. 마을 상층부, 특히 경비대는 아직 널 경계하고 있으니 네가 따라가면 계획이 금세 발각되고 말 거야."

"뜨아아아아악!"

어지간히도 충격이 컸는지 빅토리카는 요란하게 절망하며 슈바이츠처럼 두 손과 두 무릎을 바닥에 대고서 고개를 푹 숙였다.

(좋아, 잘 되고 있어! 이 흐름대로 흘러가면 나도 이곳에 남을 수 있을지도.)

성역 같은 어마어마한 곳에 가면 무슨 일을 저지를 것 같아서 이곳에 얌전히 있고 싶었다. 이 흐름대로라면 아마도 셰리는 나에게도 이곳에 남으라고 말해주겠지.

"그, 그럼 내가 레인 님을 따라갈까나~."

"응, 그래. 그게 좋겠어."

내가 셰리를 힐끔힐끔 쳐다보며 공포와 기대감을 담아 말하자 그녀가 선선히 들어주었다.

(어째서어어어어어어!)

자기 입으로 꺼낸 말이라서 새삼스레 철회할 수가 없었다. 나는 마음속으로 절규했다.

"저기, 저희는 뭘 하면 되죠?"

내가 홀로 마음속으로 몸부림치고 있으니 마기루카가 셰리에게 물었다.

"미안하지만 너희들도 이곳에 남아줘야겠어. 일단 성역이라서 외부인을 우르르 끌고 갈 수는 없으니까."

"이의 있소! 난 되는데 마기루카랑 다른 애들은 안 된다니요. 저도 외부인이잖아요!"

믿을 만한 동료들은 다 남는다니, 나는 황급히 셰리에게 항의했다.

"으음…… 보험이라고 해야 하나?"

셰리가 나를 보면서 의미를 알 수 없는 이유를 거론하자 나는 어리둥절하며 할 말을 잃었다.

"……보, 보험?"

"빅토리카한테서 들었어. 너, 그 본 드래곤을 박살 냈다면서?"

"우와아아아아아아아앗! 그런가요, 보험인가요. 그럼 어쩔 수 없죠오오오오!"

셰리가 활짝 웃으며 지금껏 감춰왔던 블러드레인 성에서 벌어졌던 전투, 아니, 내가 저지른 사건을 폭로하려고 하자 나는 큰 소리로 아우성치며 이야기를 강제로 종료시켰다.

"여기 있었나, 슈바이츠!"

"음? 아아…… 무슨 일이냐, 로이."

"우앗, 우, 우우우, 우린 아직 아무 짓도 안 했다고."

힘이 힘차게 열리더니 어제와 마찬가지로 로이가 들어왔다. 슈바이츠는 침울하게 대답했고, 셰리는 어제와 똑같은 반응을 보였다.

"뭐야, 이 분위기는? 넌 왜 침울해 있어?"

"오, 오빠는 그냥 놔둬. 그나저나 로이, 무슨 일이야?"

슈바이츠가 너무나도 의기소침해하자 로이가 의아하다는 표정으로 물었다. 셰리가 오빠를 대신하여 이야기를 진행했다.

"아아. 어제부터 대쥐 떼를 감시했는데, 감시자 중 하나가 놈들의 무리를 발견했다. 그래서 어떤 상황인지 살펴보고 왔는데…… 메어리."

"후엑?!"

로이가 갑자기 내 이름을 부르자 나는 놀란 나머지 목소리가 뒤집혔다.

"네 말이 맞을지도 모르겠다."

로이는 자신이 목격한 것을 우리에게 들려주었다.

그의 말에 따르면 이 마을에서 상당히 떨어진 동굴에 대쥐의 서식지가 있는데, 동굴 입구 부근에 엄청난 숫자의 대쥐가 모여 있었다고 한다. 엘프들은 아마도 대쥐들이 그 동굴에서 밀려나온 게 아닐까 추정하고 있단다.

"메어리 님의 예측이 맞았네요. 역시."

내가 로이의 이야기를 들으면서 식은땀을 흘리자 사피나가 존경 어린 시선을 보냈다.

"……역시 엘리자베스 님의 눈에 들 만해."

더욱이 피피까지 그런 말을 해서 나는 어떻게 해야 할지 곤혹스럽기 짝이 없었다.

"으, 응, 뭐. 여러분, 제 이야기는 일단 제쳐두고 더 중요한 이야기를 하도록 하죠."

나는 공기로 된 상자를 옆으로 옮기는 시늉을 하면서 지난번에 경솔하게 내뱉었던 발언을 덮으려고 시도해봤다.

"큭큭큭, 대쥐 떼 따윈 제게 걸리면 한주먹거리도 안 되죠. 집이나 지키는 신세가 되었으니 이 울분도 풀 겸 섬멸해주도록 하죠."

"응? 집을 지키는 신세라니?"

빅토리카가 피에 굶주린 야수처럼 히죽 웃었다. 그런데 그녀가 불쑥 내뱉은 말을 듣고서 로이가 되물었다.

"아~, 얘 말이야 오늘 보름날이라서 평소보다 이상하리만치 흥분해있어. 그냥 놔둬."

"그, 그런가."

셰리가 설명하자 로이가 살짝 질색했다.

"잠깐, 누~가 이상하다는 거예요. 애당초 당신이 저보고 집이나 지키라고……."

"빅토리카, 그만, 그만."

셰리가 겨우 화살을 돌려놨건만 빅토리카가 말을 더 보태려고 했다. 나는 즉각 그녀의 몸을 눌러 입을 다물게 했다.

그녀가 무심코 모든 계획을 다 불면 끝장이다.

빅토리카도 지난번에 일광욕 형벌을 실컷 받아봤기 때문인지 내가 누르자 갑자기 얌전해졌다.

(이걸 기뻐해야 할지, 슬퍼해야 할지…….)

"……그럼 로이를 중심으로 사냥 준비를 해줘……. 대쥐 떼들을 알아서 적당히 처리해. 잘 부탁한다……."

씨족장 대리가 무지 건성으로 지시를 내리자 로이를 비롯한 모두가 눈을 반쯤 뜨고서 쳐다봤다.

완전히 의욕을 잃은 슈바이츠는 방에 놓인 책상에 엎어져 손만 휘저을 뿐 움직이려고 하지 않았다.

"야, 슈바이츠, 왜 그래! 정신 차려!"

"정신 차리라니! 넌 집을 지키는 게 얼마나 괴로운지 알아?!"

"대체 무슨 소리야?!"

로이가 완전히 퍼져버린 슈바이츠를 일으키려 하자 슈바이츠가 이상한 소리를 하며 거절했다.

로이의 마음을 모르는 바는 아니지만, 솔직히 슈바이츠의 마음도 이해가 됐다.

문득 셰리가 레인 님에게 다가가 귓속말을 했다.

"예?! 그걸 제가 하라고요?"

"그래, 부탁해."

셰리가 손을 모으고 레인 님에게 무언가를 부탁했다.

(레인 님한테 뭘 시킬 셈이지?)

"슈바이츠 님."

레인 님이 심호흡을 한 번 하고서 앞으로 한 걸음 나아갔다. 그러고는 슈바이츠를 바라보며 두 손을 모으고는 그를 올려다봤다. 슈바이츠는 기대감으로 가득한 그녀의 눈동자를 뚫어지라 쳐다봤다.

"위기가 닥친 이 마을을 구할 수 있는 사람은 당신뿐입니다. 제게 당신의 용기를 보여주세요."

"예, 기꺼이!"

(여기가 무슨 '그쪽' 가게야? 뭐, 가본 적은 없지만.)

아마도 셰리가 저렇게 하라고 시켰겠지. 레인 님이 온 힘을 다해 조르자 슈바이츠는 의욕이 다시 샘솟는지 힘차게 대답했다. 나는 마음속으로 그에게 딴죽을 걸었다.

"자, 가자, 로이! 뭘 꾸물거리고 있나. 날 따르라아아아!"

축 늘어져 있던 슈바이츠가 거짓말처럼 빠릿빠릿해져 방을 나갔다. 로이는 멍하니 보고 있다가 제정신을 차리고서 급히 슈바이츠를 쫓아갔다.

우리는 그 광경을 묵묵히 지켜봤다.

"자, 빅토리카."

"아, 예, 언니."

아까 그 광경을 보고서 빅토리카가 홀로 질투심에 불타올라 이를 갈고 있었다. 레인 님은 의연한 태도로 그녀에게 말을 걸었다.

셰리가 레인 님의 뒤에 숨어서 무언가 속닥거리는 장면이 내 눈에 뻔히 보이는데…….

"글러 먹은 오빠……가 아니라 슈바이츠 님을 부추기기는 했지만, 사실 당신만이 유일한 희망입니다. 빅토리카, 영리한 당신이라면 이 의미를 잘 알겠죠."

"어, 어어, 언니……!"

레인 님이 미소를 살짝 머금으며 빅토리카의 뺨을 부드럽게 쓰다듬었다.

"내 기대에 부응해주겠어요? 나의 귀여운 빅토리카."

"예, 기꺼이!"

(너도냐!)

빅토리카가 뺨을 붉히며 대답하자 나는 또다시 속으로 딴죽을 걸었다.

빅토리카는 슈바이츠와 마찬가지로 격하게 흥분한 채로 방을 뛰쳐나갔다. 우리는 그런 그녀를 조용히 지켜봤다.

"자, 오케이~. 크으~, 명연기였어. 고마워, 레인 짱."

"하아~, 부끄러웠습니다."

방을 나간 사람들의 인기척이 사라지자 셰리가 레인 님을 칭찬했다.

두 사람을 보니 무슨 이야기가 오갔는지 대강 짐작이 갔다. 뭐, 잘 풀렸으면 됐지.

"자~, 우리도 바로 움직이자. 모두 도와줘."

"오오~!"

셰리가 즐거워하며 홀로 의욕을 보였다. 그녀가 오~, 하고 주먹을 쳐들자 자하도 주먹을 쳐들었다. 그 광경을 본 나머지 사람들은 부끄러워하면서도 주먹을 살짝 쳐들고서 '오~' 하고 중얼거렸다.

"……그런데 왜 내가 조수 역할인 거지?"

무표정하여 속내를 전혀 알 수 없는 피피가 준비된 마도구를 확인하면서 셰리에게 불평을 늘어놓았다.

"뭐 어때? 이것도 다 공부라고 생각해. 어쩌면 이번 일을 계기로 엘프의 마공기술에 빠질지도 모르잖아."

"하, 하, 하…… 그럴 일은 없어."

셰리가 유혹하자 피피가 건성으로 웃었다. 아무래도 저 엘프와 여우는 잘 안 맞는 듯하다.

겉으로는 같은 동아리에서 활동하는 부원들처럼 보이는데. 한쪽은 직설적이고 소탈한 성격이고 다른 한쪽은 논리적으로 딱딱한 성격인 느낌? 애니메이션에서는 저런 여자애들이 티격태격 다투다가 결국에는 사이가 끈끈해지던데.

"핫! 설마 피피 씨가 츤데레 요소를 갖고 있나?"

"아가씨, 또 혼자서 폭주하지 마세요."

내가 무심코 생각을 입 밖으로 내뱉자 피피가 무슨 소리냐며 고개를 갸웃거렸다. 튜테가 내 뒤에서 나직이 딴죽을 걸었다.

"모두, 조심하세요."

"마기루카, 자하, 사피나도 무슨 일이 생기면 적당히 얼버무리도록 해."

나는 튜테 덕분에 망상을 털어낸 뒤 걱정하는 마기루카에게 대답했다.

"자, 준비됐어. 해가 저물기 전에 성역으로 가자."

"셰리 씨, 목소리가 커요."

이 사람은 숨어서 간다는 자각이 없는 걸지도 모르겠다.

(정말 이 사람한테 맡겨도 괜찮은 걸까?)

나는 불안을 느끼며 짐을 옮기기 위해서 하얗고 굵은 꼬리를 쥐었다.

〈싫어~, 메어리를 따라가봤자 좋은 일 하나 없잖아~. 우린 여기에 있을게~.〉

스노우가 짐짝처럼 질질 끌려오며 비명을 질렀다. 어차피 나만 들리기에 아무리 소리친들 의미도 없지만.

"포기해, 스노우. 리리는 스스로 레인 님을 따라가고 있잖아. 언니가 안 따라가서야 쓰겠어?"

〈윽……!〉

스노우가 떨떠름한 표정으로 저항을 멈추고서 평범하게 걷기 시작했다.

"저기, 셰리 님. 새삼스럽긴 하지만 스노우 님이 따라가면 너무 눈에 띄지 않을까요?"

"아, 괜찮아~ 괜찮아~. 엘프는 신수를 숭배하니까, 굳이 감시하거나 간섭하지 않아. 뭐, 간단히 말하자면 공기 취급이지."

〈야! 그게 무슨 말버릇이야아아아!〉

레인 님이 걱정하며 말하자 셰리가 별일 아니라는 듯이 대답했다. 물론 그 말을 들은 스노우가 분개했지만, 그 분노도 내 머릿속에만 들릴 뿐이었다.

그렇게 우리는 몰래 마을을 나와 성역으로 향했다.

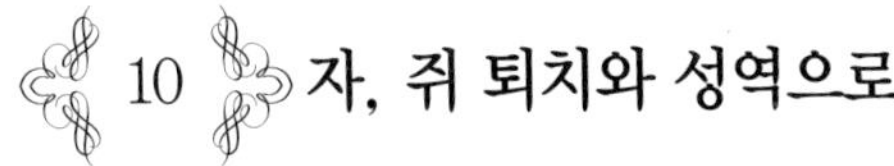

10 자, 쥐 퇴치와 성역으로

메어리 일행이 성역을 향해 출발했을 즈음, 엘프들은 대쥐 토벌 작전을 준비하는 데 여념이 없었다.

슈바이츠는 의욕에 차 지시를 내렸고, 빅토리카는 혼자서 현지로 달려갈 만큼 살기충천했다.

두 사람 모두 이따금 무언가를 떠올리며 사악하게 웃고 있었다. 아마도 두 사람의 머릿속에서 펼쳐지고 있는 광경 속 등장인물은 동일인이겠지.

"저 두 사람, 괘, 괜찮은 건가? 애초에 저 흡혈귀는 왜 히죽거리는지 모르겠군. 설마 아군까지 공격하진 않겠지……?"

아무래도 찜찜했는지 로이는 별 접점도 없었던 마기루카에게 무심코 물어보았다.

"괜찮을 것 같아요. 만약에 폭주하더라도 메어리 님이 일러준 마법의 말을 전하면 어떻게든 될 거예요."

"뭐, 뭔데?"

"'레인 님한테 일러버릴 거야……'요."

"…………그, 그래?"

마기루카의 대답이 석연치 않았지만 그래도 로이는 고개를 끄덕일 수밖에 없었다.

그러는 사이에 각자 준비를 끝마쳤다. 드디어 대쥐 토벌을 시작할 때가 왔다. 슈바이츠가 단 위에 올랐다.

"모두 들어라!"

"자자, 저쪽은 어쩐지 성가신 짓을 시작할 것 같으니 지금 우리끼리 토벌하러 나가도록 하죠."

"어, 예? 잠깐, 빅토리카 님!"

이곳에 모인 동지들에게 큰소리로 연설을 시작하려는 슈바이츠를 아랑곳하지 않고 빅토리카는 마기루카와 팔짱을 끼고서 마을을 나가려고 했다.

"어, 어라? 저희도 가는 건가요?"

빅토리카가 마기루카를 데리고 가자, 그 광경을 보던 사피나가 황급히 뒤쫓았다.

"오, 역시 우리도 가는 거야? 좋아, 벌써 기대되는군."

딱히 주어진 일이 없던 자하는 예기치 않은 기회가 찾아오자 적극적으로 나섰다.

"기, 기다려주세요, 빅토리카 님. 저희는 여기서 대기해야 합니다! 현지에 가면 안 돼요!"

"어머, 그건 곤란해요. 여기서는 제 용맹한 모습을 언니에게 전할 수 없는걸요?"

"예?"

"제가 제 입으로 언니에게 말해봤자 자랑일 뿐이잖아요? 이런 건 다른 사람이 전해야 의미가 있는 거예요."

마기루카는 빅토리카에게 뭐라고 해야 할지 당혹스러웠다.

억지로 그녀를 마을에 붙잡아두었다가 무슨 신경질을 낼지 알 수가 없지만, 그렇다고 살살 달랬다가 의욕이 싹 식어버리는 것도 문제였다. 빅토리카는 여기 모인 사람 중에서 가장 강할 터. 이 막강한 전력을 썩히는 건 좋은 선택이 아니었다.

"뭐, 언제든지 자기 몸은 자기가 지킬 수 있을 만큼은 성장해야지. 메어리 님이 우릴 놔두고 갔으니 마침 잘 됐어."

바로 그때 마기루카의 망설임을 자하가 끊어주었다.

그렇다. 더욱 강해져야만 한다. 그 사람을 따라가기 위해서……. 마기루카는 모두를 둘러봤다. 아까 전까지만 해도 벌벌 떨고 있던 사피나도 자하의 말을 듣고 결심을 굳혔는지 들고 있던 도를 다시 쥐었다.

"알겠습니다. 빅토리카 님, 가죠."

마기루카는 자세를 고치고서 빅토리카를 쳐다봤다. 그녀의 결의를 보고 빅토리카는 기뻐하며 팔짱을 꼈던 팔을 풀어주었다.

"아~앙, 결의에 찬 소녀의 얼굴. 두근거리네요. 저기, 살짝 깨물어 봐도 돼? 살짝만~."

빅토리카가 뺨을 붉히고는 헉헉거리며 마기루카와 사피나에게 슬금슬금 다가갔다.

"레인 님한테 이를 거예요."

"어머, 농담이에요. 오호호호."

마기루카가 도끼눈을 뜨고서 바로 그 말을 발동하자 그녀가 입을 다물었다.

"야아아아아, 너희들! 제멋대로 어딜 가려는 거냐. 부정 출발을 하려는 것이냐, 부정 출발을 할 작정이냐아아아아!"

마기루카를 비롯한 외부인들의 대화를 듣고는 슈바이츠가 다른 엘프들은 거들떠보지도 않고 험악한 목소리로 외쳤다.

"이, 이봐, 슈바이츠. 지금은 모두의 사기를……."

"응? 좋아, 다들 가자! 날 따르라아아아아아!"

로이의 말을 듣고 슈바이츠는 건성으로 연설을 끝낸 뒤 단 위에서 뛰어내려 빅토리카에게 달려갔다.

마을 남자들이 그 광경을 멍하니 쳐다봤다. 로이는 이쪽에서도 그 마법의 말을 해야 할지도 모른다고 생각했다.

"그나저나 왜 대쥐가 늘어났을까요?"

빅토리카를 뒤따르고 있는 사피나가 마기루카에게 물었다.

"모르겠군요. 이번 토벌 작전에는 명확하지 않은 부분이 있습니다. 무슨 일이 벌어질지 모르니 주의하도록 하죠."

"옙."

"그보다도 말이야~. 빅토리카 녀석이 지금 쭉쭉 달려 나가고 있는데 말이야. 저 녀석 장소가 어딘지는 아나?"

""엇!""

마기루카와 사피나가 마음을 다잡고 있으니 자하가 옆에서 말참견했다. 마기루카는 황급히 주변을 둘러봤다. 빅토리카가 혼자 저만치 앞을 가고 있었다. 그것도 다른 방향으로.

"빅토리카 님, 그쪽이 아닙니다!"

"엇! 어머머, 나도 참. 오호호홋, 일부로 그런 거랍니다."

마기루카가 황급히 외치면서 그녀를 제지하러 달려가자 빅토리카가 발걸음을 멈추고서 웃으며 실수한 게 아니라고 얼버무렸다.

마기루카는 일부로 길을 헤매는 사람이 어디 있냐고 딴죽을 걸고 싶었지만, 그 말을 겨우 삼켰다.

에밀리아 공주 전하도 그렇고, 빅토리카 님도 그렇고, 어째서 자기 옆에 있는 마족들은 하나같이 천방지축 강아지처럼 이리도 성가신 걸까…….

"슬슬 보여야 하는데."

셰리가 앞을 보면서 말했다.

"성역에도 경비병이 있나요?"

나는 새삼스럽게 걱정되어 셰리에게 물어봤다.

"지금은 없을 거야. 성역은 마을에서 제사를 치를 때나 쓸 뿐이지, 딱히 중요한 게 있는 건 아냐. 뭐가 있느냐 보다, 어디냐가 중요한 거지."

"앗, 파워 스폿 같은 곳인가?"

"파, 파워, 뭐?"

“아뇨, 아무것도 아닙니다.”

셰리의 설명을 듣고 나는 당연하다는 듯이 입을 놀리고 말았다. 그녀의 반응을 보니 무언가 헛소리를 한 것 같은 느낌이 들어서 황급히 얼버무렸다.

기술자 앞에서 섣불리 떠들면 괜한 흥미를 품어 나중에 성가신 일을 벌일 수도 있다는 걸 피피 덕분에 뼈저리게 깨달았다.

내가 입을 굳게 다물자 그녀도 더는 추궁하지 않았다.

“뭐, 제사라고 해도, 가장 마지막에 했던게 약 3백 년 전인가 그럴 거야. 그사이에 줄곧 방치되었겠지. 감시하는 사람도 있기는 하지만, 백 년에 한 번꼴로 둘러보는 수준이고. 더욱이 오늘은 다른 곳에서 소란이 벌어졌으니 안 올 거야.”

엘프의 시간 감각에 놀라면서도 성역을 그렇게 대충 관리해도 되나 싶었지만, 굳이 입 밖으로 내지는 않았다. 우리에겐 유리한 상황이니까.

“저기, 저기가 성역 입구입니까?”

나와 셰리가 대화를 나누고 있으니 레인 님이 끼어들었다. 그녀가 가리킨 곳에는 동굴이 있었다. 솔직히 말해서 무시무시한 던전 입구 같았다. 도무지 신성한 성역의 입구처럼 보이지 않았다.

“어? 저 던전에 들어가는 건가요? 저희는 모험하러 온 게 아닌데.”

나는 무심코 버릇없이 손가락으로 입구를 가리키며 셰리에게 물었다.

"핫핫핫, 괜찮아, 괜찮아. 몬스터가 득실득실할 던전처럼 보이지만, 틀림없는 성역이니까. 물론, 던전이라는 것도 틀린 말은 아니지만."

"그런 얘기 못 들었다고요오오오!"

"응, 말하는 걸 깜빡했으니까!"

셰리가 핫핫핫, 하고 웃으며 폭탄 발언을 하자 나는 상대가 연장자라는 것도 잊고서 버럭 외쳤다. 셰리는 개의치 않고서 선선히 말했다.

"참고로 난 평범한 기술자라 싸울 줄 몰라."

"……마찬가지."

그리곤 내가 무슨 말을 하기도 전에 셰리와 피피가 선을 그어 버렸다.

(혹시 그래서 보험이란 말을 했던 건가? 아아아, 진짜아아아아아! 이럴 줄 알았다면 마기루카랑 애들도 데리고 올 걸 그랬어어어어!)

"저기, 저, 전 일단 검을 쓸 줄은……."

"아뇨, 레인 님을 싸우게 할 수는 없습니다."

레인 님이 아주 든든한 말씀을 하셨지만, 왕족을 앞에 세운다니, 말도 안 되는 이야기인지라 나는 정중하게 거절했다.

(그렇다면 남은 건…….)

나는 스노우를 힐끔 올려다봤다. 내 시선을 느꼈는지 스노우도 나를 쳐다봤다. 아주 귀찮다는 얼굴로…….

〈예예, 내가 하면 되잖아요. 할게요. 하면 되잖아! 몬스터 따윈 앞발로 찰싹 때려줄 테야.〉

스노우가 어쩐지 자포자기하듯이 승낙했다.

"미안해, 스노우. 의지할 데가 너밖에 없어."

나는 뾰로통한 스노우를 달래고자 털을 부드럽게 쓰다듬었다.

〈아니, 잠깐! 왜 메어리는 남의 일이라는 듯한 반응인 건데?! 너도 싸워야지!〉

스노우가 내 속내를 눈치챘는지 내 머리를 살짝 물고서 우물거렸다.

"좀, 그만해, 스노우. 간지럽잖아."

거대한 설표가 공작 영애의 머리를 물고서 우물거리자 옆에서 그 장면을 보던 셰리가 몸을 움츠렸다.

"으아…… 저거, 괜찮은 거야?"

"걱정하지 마세요. 아가씨한테는 늘 있는 일이니까요."

셰리가 우리를 가리키며 튜테에게 묻자 그녀가 냉정하게 대답했다.

의외로 침착한 대답이 돌아오자 셰리가 고개를 끄덕이고는 다시 눈을 돌려 이쪽을 쳐다봤다.

(아니, 어쩐지 이상해. 모두 반응이 이상하다고!)

다들 레인 님과 리리가 장난치는 모습을 볼 때와 같은 눈을 하고 있었다. 이상하지 않아? 나는 머리를 물렸는데?

튜테가 다가와 언제 전설의 검(웃음)을 나에게 내밀었다. 이건 또 언제 챙긴 걸까.

"그럼 아가씨. 준비하시길."

"……여전히 준비성 한 번 투철하네."

(예예, 내가 하면 되잖아. 할게, 하면 되잖아! 몬스터 따윈 쓱쓱퍽퍽 해줄 테니까.)

나는 아까 누군가처럼 자포자기하듯이 검을 받아들고는 스노우와 함께 먼저 입구로 향했다.

"스톱."

나는 입구에 들어서기 직전, 반사적으로 발을 멈추었다.

〈왜 그래?〉

스노우가 내 얼굴을 들여다보며 물었다. 나는 아무 대답도 하지 않고 검 끝으로 바닥을 툭툭 두드렸다.

던전을 생각하고 있자니 블러드레인 성에서 겪었던 일이 머릿속을 스쳤다. 한 번 확인하지 않고서는 도저히 들어갈 생각이 들질 않았다.

"좋아. 아무것도 없네. 그럼 다시 한번 출발!"

나는 확인을 마치고서 힘차게 던전 안으로 들어갔다. 그런데 두 번째 발걸음을 내디뎠을 때 바닥이 꺼져버렸다.

〈어이쿠~.〉

뒤에 있던 스노우가 간발의 차이로 내 옷을 물어준 덕분에 겨우 추락을 면했다.

"고, 고마워. 스노우."

스노우에게 감사 인사를 하고서 내려달라고 부탁했다.

"아~, 그러고 보니 어렸을 적에 그런 함정을 만들었었지."

우리를 본 셰리가 느닷없이 웃으며 그런 이야기를 늘어놓았다.

"왜, 왜 이런 걸 만들었죠?"

나는 일단 범행동기를 물어보았다. 대답에 따라 그냥 넘어갈 수도 있고, 아닐 수도 있다.

"그게~, 여행을 떠나고 싶다고 충돌하던 시기가 있었다고 했잖아? 그때 화가 나서 분풀이로 장난을 쳤……다고 해야 할까?"

"왜 말끝을 흐리는 거죠? 그리고 다른 엘프들은 이걸 왜 그냥 놔둔 건가요?"

"아~, 그건 아마 그거겠지. 저 함정을 부수며 화를 내면 오히려 그 아이의 장난에 놀아나는 셈이다. 노인들은 자존심이 세서 그런 소리를 하지 못하고 지금껏 내버려 둔 게 아닐까?"

셰리의 대답을 들으니 어쩐지 머리가 지끈거렸다. 나는 관자놀이를 눌렀다.

(진정하자. 아직이야, 아직 정상참작의 여지가 있어.)

"뭐, 그건 좋습니다. 왜 이 함정을 미리 말하지 않은 거죠?"

"잊고 있었으니까! 말이 나온 김에 말하겠는데, 빅토리카의 성에 있는 던전의 함정도 내가 만든 거야!"

셰리가 당당하게 가슴을 펴고서 대답했다. 정말로 저 사람은 기억력이 나쁜가 보다. 그리고 블러드레인 성에 설치된 함정도 셰리의 작품임이 판명되었다.

"확인차 물어보겠는데 이런 거…… 아직도 더 있나요?"
"으~음, 없어. 아마도."
"아마도? 그러면 곤란한데요오오오오!"
그녀가 또다시 어중간하게 대답하자 나는 결국 분노가 폭발하여 그녀에게 호통을 쳤다.
"괜~찮아, 괜찮아. 함정이라고 해도 위험하진 않으니까. 아까 그 함정도 별로 깊지 않아. 그냥 하반신이 더러운 물에 젖을 뿐이지."
"참 미묘한 함정이네요."
셰리가 태연하게 대답하자 독기에 빠져나가 버렸다. 냉정을 되찾은 나는 그녀가 벌인 짓을 바라보며 어이없어했다.
"그리도 걱정되면 내가 앞장을 설게. 그러면 되지?"
내가 찝찝해하는 모습을 보고는 셰리가 나를 지나쳐 앞서 걷기 시작했다.
"하지만 또 자기가 만든 함정을 잊어버렸으면……."
"핫핫핫, 자기가 만든 함정에 빠지는 그런 바보가 아니, 후잇?!"
내가 걱정하며 셰리에게 말하자 그녀는 뒤를 돌아보며 껄껄 웃다가 떨어졌다. 설마 이중트랩이었을 줄이야. 구조가 똑같은 것으로 보아 아마도 동일범의 범행이겠지.
"……바보로군."
피피가 무표정한 얼굴로 내 옆으로 다가와 함정에 빠져 하반신이 더러운 물에 잠겨 있는 셰리를 내려다봤다. 기분 탓인지 그녀가 꼬리를 흔들고 있는 것처럼 보였다.

"누구냐아아아, 이런 시답잖은 걸 만든 녀석이이이이!"

"당신이잖아요오오오오!"

나는 더러운 물에 빠져 화가 난 셰리의 목소리에 뒤지지 않을 만큼 큰소리로 딴죽을 걸었다.

11 대쥐 토벌 개시!

"이럴 수가……."

사방이 확 트인 언덕에 서서 먼 곳을 바라보던 로이가 믿기지 않는다는 얼굴로 중얼거렸다.

"저 숫자는 뭐야? 오십, 아니, 백 마리는 있겠네."

로이 옆에서 똑같은 광경을 보고 있던 슈바이츠도 그 광경에서 눈을 떼지 못했다.

나무들이 쓰러져서 트인 곳에 대쥐가 백여 마리가량 모여 있었다.

보아하니 근처 동굴에서 나와 집결하고 있는 것 같았다.

저만한 숫자가 동굴 안에 있었다는 것도 놀랍지만, 애초에 동굴 안에서 저토록 불어날 때까지 포식당하지 않았다는 것도 의문이 들었다.

"야단났는데, 슈바이츠? 저 녀석들은 야행성이야. 곧 날이 저물 텐데, 저만한 숫자가 일제히 움직이면 대처할 도리가 없어. 놈들이 마을로 들이닥친다면……."

"알고 있어! 하지만 저 숫자는 우리끼리 어쩔 수 있는 게 아니야. 다른 씨족들은 뭐 하고 있는 거지? 우리 쪽에 토벌대를 안 보냈나?"

로이의 말을 듣고서 위기를 인식한 슈바이츠는 도중에 만났던 다른 씨족들을 떠올리고는 희망을 담아 물었다.

"아까 정찰하러 와서는 이제야 사태를 확인하고서 급히 돌아갔어. 여기서 멀리 있는 씨족은 정찰조차 안 보냈겠지만."

"뭐?! 놈들은 이미 코앞에 있는데, 이제 움직여봐야 너무 늦었잖아."

"진정해, 슈바이츠! 우리도 메어리가 경고하지 않았다면 고작 대쥐 아니냐고 손 놓고 있었을 거라고."

슈바이츠가 보고를 듣고 분개하자 로이가 다독였다. 그리고 그 의견을 부정할 수 없었던 슈바이츠는 금세 마음을 가라앉혔다.

"크크크, 저 정도 쥐 떼는 위협도, 뭣도 아니랍니다. 뭐니 뭐니 해도 저는 최고이자 최강의 흡혈귀, 빅토리카 블러드레인이니까!"

두 사람의 대화를 듣던 빅토리카가 가슴을 활짝 펴고서 드높이 선언했다.

"슈바이츠, 어쩔 거냐? 원군을 기다리기에는 시간이 없고, 그렇다고 놈들을 이대로 내버려 둘 수도 없는 상황이다만."

"별수 없지. 해볼 수 있는 만큼 해보는 수밖에."

"잠깐, 이봐요! 절 무시하다니 배짱 한번 두둑하군요!"

두 사람이 빅토리카의 말을 들은 척도 안 하자 그녀는 그들을 삿대질하며 항의했다.

"어차피 너 혼자서 감당할 수 있는 숫자가 아니잖아. 무엇보다 네게 우리 등을 맡긴다니, 무슨 사달이 날지 알 수가 없다고."

"그게 무~슨 의미일까나아아아, 그게 무슨 소리야아아아!"

중대한 사태가 벌어졌는데도 슈바이츠와 빅토리카가 다투기 시작했다.

“아하~항, 알겠어요. 실은 내가 혼자서 이 사태를 해결해버리면 언니의 축복을 독차지할까 봐 두려운 거지요? 풋내기 엘프는 여기서 손가락이나 빨면서 내 용감한 모습을 지켜보는 게 딱 어울리겠어요.”

“뭐, 뭐라고? 그럴 리가 없잖나. 너야말로 이번에 나설 기회는 없다. 여기 얌전히 있어.”

지금은 서로 으르렁대기보다는 협력하여 이 상황을 타파해야만 하는데도 두 사람의 말다툼은 점점 격화되어갔다. 로이와 마기루카가 두 사람에게 다가가 제각기 슈바이츠와 빅토리카의 어깨에 손을 툭 올렸다.

슈바이츠와 빅토리카가 자신의 어깨에 손을 올린 사람을 돌아봤다.

“그쯤 해둬. 슈바이츠.”

“지금은 이러고 있을 때가 아닙니다. 빅토리카 님.”

“하지만 로이. 이 녀석이.”

“잠깐, 삿대질하지 말아요. 무례하기 짝이 없네요.”

두 사람이 말을 들어 먹질 않자 로이와 마기루카는 손에 힘을 주고는 웃으면서 말했다.

“그만두지 않으면 공주한테 이를 거다.”

“그만두지 않으면 레인 님한테 이를 거예요.”

그 효과는 절대적이었다. 말다툼을 벌이던 두 사람이 순식간에 얌전해졌다.

로이는 이러한 사태가 벌어지리라 예견하고서 타개책까지 마련해둔 메어리의 선견지명에 감복했다. 그 빙혈의 마녀가 인정할 만한 능력자임을 다시금 확인했다.

"……크흠, 본론으로 들어가지. 빅토리카, 넌 저 쥐 떼를 어떻게 공략할 작정이냐?"

"그, 그래요. 여러분의 긴장이 적절하게 풀린 것 같으니 본론으로 들어가도록 하지요. 뭐, 저렇게 다닥다닥 모여 있으니 제 마법 한 번이면 4, 50마리쯤은 한 번에 처리할 수 있을 거예요."

빅토리카가 말하자 엘프들이 '오오~.' 하고 감탄했다. 50마리를 한 번에 처리할 수 있다는 건 고위 마법을 쓸 수 있다는 뜻이었다.

"공격을 당하면 쥐들도 움직이기 시작하겠지. 빅토리카의 마법에 맞춰 활로 일제사격을 하자. 그러면 숫자를 상당히 줄일 수 있을 거다. 그 뒤에는 각개격파. 어떤가?"

빅토리카와 슈바이츠가 어때? 하고 의기양양한 얼굴로 물었다.

"……좋아. 부대를 나눠라. 빅토리카 님을 중심으로 사격 준비. 모두, 가자."

""""오오!""""

"어라? 리더는 난데……."

로이의 말을 듣고 사기가 올라간 남자들이 부대를 편성한 뒤

이동했다. 모두 무언가를 기대하고 있던 자신을 내버려 두고서 떠나자 슈바이츠는 황급히 로이를 쫓아갔다.

그리고 모두가 각자 지정된 위치에 이르렀을 즈음, 마기루카는 대쥐 떼의 숫자를 보고 새삼스레 경악했다.

하지만 왜 이만큼 모여 있는지는 도통 이해가 가질 않았다. 쥐는 떼를 지어 다니지만, 이렇게 의미 없이 모여 있거나 하진 않는다. 마치 누군가가 대쥐 떼를 통제하고 있는 것 같았다.

그러나 곧 마기루카는 무슨 바보 같은 생각인가 싶어 생각을 멈추고 마음을 다잡았다.

"빅토리카 님, 준비는 다 되셨나요?"

"앗, 잠깐만 기다려봐요."

빅토리카가 무언가 부스럭거렸다. 무슨 일인가 했더니 안대를 정성껏 벗고 있었다.

빅토리카는 그 안대를 소중하게 접어서 주머니에 넣었다.

"봉인은 풀렸다! 나의 힘을 그 눈에 새기고서 두려워해라! 나야말로 최고이자 최강의 흡혈귀인 빅토리카 블러드레인이다!"

빅토리카가 감고 있던 눈을 뜬 동시에 이상한 스위치가 켜진 것처럼 드높이 선언했다.

"빅토리카 님, 조금만 조용히 해주세요. 적한테 들키겠어요."

"으윽, 미, 미안합니다."

옆에서 보고 있던 마기루카가 냉정하게 지적하자 빅토리카는 당당했던 자세를 움츠리고서 순순히 사과했다.

"우리 쪽은 준비 끝났어. 슬슬 시작해줘."

마기루카와 빅토리카의 대화를 듣고서 자하가 긴장감과 기대감으로 가득한 표정을 지으며 끼어들었다.

"크크크, 갈증을 채워줄 오늘 만찬으로 선택받은 것을 영광으로 생각하세요. 자, 내게 피를 바쳐라!"

빅토리카가 기쁜 표정으로 어금니를 드러내고는 공중에 떠올랐다.

"블러디 보이스 프롬 플런더러."

빅토리카가 주문을 읊자 바로 앞에 마법진이 나타났다. 그곳을 향해 소리를 내자 마법진에서 파동이 나와 대쥐 무리를 덮쳤다.

그러자 갑자기 대쥐들이 잇달아 하늘을 찢을 듯한 날카로운 비명을 지르더니 온몸에서 피를 쏟아내고서 바짝 말라버렸다. 대쥐들의 피는 한데 모여 커다란 방울이 되었다.

정신을 차려보니 그토록 많았던 대쥐 무리 중 절반 가까이가 사라져버렸다. 엘프들마저 아연실색했다.

"자, 피날레에요."

공중에 떠 있는 빅토리카가 붉은 눈동자를 번쩍이더니 커다란 핏방울에 손을 뻗어 단숨에 빨아들였다.

"으, 으엑……."

자하가 그 광경을 보고는 몸을 움츠렸다. 사피나는 얼굴이 창백해져서는 헛구역질까지 했다.

"오에에에에에에엑!"
그리고 정말로 토한 사람이 있었다.
무엇을 숨기겠는가. 바로 빅토리카 본인이었다.
어느새 공중에서 내려와 풀숲에 숨어서 아가씨로서 상당히 추레한 모습을 하고 있었다.
"왜, 왜왜왜, 왜 그러세요? 빅토리카 님."
공격을 한 사람이 오히려 성대하게 토하는 대참사가 벌어지자 마기루카가 황급히 그녀에게 달려가 등을 문질러주었다.
"큭큭큭, 이 마법은 우리 블러드레인가 대대로 전해지는 흡혈귀 특화 마법이지요. 그래서 되도록 여기서는 쓰고 싶지 않았어요."
"그, 그렇게 위험한 마법이었나요?"
마법을 쓴 사람도 무사하지 못한 비술이라니, 그녀에게 미안한 마음이 든 마기루카는 빅토리카를 위로하듯 등을 문질렀다.
"큭큭큭, 마법 저항력이 낮은, 아주 격 떨어지는 상대의 피를 모조리 빼앗아 흡수하는 마법이랍니다."
"……예? 그건 다시 말해……."
"큭큭큭, 역시 대쥐의 피……. 더럽게 맛없, 우엑."
말을 미처 끝마치기 전에 다시 구역질이 나오자 빅토리카는 입을 틀어막았다.
뭐라고 해야 할까. 조금 멋있어 보였던 모습이 몽땅 날아갔다. 마기루카는 한동안 침묵을 이어갔다.

"……레인 님께는 대쥐를 쓰러뜨렸다는 부분만 보고하겠습니다."

"어머, 눈치가 빠른 아이군요. 답례로 당신한테도 조금 나눠 주도록 하죠. 제가 입으로 직접, 우엑."

"돼, 됐습니다아아아아!"

원래 하얀 얼굴이 더 창백해져 다가오자, 마기루카는 두 손으로 그녀의 얼굴을 밀어내고서 달아났다. 마기루카가 뿌리칠 수 있을 만큼 빅토리카는 약해져 있었다. 주로 속이 메스꺼워서…….

"저기, 어수선한 와중에 말을 걸어서 미안한데, 슈바이츠 씨가 아까 그 마법을 한 번 더 쓸 수 없냐고 묻는데?"

자하가 살짝 떨어진 곳에서 외쳤다.

"이런 꼴이 났는데 그런 말이 나와요?! 아까 우리가 나눈 대화를 들어보면 무슨 참상이 벌어졌는지 눈치챌 수 있잖아요!"

곧장 마기루카도 큰소리로 외쳤다.

"역시 그렇겠지? 몸 잘 추슬러~."

아무리 자하가 눈치가 없어도 그 대화를 들었으면 상황을 알아챘으리라.

"슈바이츠 씨한테 전해줘~! 빅토리카가 한창 구토를 하고 있어서 움직일 수 없다고!"

"야, 인마아아아아! 알고 있으면 배려라는 걸 좀 하라고오오오오오오!"

자하가 큰소리로 외치자 이에 질세라 풀숲에서 빅토리카가 절규했다. 그 소리가 숲속에 되울렸다.

"끼이~끼끼이~!"

그때 동굴 안에서 쥐가 우는 소리가 들리더니 소란스럽던 대쥐들이 일제히 멈춰 섰다.

"무, 무슨 일이지?"

"이런, 이런. 밖이 상당히 소란스럽군……이라는데요."

무슨 사태가 벌어졌는지 몰라 혼란스러운지 마기루카가 주변을 두리번거리자니, 빅토리카가 의미를 알 수 없는 말을 했다.

그때 동굴 안에서 무언가가 나왔다. 다행인지 불행인지 마기루카 일행은 그 동굴 근처에 있어서 그것과 곧장 맞닥뜨리게 되었다.

빅토리카는 아직도 창백한 얼굴로 휘청거리고 있었다. 이따금 입을 틀어막았다. 대쥐의 피가 그렇게나 맛이 없나? 마기루카는 그녀를 부축하며 생각했다.

그런 두 사람 앞으로 자하와 사피나가 나서서 검을 쥐었다.

그리고 어둠 속에서 '그 녀석'이 모습을 드러냈다.

네 발에는 굵고 예리한 발톱이 나 있고, 뾰족한 두 개의 앞니가 번쩍였으며, 등 뒤로는 진홍색으로 물들인 망토를 두르고 있었다. 머리 위에는 반짝이는 작은 왕관도 있었다.

그야말로 왕의 모습이었다.

대쥐이지만.

직립보행을 하는 그 대쥐는 자하보다 약간 작은 정도였다. 대쥐치고는 꽤 큰 편이라고 할 수 있지만, 어차피 인간의 눈에는 그리 위협적으로 보이지 않았다. 더욱이 저 대쥐는 다른 흉포한 쥐들과는 달리 복슬복슬해서 귀여웠다.

메어리가 있었다면 주변에 있는 대쥐를 생쥐, 저 왕을 햄스터라고 했겠지.

"어……. 사피나, '저건' 뭐지?"

뭔가 엄청난 게 나올 줄 알고 경계하던 자하가 조금 김이 샜는지 경계를 풀고서 근처에 있는 사피나에게 물어봤다.

"죄, 죄송합니다. 저도 처음 봤어요. 대쥐처럼 보이기는 하는데……."

사피나도 무기를 쥔 채로 상대를 관찰하며 대답했다.

"끼이이익, 끼끼이이익!"

"'무례한 놈! 이 몸을 저기 널려있는 대쥐들과 같이 취급하지 말라!'고 하는군요."

갑자기 대쥐가 두 사람을 향해 망토를 휘날리며 뭐라고 울어대자, 빅토리카가 통역해주었다.

그때 마기루카는 비로소 메어리가 했던 말을 떠올렸다. 마족은 지성이 있는 몬스터의 말을 알아들을 수 있다. 마족이라고 누구나 할 수 있는 건 아닌 모양이지만…….

"용케도 알아들으시는군요."

"크크큭, 뭐니 뭐니 해도 저는 우수하니까요. 지성이 있다면

말을 이해할 수 있답니다. 아주 한가해서 공부했다고요!"

"오, 오호~, 그랬군요. 역시 빅토리카 님."

대쥐의 말까지 이해할 정도면 꽤 많은 공부를 한 모양이었다. 공부의 동기가 한가해서라는 게 조금 미묘했지만, 한편으로는 그만큼 오래 살 수 있는 흡혈귀가 부럽기도 했다.

"큭큭큭, 끼이이잇, 끼끼이이잇!"

"……이 몸이야말로 모든 대쥐를 통솔하는 왕, '오오대쥐'이로다! 경배하도록 하라, 래요."

대쥐가 두 팔을 활짝 벌리고서 콧김을 킁킁 내뱉었다. 에밀리아도 그렇고, 빅토리카도 그렇고, 어째서 마족들은 착실하게 통역을 해주는 걸까? 하고 생각하면서 마기루카는 그녀에게 감사했다.

"끼이이잇!"

그러나 대쥐는 빅토리카의 통역이 마음에 들지 않았는지 큰소리를 지르며 발을 동동 굴렀다.

"어, 아닌가요? '오오'대쥐다아아아, 라고?"

"끼끼이이이잇! 끼끼이이잇!"

"그러니까 그렇게 말했잖아요? 오오대쥐라고."

자하와 사피나는 빅토리카와 쥐가 왜 말다툼을 벌이는지 몰라서 고개를 갸웃거렸다. 마기루카만이 빅토리카의 말을 듣고서 무언가를 눈치챘다.

"저기, 저 대쥐는 '왕'대쥐, 다시 말해 '왕쥐'라고 말하고 싶었던 게 아닐까요?"

마기루카가 말하자 왕대쥐, 다시 말해 왕쥐가 고개를 연신 힘차게 끄덕였다.

"괴, 굉장해요. 인간의 말을 알아듣는 대쥐라니! 아마도 대쥐가 불어나고 불어나다가 우연히 탄생한 거겠죠. 게다가 대쥐들이 저토록 모여 있는데도 통제되고 있는 건 저 쥐의 능력…… 덕분일까요?"

대쥐가 사람 말을 알아듣는 게 얼마나 굉장한지 잘 모르는 자하와 사피나, 그리고 그냥 관심이 없는 빅토리카를 내버려 두고 마기루카가 홀로 경탄하며 몸을 떨었다.

그 말을 듣고 기분이 좋아졌는지 왕쥐가 마기루카를 향해 망토를 펄럭거렸다.

"큭큭큭, 끼끼이이잇! 끼끼이이잇!"

"……그 말이 맞도아아아다아아아아! 저기 암컷은 이 몸의 위대함을 이해하는 듯하군, 이래요."

"예! 꼭 산 채로 잡아서 여러모로 연구하고 싶어요."

마기루카가 눈동자를 반짝이며 말하자 왕쥐가 몸을 부르르 떨었다.

"끼끼이이잇!"

"아까 그 바보 암컷보다 질이 떨어지는구나아아아! ……누가 바보라는 거죠?!"

왕쥐는 마기루카의 말에 위기감을 느꼈는지 곧장 그녀를 공격하려 달려들었다.
"어딜!"
그 광경을 보고 있던 자하가 방패를 들고서 왕쥐의 옆구리에 파고들었다.
"찌이!"
자하의 방패 공격을 정통으로 맞은 왕쥐가 귀여운 비명을 지르며 날아가 버렸다.
"어? 너무 약해!"
자하는 왕이라고 해서 강할 거라고 기대했던 모양이었다.
왕쥐는 두 바퀴 반 정도 땅바닥을 구른 뒤 만신창이가 되어 일어섰다.
아무래도 통제 능력은 뛰어나지만, 전투 능력은 평범한 대쥐보다 약한 것 같았다.
"큭큭큭, 끼이~, 끼이~."
"……제법이구나. 역시 용사. 적수로 삼기에 모자람이 없구나, 래요."
"아니, 아니, 난 용사가 아니라고……."
빅토리카가 왕쥐의 말을 통역해주자 자하는 전투 중이라는 것도 잊고서 무심코 손을 저으며 이의를 제기했다.
"끼끼이이잇! 끼끼이이잇!"
"그렇다면 이 몸도 전력을 다해야겠구나. 설령 용사가 상대일지라도 숫자는 하나. 이 몸의 부하들이 떼로 덤벼들면 반드시 이길 수 있다. 숫자야말로 정의, 숫자야말로 힘이다! 라는 군요. 뭔가를 할 것 같으니 조심하도록 하세요."

왕쥐가 끼이~, 하고 크게 울자 근처에 있는 대쥐들이 자하와 그 일행을 향해 일제히 달려들었다. 자하는 이것이 바로 왕쥐의 힘이구나, 하고 기대하며 방패를 고쳐 들었다.

"마법진 부여. 풍인열파(風刃裂破)!"

자하의 옆에 있는 사피나가 도를 한 번 휘두르자 바람의 칼날이 대쥐들에게 날아갔다.

그리고 대쥐들은 비명조차 지르지 못하고 한순간에 두 동강이 나버렸다.

"굉, 굉장해! 좋겠다, 사피나! 나도 피피 씨한테 뭔가 만들어 달라고 부탁해야겠어!"

사피나가 도를 마도구가 장착된 특수 칼집에 넣자 자하가 부러워하며 쳐다봤다.

"끼이~, 끼이~."

"끄으으응, 설마 용사가 둘이나 있을 줄이야. 그만큼 이 몸의 존재가 위협적이라는 거로군……이래요."

"아뇨, 아뇨, 전 학생입니다."

대쥐들이 맥없이 쓰러지자 왕쥐는 겁을 먹었다. 그러나 애써 입꼬리를 올리며 어떻게든 이야기를 장대하게 키워나갔다. 빅토리카의 통역을 듣고서 사피나는 자하와 마찬가지로 손사래를 치며 바로 부정했다.

아무래도 저 왕은 위협이 되는 인간을 모두 용사로 취급하나 보다. 아니, 자신이 용사 말고는 고전할 리가 없다고 믿고 있는 듯했다.

"킥킥킥, 끼이이이, 끼끼이이이."

왕쥐가 또다시 뭐라고 말했지만, 빅토리카의 통역이 들려오질 않았다. 모두의 시선이 자연스럽게 빅토리카에게 향했다. 왕쥐 마저도 빅토리카를 쳐다보았다.

"킥킥킥, 식중독 때문에 움직이기가 거북했는데 이제야 회복이 된 모양이군요. 자, 지금까지 착실하게 통역했지만……잠깐! 거기 쥐! 그렇게 웃지 말아요! 겹치잖아요오오오오!"

드디어 부활했는지 마기루카의 부축 없이 일어선 빅토리카가 갑자기 화를 내기 시작했다.

"끼이이이, 끼끼이이이."

"이 웃음은 왕인 이 몸에 어울린다. 그야말로 왕자의 웃음이다……라고? 흐음, 왕의 웃음이라는 건 동감입니다만……."

왕쥐의 말을 듣고 빅토리카가 고개를 끄덕였다.

"어~쨌든 왕이란 단어와 가장 잘 어울리는 사람은 블러드레인가 당주인 바로 나예요!"

"끼끼이이이, 끼끼이이이!"

빅토리카의 말을 듣고서 왕쥐가 상체를 뒤로 젖힌 채 의기양양하게 말하자 빅토리카의 표정이 한층 더 안 좋아졌다. 마기루카가 불안한 표정으로 빅토리카를 바라보았다.

"크히, 크히히히. 무슨 헛소리를. 웃기는구나. 이 몸은 왕, 넌 당주. 격이 다르지 않냐, 격이!……뭐라고오오오! 이, 빌어먹을 쥐새끼가아아아아! 콱 죽여주마아아아아!"

아가씨 실격 수준의 폭언을 내뱉고서 빅토리카가 붉은 눈동자를 활활 불태우며 어금니를 드러냈다.

"끼끼이이이, 끼끼이이이!"

이성의 끈이 끊어진 빅토리카의 무서움을 느끼지 못한 왕쥐가 우쭐대더니 갑자기 크게 울기 시작했다. 그러자 동굴에서 땅이 울리는 듯한 두두두, 하는 소리가 나기 시작했다.

"이봐, 이봐, 이봐, 아직도 남아 있냐? 게다가 아까 그 대쥐보다도 모두 덩치가 커."

자하가 동굴에서 뛰어오고 있는 대쥐들을 보고 경악했다.

"큭큭큭, 이게 아까 당신이 짖어댔던 진정한 힘? 웃기는군요. 절대적인 힘 앞에서 숫자 따윈 오합지졸에 불과하다는 걸 알려드리지요."

모두가 초조해하는 와중에 빅토리카는 태연하게 말하며 이상한(자기가 보기에는 멋진) 포즈를 취했다. 메어리가 봤다면 중2병이라고 할만한 포즈였다.

"권속, 소환!"

빅토리카 앞에 마법진이 펼쳐지고, 그 안에서 거대한 물체가 모습을 드러냈다.

"고아아아아아아아!"

포효가 숲에 울려 퍼지자 대쥐들이 움츠러들었다. 그러나 대쥐보다 엘프들이 먼저 당황하여 자지러졌다.

"나, 나왔다아아아. 재앙의 용이다아아아!"

"모두, 대피하라아아아! 휘말린다아아아!"

술렁거리는 엘프들 속에서 로이의 목소리가 울려 퍼졌다. 엘프들은 대쥐를 내버려 두고서 달아나기 시작했다.

"본 드래곤! 으아~ 이제 끝장이야!"

"고아아아아아아아아!"

빅토리카의 지시에 호응하듯 본 드래곤이 포효를 내지르고서 메어리 때문에 한 번 분쇄되었다가 회복된 꼬리를 크게 휘둘렀다.

꼬리만 휘둘렀을 뿐인데 엄청난 바람이 일었다. 꼬리에 직격으로 맞은 대쥐는 물론, 바람에 휩쓸린 대쥐들도 날아가 버렸다. 꼬리만으로 대쥐 대부분이 쓰러졌다.

빅토리카 옆에서 그 광경을 보고 있던 마기루카는 엘프들이 뒤도 돌아보지 않고 달아나는 게 정답이었다고 생각했다.

"자, 전채 요리는 이쯤 먹기로 하고, 슬슬 메인 디쉬를 먹어보도록 할까요! 본 드래곤, 로트 브레스예요!"

그다음에 빅토리카는 동굴 주변에 있는 대쥐들을 가리키며 본 드래곤에게 지시를 내렸다.

그러자 뼈로만 이루어진 입이 쩍 벌어지더니 그 안에서 마법진이 떠올랐다. 그러고는 무언가가 축적되기 시작했다. 현명한 사람이라면 그 광경을 보자마자 위험하다는 걸 직감할 만한 박력이었다. 대쥐들은 모두 망연자실한 상태였다.

"발사아아아아아아!"

"크와아아아아아아!"

빅토리카가 외치자 본 드래곤의 입에서 뭔지 모를 액체가 동굴을 향해 방출되었다.

"나왔다. 구토 브레스!"

"우와아아아, 구토다!"

숲으로 피난한 엘프들이 웅성거리는 소리를 듣고서 마기루카는 본 드래곤이 방출한 브레스가 자꾸만 '그것'으로 보였다. 설마 주인과 그 권속이 '그것'을 하는 광경을 목격할 줄은 몰랐기에 홀로 속이 쓰렸다.

"또야? 우엑……."

브레스를 보고 있던 자하는 구토, 아니, 브레스를 맞고서 대쥐들이 잇달아 썩어가는 광경을 보고 몸서리를 쳤다.

왕쥐도 제자리에 털썩 주저앉아 그 광경을 보고 있었다.

"크크크, 이제 알겠습니까? 이게 힘이란 거예요."

빅토리카는 가슴을 활짝 펴고는 의기양양하게 웃었다. 그러고는 붉은 눈동자를 번쩍거리며 망연자실한 왕쥐를 내려다봤다.

"야아아아아! 빅토리카아아아아! 하마터면 우리까지 휩쓸릴뻔했잖느냐! 이 일은 공주한테 일러바쳐주마아아아아아!"

멋있는 대사를 읊고 있는 빅토리카 뒤에서 슈바이츠가 노성을 지르며 다가왔다. 그러자 빅토리카의 얼굴이 점점 창백해지더니 덜덜 떨기 시작했다.

"자, 자자자, 잠깐만요. 아, 아무도 안 다쳤으니 괜찮잖아요오오오오!"

"그건 로이가 재빠르게 대피 지시를 내렸기 때문이다! 너, 머리에 피가 뻗쳐서 우릴 잊어버렸잖나!"

"그, 그그그, 그렇지…… 않, 은데, 요?"

정곡을 찔리자 빅토리카는 겸연쩍은 얼굴로 땅바닥을 내려다보며 우물쭈물했다.

"지금 이런 데서 말다툼이나 벌이고 있을 때야? 그 왕쥐인지 뭔지 하는 녀석이 동굴로 달아나버려서 지금 저 세 사람이 쫓고 있다고. 이번 사태의 최대 공적을 양보할 셈이냐?"

로이가 슈바이츠와 빅토리카 사이에 끼어들었다. 그의 말을 들은 두 사람은 일제히 동굴 쪽으로 시선을 돌리고서 달리기 시작했다.

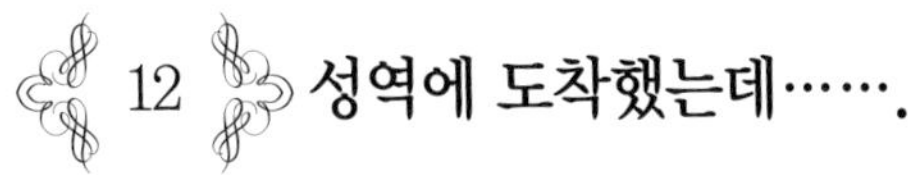

12 성역에 도착했는데…….

우리는 오랫동안 동굴 안을 헤매며 걸어 다녔다.

"저기요, 아직도 멀었어요?"

개인적으로 체력에는 아무 문제가 없지만, 계속 걷다 보니 지겨워져서 앞장을 서고 있는 셰리에게 말을 걸었다.

"핫핫핫, 미안하구나. 얼마 안 남았어. 성역은 이 미로 같은 동굴에서 우연히 발견한 장소거든. 이래 봬도 최단 경로로 걷고 있어."

내가 묻자 셰리가 웃으며 대답했다.

"……엘프는 자연을 따르기 때문에 동굴 안에 새로운 길을 내려고도 하지 않고, 그럴 기술도 없어. 마을을 봤으면 알겠지만, 엘프족 베테랑 기술자들은 기존 풍습이나 기술에 집착하여 새로운 것에 도전하려고 하지 않아."

내가 탄식하고 있으니 뒤에 있던 피피가 보충 설명을 해주었다. 마지막 대목은 그다지 필요 없는 정보였지만, 엘프를 비하하는 의미가 은근히 담겨 있었다.

무언가 새로운 자극을 받고 싶어서 따라왔지만, 별다른 게 없어서 실망했다는 말이지, 이거?

"호오호오, 그렇게 나오겠다~? 여행을 하던 도중에 들었지. 네 스승인 기르츠 씨가 새로운 것에 도전하다가 자산과 자원을 홀라당 까먹은 것도 모자라 대형 사고를 몇 번이나 쳤다고. 심지어 아직도 그러고 있다는 모양이니, 새로운 것이 무조건 좋다고 생각하지는 않는데~."

셰리가 도발적으로 웃으며 대답하자 피피가 고개를 홱 돌렸다.

"……그 영감탱이. 돌아가면 처벌을……."

여우님이 불쑥 무서운 말을 중얼거리기에 나는 더는 건드리지 않기로 했다.

문득 주변을 두리번거리고 있는 레인 님이 눈에 띄었다. 나는 고개를 갸웃거렸다.

"왜 그러세요? 레인 님."

"아, 아뇨. 동굴에 들어가기 전에 셰리 씨가 몬스터가 배회하고 있다고 말씀하셨는데, 한 번도 맞닥뜨린 적이 없어서……."

셰리의 트랩 사건 때문에 깜빡 잊고 있었는데, 그러고 보니 그녀가 그런 말을 한 적이 있었지.

"그러고 보니 왜 한 번도 맞닥뜨리지 않았지? 뭐, 안전하면 좋은 거 아냐? 오, 그보다도 도착했어. 저기야."

셰리는 레인 님의 의문을 가볍게 흘려버렸다. 그러고는 앞에 커다란 문이 보이기 시작하자 그쪽으로 시선을 돌렸다.

"저건 문……인가요? 저것도 엘프 여러분이 만든 건가요?"

쇠로 된 커다란 쌍여닫이문이 우리 앞을 가로막고 있었다. 레인 님은 모양새에 상당히 공을 들인 문을 보고 아연실색하며 셰리에게 물었다.

"훗훗훗, 굉장하지? 어쩐지 성역 같다는 느낌이 팍팍 들지?"

"굳이 말하자면 게임에 등장하는 보스방 앞에 있다는 느낌?"

"게임? 보스방?"

"아뇨, 아무것도 아닙니다."

셰리가 자신만만하게 우리에게 감상을 물었다. 나는 솔직하게 감상평을 늘어놓다가 황급히 얼버무렸다.

"……잠깐. 맞은편에서 이상한 냄새가 나."

우리 뒤에서 문을 보고 있던 피피가 불길한 소리를 했다. 수인족의 후각이 무언가를 감지한 모양이다.

"좋았어. 그럼 성역으로 돌입."

"……이봐, 뭐가 좋다는 거냐."

피피의 충고는 귓등으로도 듣지 않고 셰리가 힘차게 문을 열어버렸다.

끼기긱, 하고 삐걱거리는 소리가 동굴에 묵직하게 울리더니 문 안쪽이 보이기 시작했다.

문 너머에는 희미하게 반짝이는 지저 호수가 펼쳐져 있었다. 그리고 그 호수 가운데 거대한 생물이 있었다.

"킹기도…… 아차차."

생물의 외관을 보니 충격을 받았다. 나는 무심코 전생의 기억 속에 있는 괴물 이름을 외치려다가 황급히 입을 막았다. 그러나 일단 목소리가 나와버렸기에 그 거대생물이 '응?' 하고 이쪽으로 고개를 돌렸다. 그리고 우리와 눈을 마주치고 말았다.

(역시 보스방의 문이었잖아아아아아아!)

서로 멍하니 쳐다보고 있는 와중에 나는 홀로 마음속으로 까무러쳤다.

〈이야앙~, 변태~!〉

거대생물이 황당한 말을 내뱉자 나는 어리둥절해서 쳐다봤다.

"어, 으음~, 스노우, '저게' 뭐야?"

나는 호수 가운데에서도 아직도 교태를 부리고 있는 거대생물을 가리켰다.

〈히드라네. 상~당히 성가신 상대야.〉

내가 묻자 스노우가 곧바로 대답했다.

(성가시다라……. 그럴 것 같네.)

나는 히드라가 아까 했던 말을 떠올렸다. 성가신 성격의 소유자일 것 같다고 직감적으로 느꼈다.

나는 다시금 상대를 쳐다봤다.

히드라…….

하나의 거대한 몸통에 머리가 세 개가 달린 거대한 뱀이었다. 전생의 게임이나 책에서 자주 등장했던 꽤 유명한 몬스터다. 이쪽 세계에서는 머리 개수가 아홉 개라고 하기도 하고, 백 개라고 하기도 하고, 한 개라고 하기도 하는 등 모호한 이야기뿐이었는데…….

(수업 시간 때는 목을 자르면 머리가 늘어난다고도 하고, 힘에 따라 머리가 늘어난다고도 하고 참 모호했지. 그리고 저 아이의

머리는 세 개……. 아아, 안 되겠어. 아무리 봐도 킹기○○야.)

〈아무리 성별이 같다고 해도 한창 씻는 중에 남의 알몸을 대놓고 보면 어떡하자는 건데~? 아~아, 이래서 저능한 종족은.〉

(성별이 같다니, 쟤 여자였어? 전혀 몰랐는데.)

"그보다 알몸이라니, 넌 일 년 내내 그런 꼴로 다니잖아아아아!"

히드리가 말하자 나는 일단 딴죽을 걸어봤다.

〈참나, 너 바보야? 뭘 정색하고 그래? 풋풋풋, 분위기를 좀 읽으라는 뜻이잖아.〉

분위기상 딴죽을 한 번 걸어봤을 뿐인데 상대방이 나를 진심으로 바보 취급하며 나무랐다. 속이 부글거리기 시작했다.

"이~봐, 메어리. 아까부터 혼자 구시렁거리고 있는데 정신은 멀쩡한 거지?"

뒤에서 셰리가 말을 걸자 나는 그 말에 충격을 받아 뒤를 돌아봤다.

셰리와 몇몇 사람들은 어느새 문밖으로 달아나 고개만 내밀고 있었다. 지금 방안에는 히드라, 나와 튜테, 스노우, 리리뿐이었다. 여기로 들여오려는 레인 님을 피피가 제지하고 있는 광경이 힐끔 보였다.

그리고 나는 조심스럽게 튜테를 쳐다봤다. 그녀는 내가 무얼 물어보고 싶은지 눈치챘는지 슬픈 표정으로 고개를 가로저었다.

(또 이 패턴이냐아아아아!)

사실 이렇게 되지 않을까 예상은 했다. 왜냐면 저 생물의 말이 스노우처럼 내 머릿속에만 울리니까!

스노우와 오랫동안 대화를 나눈지라 나는 이 현상에 익숙해져 버렸다. 그래서 바로 이 순간까지 눈치채지 못했다. 아니, 눈치채고 싶지 않았다는 것이 솔직한 심정이겠지.

그러나 다행히도 괴물과 대화할 수 있다는 사실을 어떻게 설명해야 할지 전전긍긍할 필요는 없었다. 이미 셰리만 빼고는 다 말이 통한다는 걸 알고 있으니까…….

아마도 그 부분은 피피가 설명해줄 테지. 나는 그녀를 믿고서 본론으로 들어갔다.

"하나 묻겠는데요, 셰리 씨. 저 호수에 히드라가 있으면 의식을 치르는 데 방해가 되나요?"

"굳이 어느 쪽이냐고 물으면 방해이긴 한데, 물러나 달라고 하면 저쪽이 순순히 물러나 주려나?"

아무래도 피피의 설명을 듣고서 내가 저 히드라와 대화를 나눌 수 있다는 것을 이해해준 모양이다.

나도 그녀 말대로 귀찮은 일은 최대한 피하고 싶지만, 말이 통하지 않는다면 주먹으로 해결하는 수밖에 없으리라.

그리고 그때가 되면 나는 모두의 시선이 무척 신경 쓰이겠지. 괜한 오해를 살까 봐서.

하지만 이번엔 다행히도 다들 문밖으로 피신한 상태. 나는 열려 있는 문을 과감히 닫았다.

"메, 메어리?"

“이제부터 대화할 수 있는 제가 히드라를 설득해볼게요. 여러분은 이곳에 기다려주세요. 알겠죠? 제가 문을 열 때까지 안을 엿봐서는 안 돼요.”

나는 문을 닫으면서 어느 옛날이야기에 나올 법한 대사를 읊었다.

“어? 그럼 엿보면 어떻게 되는데?”

내 말이 오히려 호기심을 자극했는지 셰리가 물어봤다. 나는 방긋 웃었다.

“연대책임으로 모두의 엉덩이를 팡팡 때려줄 거예요.”

나는 그렇게 말하고서 문을 닫았다.

〈잠깐~, 당사자 앞에서 대놓고 방해라고 하지 말아줄래~? 기분이 아주 더럽거든~?〉

우리의 대화를 들었으면서도 착실하게 기다려준 모양이다. 히드라가 호수 가운데에서 이쪽으로 다가오더니 머리 하나를 쭉 뻗어서 묘한 말투로 항의했다.

“아, 미안해. 저기, 난 메어리라고 해. 그럼 단도직입으로 말하겠는데, 여긴 엘프의 성역이야. 여기서 의식을 치르고 싶으니까 잠깐 물러나 주면 안 될까?”

나도 호수로 다가가 히드라를 올려다보고는 싹싹하게 웃으며 바로 용건을 말했다.

〈흥, 싫은데?〉

즉답이 나왔다.

히드라가 코웃음을 치며 내 요구를 거절해버렸다.

〈푸푸풋, 너 진짜 바보야? 엘프~? 성역~? 난 그딴 거 모르겠는데~? 난 여기가 마음에 드니까 아무한테도 양보할 생각이 전혀 없거든~? 인정에 호소하면 내가 아, 그렇습니까? 하고 순순히 움직일 줄 알았니~? 멍청해서 진짜 웃기네. 꺄하하하하하!〉

세 개의 머리를 능숙하게 꾸물거리면서 히드라가 깔깔대며 웃었다.

“아니, 어떻게 안 될까?”

〈아, 쫑알쫑알 귀찮네! 인간 주제에 감히 내게 지시를 내리다니, 그게 말이 되냐고!〉

히드라가 입을 벌려 나에게 다짜고짜 독액을 뿌렸다.

“아가씨!”

〈메어리!〉

나는 독액을 뒤집어쓰고서 온몸이 축축해졌다. 어차피 어떤 독이든 내게 닿으면 평범한 물이 될 뿐이라 사실 아무렇지도 않은데…… 아니, 아니군. 저 뱀이 내 얼굴에 침을 뱉었는데 아무렇지 않을 리가 없지.

(치, 침에 맞았어어어어! 아무 짓도 안 했는데 내게 침을 퉷, 하고 뱉었다고오오오오오오!)

충격이 워낙 컸던지라 내 속이 부글부글 끓기 시작해 이윽고 정점에 이르렀다.

〈메, 메어리, 괜찮아?〉

내가 걱정되는지 스노우가 조심스럽게 물었다.

"……괜찮아, 스노우. 걱정하지 마."

〈그, 그럼 다행이지만. ……근데 왜 아무렇지 않은 거야?〉

〈어라? 왜 아무렇지 않아? 영문을 모르겠는데~?〉

내가 축축해진 머리를 닦고 있으니 히드라가 경악하며 스노우와 똑같은 것을 물었다.

〈그럼 깨물어서 직접 넣어줄게.〉

히드라의 오른쪽 머리가 입을 쩍 벌리고서 나를 덮쳤다. 나는 가만히 선 채로 검을 뽑아 아무렇게나 휘둘렀다.

〈어?〉

얼빠진 소리와 함께 히드라의 머리 중 하나가 포물선을 그리며 잘려 날아갔다.

〈아파아아아! 날도 안 서 있는 검인데 왜 내 목이 댕강 날아가 버린 거야?! 칼 따위로는 내 몸에 흠집조차 내기 어려울 텐데?! 마, 마마마, 말도 안 되는데!〉

내가 아무렇게나 휘두른 검에 댕강 잘려 나간 머리를 보면서 히드라가 경악했다. 그러나 내 답답한 마음은 아직도 풀릴 줄 모르고 있었다.

〈그, 그래도, 아, 아쉽게 됐네! 이, 이이이, 이 정도 공격은 내게 아무 효과도 없지! 바, 바바바, 바로 재생되니까!〉

히드라의 말대로 날아가 버린 머리가 이미 재생되어 있었다. 그러나 여전히 목소리가 떨리는 게, 아무래도 허세를 부리고 있는 것 같았다.

〈끝내주는 재생능력이네. 저게 히드라의 힘…….〉

"저기, 스노우. 난 히드라와 헤라클레스의 싸움을 기억하고 있어."

〈헤라크, 뭐……? 뭔데 그게……?〉

내가 뜬금없는 소리를 하자 스노우가 어리둥절한 표정을 지었다. 나는 그녀를 내버려 둔 채 이야기를 진행했다.

"그런데 히드라는 본체가 아닌 머리를 잘라내면 금세 재생하잖아? 그래서 헤라클레스는 머리를 잘라낸 뒤 그 부위를 불살라 재생하지 못하도록 막고, 마지막에는 본체 머리를 잘라내어 땅속에 파묻어버렸대. 이 세계에서도 그 방법이 통할까?"

나는 웃음을 살짝 머금은 채로 고개를 갸웃거리며 스노우에게 물어봤다.

〈무서, 무서, 무서워! 이야기도 무섭지만, 그보다 메어리의 그 눈이 너무 무서워!〉

〈무, 무무무, 무슨 생각을 하는 건데?! 그, 그그그, 그런 짓을 당한다면 반드시 죽……, 아니, 아니, 불로 그을린다고 내 재생능력을 방해할 수는…….〉

"나 말이야. 때마침 빅토리카의 성에서 새로운 마법을 남몰래 익혔거든. 누군가가 봉인한 것 같은 책을 무심코 펼쳤지 뭐야. 그 안에 '플레임 오브 퓨리피케이션 프롬 퍼거토리'라는 이름이 아주 기~인 화염 마법이 적혀 있었어. 아하핫, 나도 그 마법으로

헤라클레스처럼 태워버릴까나? 저기, 스노우, 어떻게 생각해?"

〈메, 메어리. 그, 그그그, 그거, 유, 유유유, 유, 6계급…….〉

눈동자에 빛을 잃은 채 사악한 아우라를 뿜어내는 내 모습을 보고서 위험을 감지했는지 스노우와 히드라가 부들부들 떨기 시작했다.

"아, 아가, 아가씨. 정신 차리세요!"

멀리 있는 튜테가 매달려 있는 리리를 끌어안으며 말을 걸었다. 그러자 내 안에 쌓인 울분이 싸악 사라지기 시작했다.

역시 튜테는 나의 스토퍼다.

"……그~냥 그렇다구. 어머머~, 농담이야. 왜 그리들 떨고 있어? 스노우도 참. 신수이면서."

나는 키득키득 웃으며 스노우를 쳐다봤다. 내 말을 들은 스노우와 튜테, 리리가 안도하며 가슴을 쓸어내렸다. 그러나 나는 히드라를 보면서 웃음을 싹 거두고 덧붙였다.

"물론 내 요구에 어떻게 응하는지에 따라 진짜로 실행할 수도 있지만."

나는 낮은 목소리로 그렇게 말하면서 히드라를 곁눈으로 보았다.

내가 째려보자 히드라가 아까 전보다 고속으로 떨기 시작했다. 우와, 히드라가 저렇게 땀을 흘리는구나, 하고 놀랄 만큼 땀을 폭포수처럼 쏟아내고 있었다.

〈나, 나갑니다! 물러납니다! 그러니 그 헤라뭐시기는 제발 참

아주세요오오오오!〉

부들부들 떨던 히드라가 고개를 크게 끄덕이고서 나에게 애원했다.

“여러~분, 많이 기다렸지요?”

나는 문을 열고서 바깥에서 대기하고 있을 일행들을 보려고 했다. 그러나 내 시야에는 피피밖에 보이지 않았다.

나는 고개를 갸웃거리다가 피피가 바닥을 보고 있다는 걸 깨닫고서 시선을 아래로 내렸다.

바닥에는 셰리가 엎드린 채 몸부림치고 있었다. 한편 레인 님은 그녀의 팔을 뒤로 꺾은 채로 붙잡아두고 있었다.

“항복, 항복, 항복! 팔이, 팔이 뜯어질 것 같아아아아! 안 봐, 절대로 안 엿볼 거니까 놔줘어어어!”

셰리는 눈물이 그렁그렁한 눈으로 레인 님에게 애원했다. 그리고 빈손으로 바닥을 팍팍 두드렸다.

그녀의 말을 들으니 무슨 상황인지 대강 짐작이 되었다. 나는 깊은 한숨을 내뱉었다.

“……정말로 얘기가 된 모양이군. 역시 백은의 성녀. 진정한 강자는 싸우지 않고도…….”

“그건 이제 됐고, 슬슬 준비해주겠어요? 거기 붙잡혀 있는 아무개 씨도."

나는 감탄하고 있는 피피의 말을 도중에 끊고서 의식을 치르자고 재촉했다.

두 사람이 준비하는 동안에 나는 튜테를 뒤에, 리리를 발치에, 그리고 스노우와 히드라를 좌우에 배치하고서 상황을 지켜봤다.

(이 배치는 뭐지? 이건 맹수 조련사 아니야?)

"그나저나 히드라 씨는 어디서 들어온 거야? 우리가 들어온 입구를 통했다면 엘프 중 누군가가 눈치챘을 텐데."

〈아, 예. 전 저쪽에서 들어왔사옵니다요.〉

나는 심심해서 옆에서 벌벌 떨면서 대기하고 있는 히드라에게 말을 걸었다. 그녀는 의미를 알 수 없는 투로 대답하고서 턱으로 방향을 가리켰다.

그쪽으로 시선을 돌리니 낙석이라도 일어났는지, 커다란 구멍이 보였다. 아무래도 이 성역은 다른 동굴과 이어져 있는 듯했다.

〈이곳이 꽤 좋은 곳이신지라 전 몹시 마음에 들었사옵니다요. 그런데 방해하시는 자들이 계셔서 이런저런 방법으로 침묵시켰고, 기왕 저지른 김에 시끄러운 것들을 모조리 침묵시켰사옵니다요.〉

히드라의 말투가 괴상망측해서 말이 절반밖에 머리에 들어오지 않았다.

"억지로 존댓말을 쓸 필요는 없어. 너무 이상해서 오히려 이해하기 어려워.”
〈엇, 진짜? 럭키~.〉
내가 허락을 내자마자 히드라가 말투를 아까 전으로 되돌렸다. 그 격차가 너무 극심해서 말투를 따지고 싶은 생각이 사라졌다.
뭐, 요컨대 우리가 이곳에 이르는 동안에 몬스터와 한 번도 맞닥뜨리지 않은 건 저 히드라 덕분이라는 소리겠지.
(응? 그럼 이쪽과 이어져 있는 저쪽 동굴도 혹시 마찬가지로…….)
“설마 저쪽 동굴도 정리했어?”
〈응. 뭔가 자꾸 싸움을 걸길래~ 짜증이 나서 해치웠는데~. 너~무 약해빠져서 싱거웠달까~.〉
“오호~, 그래. 요즘에 그런 변명이 유행하는 건가~.”
그녀의 말을 들으니 짐작 가는 바가 있어서 나는 모호하게 대답했다. 그나저나 저 히드라, 이 일대에 있는 몬스터들을 쓰러뜨린 것 같은데 꽤 강한가? 내 눈에는 도저히 그렇게 보이지 않는데. 뭐, 내 기준으로 생각하지 말자.
〈아, 그래도 그중에서 아주 귀여운 종족이 하나 있어서 살려뒀는데~. 그리고 진짜로 위험할 때 먹을 비상식량도 포함해서 말이야. 그 녀석들은 통째로 삼킬 수 있는 크기라서 꽤 맛있거든~.〉
히드라가 그 맛을 떠올렸는지 입맛을 다시며 말했다. 나는 그 말을 듣고 ‘응?’ 하고 의아해했다.

"잠깐만. 그 종족이 혹시 대쥐는 아니겠지?"

〈저~엉~다~압~!〉

"범인은 너였냐아아아아아아!"

히드라가 놀랐는지 휘둥그레진 눈으로 얼굴을 가까이 들이밀었다. 나는 그녀의 머리를 움켜쥐고서 노성을 질렀다.

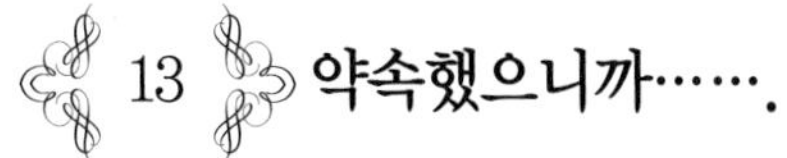

13 약속했으니까…….

왕쥐는 동굴 안을 허겁지겁 달렸다. 도중에 동료가 썩어가는 모습을 보면서도 왕쥐는 동굴 가장 안쪽을 향해 달렸다.

왜 지경이 됐지? 자신의 계획은 허술한 데 하나 없이 완벽했는데. 왕쥐는 그렇게 자문자답하면서 동굴을 달려갔다.

애당초 자신이 다른 대쥐와는 다른 특별한 존재라는 건 성장하면서 깨달았다. 다른 쥐와는 다른 지능, 더욱이 다른 쥐를 부릴 수 있는 능력을 자각한 뒤로 그의 세계는 바뀌었다.

그리고 그는 지능이 높기에 알고 있었다. 어떤 강대한 존재의 변덕 때문에 자신들이 살아남았다는 것을…….

그러나 왕쥐는 그 사실을 비관하지 않았다.

숫자를 늘리자. 그리고 방해가 되는 다른 몬스터들은 그 강대한 존재에게 쓰러뜨려달라고 부탁하자. 그 시체를 먹으면서 숫자를 더욱 늘리면 된다.

왕쥐는 그분의 심기를 건드리지 않도록 주의하면서 꾸준히 숫자를 늘려나갔다. 그리고 인간의 존재를 알게 된 뒤에 다른 전환기가 찾아왔다.

우연히 숲에서 인간이라는 종을 발견했다. 모험가라고 불리는 그들은 자기들끼리 여러 대화를 나눴다. 놀랍게도 왕쥐는 능력 덕분인지 인간의 말을 조금이나마 이해할 수가 있었다. 그리고 점점 그 이해능력을 키워나갔다.

그리고 그는 나라와 왕이라는 존재를 알게 되었다. 그 순간 그는 특별한 대쥐에서 왕쥐로 바뀌었다.

그 뒤로 그는 언젠가 자신의 나라를 세울 수 있을 만큼 숫자를 늘리기로 목표를 세웠다. 자신들에게 위험한 몬스터는 그분을 부추겨 해치우게 하면 된다. 그러나 인간과 엘프들이 이 안전한 동굴에서 자신들이 숫자를 늘리고 있다는 걸 알아차린다면 토벌에 나설 것이다. 그래서 일단은 숨어 지냈다.

그리고 시간이 지나 숫자가 꽤 많이 불어났다. 드디어 대이동의 시간이 찾아왔다는 것을 직감하고서 숲 여기저기에 정찰을 보냈다. 정찰 부대는 종종 인간이나 엘프와 맞닥뜨렸다. 그러나 전체 숫자를 짐작하지 못하게 하고자 일부로 적은 숫자만 보냈기에 그들은 위기감을 느끼지 못하고 더는 수색하려고 하지 않았다.

숲 밖에 있는 인간들에게서 무언가 움직임이 포착되었지만, 본격적으로 움직이려면 시간이 더 걸릴 것이다. 그리고 숲속에 있는 엘프들은 이 동굴을 전혀 경계하지 않았다.

완벽했다. 완벽했거늘 어째서 이렇게 되었는가? 왕쥐는 다시금 자문자답했다.

어째서 하필 지금, 지금껏 한 번도 움직이지 않았던 엘프들이 움직였을까? 그리고 어째서 빅토리카라는 괴물이 이곳에 있지?

안전지대에서 유유자적하게 지냈던 왕쥐는 빅토리카라는 강대한 존재와 맞닥뜨리면서 잠들어 있던 야생의 본능을 일깨웠다.

그 괴물은 이길 수 없다. 그분에게 쓰러뜨려달라고 부탁해야 한다. 왕쥐는 그렇게 판단하고서 그쪽으로 향했다. 바로 그때 자신의 뒤를 추격자가 쫓고 있음을 깨달았다.

"그나저나 대쥐의 숫자가 엄청나네."

"예, 이번 사태를 미리 막아낸 건 메어리 님의 진언 덕분입니다."

"맞아요. 메어리 님은 굉장합니다. 대쥐와 맞닥뜨렸을 뿐인데 이변이 벌어졌다는 걸 단번에 알아차렸으니까."

동굴 속에 울리는 인간들의 대화 소리가 왕쥐의 귀에 들어왔다. 그 내용을 듣고 왕쥐는 경악할 수밖에 없었다.

메어리, 메어리는 누구냐? 인간의 이름인가? 그나저나 조금 전 전투에서 그런 이름을 가진 자는 없었던 것 같은데. 왕쥐는 아까 전 기억을 되짚었다.

모르는 것투성이였지만 왕쥐는 절망하지 않았다.

왜냐면 그가 향하고 있는 곳에 있는 그분, 히드라 님은 그야말로 무적이니까. 신과 같은 존재는 당해내지 못할 거라고 왕쥐는 확신하고 있었다.

그렇기에 그곳에 도착했을 때 충격을 받았다.

한 인간 소녀가 지금껏 신이라 여겼던 히드라의 머리를 움켜쥔 채 혼내고 있고, 히드라는 풀이 죽은 채 반항조차 못 하고 있었다.

심지어 그 소녀가 바로 '메어리'라는 이름의 주인이었다.

더욱이 그 백은의 소녀를 본 순간 왕쥐의 야생의 본능이 이렇게 말했다.

'절대로 거역해서는 안 된다'고.

"좋았어. 준비는 다 됐다. 그럼 레인 짱, 옷을 파팟, 하고 벗어 주겠니?"

"예?"

도구를 다 배치한 셰리가 웃으면서 뜬금없는 소리를 하는 바람에 레이포스는 무심코 말문이 막히고 말았다.

"……변태."

"아, 아냐, 아냐. 요정과 접촉하려면 이 세계의 옷을 걸치지 않는 편이 더 좋아서 그런 거야."

피피가 지적하자 그녀는 황급히 변명했다.

"그런가요……. 그럼 어쩔 수 없군요."

레이포스는 아무런 망설임 없이 드레스를 벗으려고 했으나 도중에 혼자서는 다 벗을 수 없다는 걸 깨닫고서 멀리서 지켜보고 있는 메어리에게 튜테의 도와달라 부탁했다.

메어리는 히드라의 머리를 움켜쥐고서 뭐라 말하는 중이었다. 대화 내용이 무척 궁금했지만, 지금은 자기 일에 집중하기로 했다.

알몸이 된 레이포스는 셰리가 권하는 대로 희미하게 빛나는 지저 호수에 서서히 다가가 물속에 몸을 담갔다.

호수의 수심은 레이포스의 하반신이 잠기는 정도밖에 되지 않았다. 아까 히드라가 있어서 수심이 제법 깊은 줄 알았는데, 물에 빠질 일은 없겠다 싶어서 조금이나마 안도가 되었다.

"그럼 시작할게, 레인 짱. 눈을 감고 이마에 있는 서클릿을 의식해. 그리고 귀가 아니라 머릿속으로 말을 듣는 상상을 하는 거야. 말을 걸어준 요정의 목소리를 놓치지 않도록."

"……예."

레이포스는 셰리의 설명이 잘 와닿지 않았다. 그래서 메어리가 평소에 스노우와 대화를 나눌 때의 느낌을 떠올려봤다.

그러나 주변에서 작업하는 셰리와 피피의 목소리가 들려와서 의식이 자꾸만 귀에 쏠렸다. 레이포스는 메어리가 이토록 고도의 집중력이 필요한 행동을 태연하게 해내는구나 싶어서 새삼스레 감탄했다.

"으~음, 이상하네. 호수에 마소(魔素)가 부족해. 아, 혹시 히드라가 빨아들였나?"

의식을 머릿속에 아무리 집중해도 역시나 귀에 들리는 셰리의 목소리에 의식이 자꾸만 쏠렸다.

멀리서 메어리의 목소리도 들렸지만, 잘 알아들을 수가 없어서 금방 의식 밖으로 사라졌다.

그때 커다란 파문이 자부~웅, 하고 레이포스의 몸을 흔들었다.

무슨 일인지 궁금하여 실눈을 뜨고서 주변을 보니 옆에 히드라가 목을 아래로 늘어뜨린 채 서 있었다.

"좋았어. 마력 촉매도 완성했다. 이제 출력이 올라갔어."

셰리가 마음이 뒤숭숭해지는 말을 하자 히드라가 뭐라 말하는 듯했다. 그러나 아쉽게도 그는 전혀 알아들을 수가 없었다.

그때 레이포스의 머릿속 한구석에서 키득키득 웃는 소리가 희미하게 들렸다.

레이포스는 요정의 목소리라는 걸 직감하고는 눈을 감고 의식을 그쪽으로 집중했다.

〈당신이 서클릿에 있는 요정님입니까?〉

〈아차~, 들켜버렸네. 아~, 응, 맞아~. '처음 뵙겠습니다'라고 해야 할까?〉

귀여운 여자애의 목소리만 들릴 뿐 실체는 보이지 않았다. 그러나 그녀와 접촉한 순간부터 레이포스의 의식은 강제로 어디론가 끌려갔다. 사고(思考)가 꺼져버릴 듯이 아찔해졌다.

지난번에 셰리가 자칫하면 요정에게 삼켜질 수도 있다고 했는데 이게 그건가? 레이포스는 자신의 의식을 꽉 붙들었다.

그는 자신에게 남은 시간이 많지 않다는 걸 깨닫고서 용건을 짧게 말하기로 했다.

〈부탁합니다. 절, 아니, 날 원래대로 되돌려주십시오.〉

〈엥~, 여자로 변한 모습을 보고 재밌었는데. 괜찮잖아? 이대로 살아도. 그치? 황금의 공주♪〉

역시나 그리 쉽게 풀리지는 않았다. 레이포스는 실망했으나 여기서 포기할 수 없는 노릇이기에 마음을 다잡았다. 이대로 마음을 놓아버리면 그대로 요정이 정신을 삼킬지도 모르는 일이었다.

〈그래도 난 이 나라의 왕자입니다. 내게는 짊어져야 할 책임과 역할이 있습니다.〉

〈그거 재밌는 거야?〉

요정이 천진난만하게 질문하자 레이포스는 말을 흐렸다.

솔직히 그 책임과 역할이 '전부' 재밌다고 생각한 적은 한 번도 없다. 고통스러워서 도망치고 싶었던 적도 있었다. 그리고 이곳은 마음속이다. 요정에게 거짓말로 얼버무려봤자 통하지 않겠지. 오히려 그녀를 화나게 할지도 모른다.

〈그, 그건…….〉

알고는 있지만 역시나 확실하게 말하면 안 될 것 같다는 느낌이 들어 래이포스는 우물쭈물했다.

〈후훗, 재밌지 않잖아. 그럼 죄~다 내던지고서 새로운 자신이 되어보는 것도 좋지 않아? 지금 넌 재밌지 않니? 고통스러워? 아니겠지. 나 다 알고 있거든♪〉

요정이 짓궂게 키득키득 웃으며 말했다. 레이포스는 그 말을 듣고서 요정이 자신의 마음을 꿰뚫어 보고 있는 것 같다는 느낌을 받았다.

여자로 변한 뒤에 여성의 강인함, 사회관계, 처지 등을 처음으로 이해할 수 있었다. 그리고 여성들의 가능성도. 그런 새로운 자극과 발견이 재미없었다고 한다면 거짓말이겠지. 무엇보다 이번에 여행을 다니는 동안에 왕자 시절에는 느낄 수 없었던 해방감과 두근거림을 느낄 수가 있었다. 불경스러운 말이겠지만, 지금까지 인생을 살아오면서 가장 즐거웠다고 해도 과언이 아니었다.

그걸 자각한 순간 자신이라는 형태가 흔들리기 시작했다. 요정의 목소리에 녹아들 것 같았다.

그곳에는 공포도, 초조함도 없었다. 물 위에 가만히 떠 있는 것 같아 편안했다. 이렇게 몸을 맡겨도 괜찮지 않을까, 하는 생각이 들 만큼 요정의 힘이 레이포스를 삼켜갔다.

〈애, 나랑 같이 즐거운 것만 하자. 서클릿을 벗는다는 소리는 하지 말고.〉

〈………….〉

지금 요정의 목소리가 또렷하게 들려왔다. 자신이 요정에게 끌려가고 있다는 증거이지만, 그걸 자각하지 못할 만큼 의식이 몽롱해지기 시작했다.

〈약속이야♪〉

〈……약속…….〉

그 말을 듣고서 레이포스의 몽롱한 의식 속에서 어떤 광경이 떠올랐다.

찬란하게 반짝이는 꽃밭 속에 백은의 소녀와 자신을 섬기는 두 소년, 소녀가 있었다.

그리고 다음에는 요정과 교섭하겠다는 결심을 세우는 계기를 만들어준 여자애의 웃음과 말이 떠올랐다.

〈……난…….〉

〈?〉

〈난 약속했어. 언젠가 이 나라 사람들이 웃으며 살아갈 수 있는 나라의 왕이 되겠다고.〉

몽롱했던 레이포스의 의식이 또렷해지기 시작했다.

〈그거, 재밌어?〉

〈즐거울 때도 있었고, 그렇지 않을 때도 있었지. 하지만 난 그 책임이나 역할 때문에 살아가는 게 아니야. 나는 정말로 웃으며 살아갈 수 있는 나라를 만들고 싶으니까. 그리고 내게는 그걸 실현할 힘이 있지. 왕자로 태어났기에 가능한 길이! 그러니까!〉

처음에는 더듬더듬 말하는 것조차 힘들었는데, 지금은 평범하게 대화를 나눌 수 있는 수준으로 회복되었다. 레이포스는 자신의 마음을 웅변으로 요정에게 전했다.

〈너와는 함께 있을 수 없어. 난 왕자로 되돌아갈 거야.〉

요정의 분노를 두려워하지 않고 레이포스는 당당하게 말했다.

〈…………〉

〈…………〉

잠시 침묵이 흘렀다. 그러나 레이포스는 기다렸다. 자신의 마음을 전했으니 이제는 요정의 판단에 맡길 수밖에 없다.

〈후후훗, 아~아, 차였다. 뭐, 신나게 즐겼으니 상관없나.〉

요정이 가벼운 투로 말하자 레이포스는 긴장을 풀었다.

〈그럼.〉

〈으~음, 아쉽긴 하지만, 뭐, 슬슬 돌아가지 않으면 모두가 걱정하겠지.〉

〈……고마워. 덕분에 아주 귀중한 체험을 할 수 있었어. 배운 것도 많았고.〉

〈후후훗, 말이라도 고맙네.〉

모습이 눈에 보이지는 않지만, 지금 서로가 눈앞에서 웃고 있다. 레이포스는 그런 기분이 들었다.

〈그럼 미래의 왕님. 언젠가 당신이 만들어낸 나라를 내게도 보여줘.〉

〈그렇게 할……어? 그게 무슨 뜻이지?〉

요정의 마지막 말이 마음에 걸려서 물어보려고 했지만, 거절하듯이 지금까지 머물렀던 이미지 같은 공간이 스으윽, 하고 사라져갔다.

감겨 있던 눈을 살짝 뜨니 호수가 보였다.

의식의 세계에서 돌아왔음을 레이포스는 자각했다.

쓰러질 뻔한 몸을 곁에 있는 히드라가 목으로 떠받쳐주었다는

걸 깨달았다. 레이포스는 히드라의 목에 손을 대고서 미소를 지었다.

"고마워…… 이제 됐어요."

레이포스가 그렇게 말하자 히드라가 부드러운 소리를 내며 목을 치워주었다.

"언니이이이이!"

그때 호수 바깥에서 빅토리카의 외침이 울렸다. 레이포스는 그쪽을 보며 물속을 걸어 나갔다.

모두가 이리로 달려오고 있었다. 호수 밖으로 나온 레이포스는 자신이 상당히 지쳤다는 걸 깨달았다. 다리가 휘청거렸다.

바로 그때 이마에서 무언가가 찰그랑, 하고 떨어졌다.

레이포스는 그게 무엇인지도 보지 않은 채 훗, 하고 웃었다.

"모두, 다녀왔어. 민폐를 끼쳤지?"

레이포스가 자기 다리로 똑바로 선 채로 동료들에게 말하자 눈앞에 있는 여성들의 얼굴이 새빨개졌다.

그리고 동굴 안에 여성들의 괴성? 비명? 아니면 창피해하는 소리? 뭔지 알 수 없는 절규가 되울렸다.

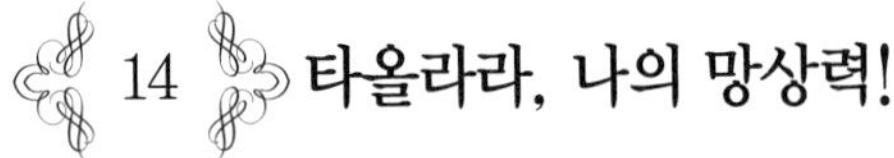

14 타올라라, 나의 망상력!

왕자님이 원래대로 되돌아갔다는 것을 어떤 물리적으로 확인한 나는 쿵쾅거리는 심장을 달래는 데 몇 분이나 시간이 필요했다.

"왜, 어째서, 아름다운 언니가……."

"아아, 하늘은 무자비하구나. 운명이라고 생각했거늘……."

그리고 아직도 현실을 받아들이지 못하는 빅토리카와 슈바이츠가 두 손과 두 무릎을 땅에 대고서 고개를 푹 숙였다.

어차피 이쪽은 진작에 진실을 설명했다. 믿지 않은 사람 잘못이다.

"레인……크흠, 전하. 그 서클릿은 어떻게 하실 건가요?"

가장 먼저 부활한 마기루카가 왕자님에게 물었다.

왕자님은 미리 챙겨온 간소한 옷과 망토로 몸을 가렸다. 역시나 지금껏 입었던 드레스를 다시 입는 건 거부감이 있는 모양이었지만, 머리는 여전히 길어서 레인 님의 자취가 남아 있었다.

"음, 어쩐지 가지고 돌아가야 할 것 같아. 셰리 씨, 이걸 내가 가져가도 괜찮을까?"

"아, 예에에에에! 와, 와와와, 왕자 전하 마음대로오오오."

왕자님이 웃으면서 셰리 쪽을 쳐다보자 그녀는 땅바닥에 이마를 댄 채 무릎을 꿇고 있었다. 아니, 그건 이미 넙죽절에 가까운 자세였다.

참고로 셰리가 저렇게 저자세로 행동하기 시작한 건 왕자님이 원래대로 되돌아가고, 그가 제1 왕자라는 사실을 알게 된 뒤부터였다.

엘프와 왕국은 거의 교류가 없지만, 아무래도 이웃 나라의 왕자가 이번 사건이 셰리(엘프)의 책임이라고 항의한다면 마을 사람들이 이번에야말로 그녀가 마을 밖으로 나가지 못하게 여행을 금지할지도 모른다고 생각하는 모양이었다.

"우우우우, 어째서 언니가……. 헉, 혹시 언니 옆에 있었던 저 히드라랑 관계가 있을지도."

고개를 숙이고 있던 빅토리카가 또다시 이상한 해석을 하고서 벌떡 일어섰다.

〈자, 자, 잠깐, 그건 오해인데~! 난 오히려 메어리 때문에 의식의 제물이 될 뻔했거든~?〉

"히드라 짱? 입 좀 다물어줄래?"

불행인지 다행인지 히드라도 신수처럼 급이 높은 존재라서 마법으로 의사소통을 할 수 있고, 방대한 마력이 있어야만 그 말을 들을 수가 있는 듯하다.

내가 그 말이 들린다는 게 가장 큰 문제이지만……. 빅토리카조차 들을 수가 없다는 모양이고.

(이 세계는 보면 볼수록 참 이상해. 그렇게 급이 높은 존재의 말은 들리는데, 아까부터 뭐라 말하는 것처럼 찍찍거리는, 이 복슬복슬한 쥐의 말은 알아듣질 못하니 말이야.)

나는 그렇게 생각하면서 커다란 햄스터 인형처럼 복슬복슬한 대쥐를 끌어안고서 그 감촉을 즐기고 있었다. 스노우와 리리와는 달리 털이 조금 빳빳해서 감촉이 좋았다.

합류한 마기루카와 동료들은 위험하니 조심하라고 했지만, 상당히 얌전하니 내 말이라면 뭐든지 들어줄 것 같았다.

그 광경을 본 동료들은 당혹스러워하다가 이내 '뭐, 메어리 님이니까.' 하고 납득하고 말았다. 이해가 안 되네…….

뒤늦게 달려온 로이의 말에 따르면 무리를 통제하던 왕쥐가 사라지자 대쥐들이 갈팡질팡하던 사이 방치되어 있던 본 드래곤이 난동을 부려 대쥐의 숫자가 상당히 줄어들었다고 한다. 거의 전멸에 가까운 수준이라고.

그러나 숲도 피해를 보고 말았다. 그래서 내일 나는 주인으로서 관리를 소홀히 했다는 책임을 물어 빅토리카에게 일광욕 형벌을 내릴 작정이다.

"에잇, 아까부터 시끄럽군요, 왕쥐. 왕의 위엄을 내팽개치고서 그 여자한테 아양 떨기 바쁘다니, 기분이 나쁘다고요. 인형처럼 잠자코 있어요. 죽이지 않은 것만으로도 영광으로 생각하세요."

빅토리카가 괴이하게 웃자 왕쥐가 부들부들 떨면서 얌전해졌다.

지상에서 대체 무슨 일이 있었기에? 나는 나중에 그 부분을 포함하여 궁금한 것을 마기루카에게 물어보기로 했다.

“그보다도 이 히드라는 뭐죠? 어떻게 된 건지 설명해줬으면 좋겠네요. 언니가 남자가 된 것과 이 히드라가 어떤 관계가 있는지.”

“그러니까 그건 셰리 씨가…….”

“우와아아아, 아하하하, 메어리 짱, 무슨 말을 하는지 모르겠구먼~. 조금 더 냉정해지자고.”

나는 냉정하지 않은 건 그쪽이잖아, 하고 말하고 싶었지만, 뒤에서 입을 막는 바람에 웁웁, 하고 항의하는 선에서 끝내고 말았다.

이번 일의 원인이 자신이라는 걸 오빠인 슈바이츠에게도 알리고 싶지 않은 모양이다.

“애당초 저 히드라가 어째서 얌전하게 있는 건가요?”

“……그건 메어리 읍…….”

“우와아아, 아하하하, 피피 씨, 무슨 말을 하는지 모르겠네~. 아이참.”

빅토리카가 히드라를 올려다보며 소박한 질문을 던지자 피피가 대답하려고 했다. 나는 아까 셰리가 그랬던 것처럼 뒤에서 입을 막아버렸다.

사람에게는 알리고 싶지 않은 것이 있다. 나는 셰리의 마음을 통감하며 이 일을 적당히 덮으려고 했다. 설령 날조일지라도…….

(우오오옷, 불타올라라, 나의 망상력. 이번 사건을 최대한 말끔하게 매듭짓는 거야아아아아! 설사 새빨간 거짓말일지라도!)

나는 전생의 기억을 최대한 활용하여 엉터리든 클리셰든 뭐든 좋으니 이번 건을 말끔하게 매듭지을 수 있는 이야기를 꾸며내고자 시도했다.

"……모두한테는 비밀로 하고 있었지만, 이제는 말하도록 하죠. '황금의 공주'와 '히드라'의 슬프고도 아름다운 이야기를!"

내가 선언하자 빅토리카와 슈바이츠가 오오오, 하고 외치며 기대감에 부풀었다. 그리고 나머지 사람들은 "예?" 하고 고개를 갸웃거렸지만, 나는 못 본 척하고서 이야기를 시작했다.

종막 황금의 공주와 히드라의 이야기

아주 머~언 옛날, 어느 작은 나라에 요정의 사랑을 받는 '황금의 공주'가 있었습니다. 그 공주가 다친 히드라를 도와줘서 숨겨준 것이 이 이야기의 시작입니다.

시간이 흘러 공주와 히드라 사이에서 우정이 싹텄습니다. 그들은 조용한 한 때를 보내고 있었지만, 슬프게도 전쟁이 벌어져 소국은 멸망하고 말았습니다.

그 적국의 왕은 히드라의 피와 고기를 갖고 싶어서 히드라를 노리고 있었습니다. 영생을 갈구한 나머지 광기에 빠졌던 겁니다.

공주의 목숨과 평온했던 거처를 지키지 못했다는 원통함과 분노 때문에 히드라는 제정신을 잃고서 공격하는 적군을 몰살했습니다.

그러나 히드라는 멈추지 않았습니다. 증오, 분노, 절망에 휩싸인 그녀는 적국뿐만 아니라 눈에 보이는 모든 생명을 빼앗아 갔습니다.

그런 히드라를 보고 슬퍼하는 영혼이 있었습니다.

그것은 황금의 공주였습니다.

그녀는 요정의 가호 덕분에 영혼으로나마 이 땅에 머물 수가 있었습니다.

그리고 그녀는 상처 입은 채 파괴를 일삼는 히드라를 보고는 울면서 요정에게 애원했습니다.

그녀를 멈추고 싶다. 이제 됐다고 말해주며 안아주고 싶다고.

요정은 고민했습니다. 어떻게 해야 영혼만 남은 공주와 히드라를 만나게 해줄 수 있을지. 어떻게 해야 말을 나누며 끌어안을 수가 있을지.

시간이 흘러 갑자기 그 해결책이 찾아왔습니다.

한 여성 엘프가 요정에게 부탁하러 찾아온 겁니다.

그 부탁이란 남자를 여자의 모습으로 바꿔주는 아이템을 만드는 데 힘을 빌려달라는 것이었습니다.

요정은 그 부탁을 흔쾌히 수락하고서 그것을 이용했습니다.

단순히 여자의 모습으로 변신하는 것이 아니라 '황금의 공주'의 모습으로 변하도록 아이템을 만든 겁니다. 공주의 영혼을 서클릿에 담아 그녀의 바람을 이룰 수 있도록…….

그러나 일이 그리 잘 풀리지 않았습니다. 잔혹하게도 그 서클릿은 한 번도 누구 한 명 쓰는 사람 없이 봉인되어버린 거죠.

그리고 시간이 더 지나 이제는 틀렸다고 요정이 체념했을 즈음에 한 왕자가 그 서클릿과 맞닥뜨렸습니다.

공주의 영혼과 접촉해 놀란 왕자는 당황해 서클릿을 벗으려고 했지만, 차차 공주와 흉금을 터놓게 되었고, 이윽고 왕자는 공주의 바람을 이뤄주기 위해 분주히 움직이기 시작했습니다.

여러 고난을 극복한 공주는 드디어 엘프의 성역에서 죄책감과 상실감에 시달리며 고통에 겨워하는 히드라와 재회했습니다.

그리고 그 몸을 끌어안으며 이렇게 말했습니다.

'고마워. 이제 됐어.'

그 말을 듣고는 오랜 세월 빈껍데기처럼 살아온 히드라가 소리를 질렀습니다.

마치 우는 것처럼…….

공주는 바람을 이루자마자 천국으로 올라갔고, 왕자는 본래 모습을 되찾았습니다.

이것은 공주와 히드라를 가엾게 여긴 신의 목소리를 듣고서 그 서클릿을 신수와 함께 찾아내어 모두를 인도한 '백은의 성녀'가 일으킨 기적의 이야기.

"……모두 모두 행복해졌답니다."

엘프 마을에서 무사히 돌아와 며칠.

튜테가 조금 황홀한 표정으로 책을 덮고서 말했다. 나는 멍한 표정으로 튜테를 바라보았다.

"뭐, 이건 대강의 줄거리고요. 상세한 내용은 상당히 각색되어 있습니다."

무려, 내가 동굴에서 살아남기 위해 내뱉었던 새빨간 거짓말과 망상이 책이 되어 있었다.

이 이야기를 막 지어냈을 때, 왕자님은 완벽하게 여자처럼 행동하던 걸 황금의 공주가 영혼이 되었다는 부분으로 얼버무릴 수 있었기에 거짓말을 묵인했고, 셰리도 서클릿 사건을 공주의 바람을 이루기 위해 서클릿에 영혼을 넣었다는 부분으로 무마할 수 있기에 암묵적 동의를 얻었다.

빅토리카와 슈바이츠는 히드라가 공주와 재회하는 대목에서 통곡해댔고, 히드라도 이야기가 마음에 들었는지 상당히 만족스러워 보였다. 그 이후 엘프의 성역은 황금의 공주와 히드라가 재회한 유명지가 되어버렸고, 히드라는 그 호수에 몸을 담그거나 공물을 받으며 빈둥대고 있단다. 히드라는 그 망상을 그대로 받아들일 생각인 모양이다.

대쥐 문제도 결과적으로는 본 드래곤이 해결해버린 꼴이 되었다. 다만 이걸로는 근본적인 해결이 되지 않기에 나는 대쥐 사태의 발단을 만든 히드라에게 의미 없이 동굴 몬스터의 균형을 깨뜨리지 않겠다는 맹세를 받아냈다. 도중에 로이가 히드라가 문제를 일으켰을 땐 도저히 대응할 방법이 없다고 애원하기에 '헤라클레스 형벌에 처할 거다'라고 말하면 대부분 해결될 거라고 일러주었다. 덧붙이자면 그 이후로 그만큼 퉁명스럽던 로이가 갑자기 순순히 내 말을 듣기 시작했다. 나는 내가 또 무슨 일을 저질렀나 하는 불안만 늘어났다.

슈바이츠는 내 가짜 이야기를 완전히 믿었는지, 이번 대쥐 사건은 절망에 겨워하던 히드라의 난동 때문에 벌어졌으며, 요정의 사랑을 받는 황금의 공주와 그 일행이 엘프들을 구해주었다고 마을에 널리 널리 퍼뜨리고 다녔다. 여기서부터 살짝 마음이 조마조마하기 시작했지만, 어차피 엘프들은 외부인과 접점이 거의 없으니 이야기가 널리 퍼지진 않겠지 하고 방심했다. 설마 이런 부메랑이 돌아올 줄이야.

"누, 누누누, 누가 이런 책을 썼어?"

"빅토리카 님입니다. 셰리 님의 말에 따르면 빅토리카 님이 아가씨의 이야기를 바탕으로 이런저런 망상을 추가하여 밤잠을 잊고 쭉 써 내려간 혼신의 작품이라고 합니다. 게다가 셰리 님이 여행지에서 귀족분들께 초대를 받을 때마다 그 책 이야기를 들려주고 있대요. 뭐든지 잘 까먹는지라 책 내용을 그대로 전하고 있다고 하네요."

(방금 튜테가 굉장히 무례한 발언을 은근슬쩍 한 것 같은데…….)

"그래서 엘프분들은 물론, 이야기를 들은 귀족, 특히 영애분들께 인기를 끌어서 책을 달라, 이야기를 더 해달라는 요청이 들끓고 있는 모양이에요. 참, 이건 셰리 님께서 보내주신 귀중한 사본이에요. 아가씨께서도 읽어보시겠어요?"

튜테가 웃으면서 책을 건네자 나는 기가 막힌다는 얼굴로 받아들었다. 책을 한 번 훑어보고 나니 어쩐지 손이 덜덜 떨리기 시작했다.

"마, 마마마, 마지막 문장 때문에 전부 어디 사는 백은의 성녀가 주도한 것처럼 되어버렸잖아아아아! 난 그런 말은 한마디도 안 했는데에에에에! 빅토리카 녀석, 매번 잘난 듯 굴더니 왜 여기서는 자기 공치사를 안 한 거야?!"

"그야, 빅토리카 님은 이 이야기의 지은이가 되고 싶은 게 아니라 황금의 공주와 친해지고 싶은 거니까요. 실제로 책 속에 공주의 영혼이 다시 환생한다면 꼭 다시 만나자고 약속하는 장면도 담겨 있고요. 영원히 사는 흡혈귀다운 발상이네요~. 아, 참고로 그 대목이 특히 영애분들께 인기를 끌고 있다고 합니다."

"아아, 그러고 보니 걔는 그런 애였지. 빌어먹으으으을!"

"그리고 아가씨께서 마을 아가씨 차림으로 커다란 신수를 데리고 다니기도 하고, 빅토리카 님을 제지하기도 하고, 대쥐 사건을 예언하기도 하고, 히드라와 대화를 나누기도 하셨잖아요? 그런 아가씨를 백은의 성녀라고 일컫지 않는다면 이야기상 누가 납득하겠어요?"

"끄으으응, 마을 아가씨처럼 입고 다닌 게 오히려 성녀 같은 분위기를 자아냈다는 거잖아아아아아! 까아아아!"

책은 죄가 없지만, 나는 분풀이를 하고자 소리 지르며 책을 집어 던지고는 침대 위에서 바동거렸다.

"지, 진정하세요, 아가씨. 그냥 이야기일 뿐이잖아요? 그야 물론 이번 사건과 관련이 있으면서도 사정은 잘 모르는 사람이나 엘프 분들이 이 책을 본다면 '어라? 이거 그 사건을 모티브로 삼은 거 아냐? 오호라~, 그 사건의 진상이 이랬구나~' 하고 오해할지도 모르겠지만요."

"그러면 안 돼애애애! 이번에는 눈에 띄지 않을 거라고 생각했는데에에에에! 왜애애애 이렇게 된 거야아아아!"

내가 심란해하자 튜테가 황급히 다독여주기는 했지만, 그 정도로 안도할 만큼 내 정신력은 단단하지 못했다. 더욱이 그녀가 마지막에 내뱉은 쓸데없는 말 때문에 나는 침대 위에서 더욱 격하게 바동거렸다.

번외편 두 사람의 차담회

따뜻한 햇볕이 내리쬐어 졸음이 쏟아질 것 같은 오후. 왕궁 내에 있는 조용한 정원 안. 새가 지저귀는 소리조차 들리지 않는, 이상하리만치 고요한 이 공간에 두 여성이 자리에 앉아 차를 우아하게 즐기고 있었다.

대화가 들리지 않을 정도로 멀찍이 떨어져 대기하고 있는 집사와 메이드조차도 평소와 다른 분위기에 바짝 긴장하고 있었다.

"백은의 성녀가 일으킨 기적의 이야기라……."

요염하게 웃으며 어떤 책을 흥미진진하게 읽고 있는 사람의 이름은 '엘리자베스.'

사람들이 '빙혈의 마녀'라 부르며 경외하는 마족이다.

"당신의 부하가 쓴 책이잖아요? 다 알면서도 새삼스레 흥미로워하다니 좀 뻔뻔하군요."

빙혈의 마녀가 앞에 있는데도 태연한 얼굴로 차를 마시고 있는 사람의 이름은 '이리샤.'

사람들이 '신창의 무희'라 부르며 흠모하는 알디아 왕국의 왕비다.

지금 정원 안에서 두 걸물이 차담을 나누고 있었다. 그래서 주변이 고요해질 수밖에 없었다.

"후후훗, 설마 빅토리카한테 이런 문재(文才)가 있었다니, 놀랍군요. 요전에 항구 도시 사건에서 보여줬던 메어리의 활약도 백은의 성녀가 이룬 기적으로 각색을 한 번 시켜볼까요? 사람들이 기뻐할 것 같군요."

이리샤의 반응이 재밌었는지 엘리자베스가 키득키득 웃으면서 책을 탁자에 올려뒀다.

"후후훗, 그렇게 레리렉스에서 그녀의 지명도를 끌어올려, 결국에는 그녀를 곁에 두려는 심산입니까……."

"저기, 이리샤 님."

"안 넘겨줍니다."

"……아이 참~, 아직 말도 안 꺼냈잖아요."

엘리자베스가 말을 내뱉으려고 하자 이리샤가 싹둑 끊어버렸다. 엘리자베스는 살짝 뾰로통했다.

"메어리는 장차 왕국의 중요한 인물이 될 겁니다. 그런 소중한 인재를 어떻게 당신한테 넘겨줍니까? 애당초 이번 사건도 당신이 빅토리카를 부추겼기 때문에 복잡해진 거 아닌가요?"

"글쎄요? 저는 그저 소중한 부하한테 성장할 기회를 주려고 했을 뿐이에요. 그 아이는 유달리 우수한 탓에 라이벌이 없거든요. 그래서 메어리와 만나게 하면 뛰는 놈 위에 나는 놈이 있다는 걸 깨닫고서 그 아이도 뭔가 변하지 않을까 기대했지요."

이리샤의 말을 듣고도 엘리자베스는 미안해하기는커녕 도발적으로 쳐다보며 대답했다. 이리샤도 웃으면서 반격했다.

"성장했는지 어땠는지는 모르겠지만, 메어리 덕분에 우리 왕가는 처음으로 블러드레인가와 연줄을 가질 수 있게 되었죠. 이로써 오랫동안 표면적인 협력 관계만 맺어왔던 두 가문이 본격적으로 우호 관계를 쌓아나갈 수 있는 계기가 생겼습니다. 그 점만큼은 메어리와 빅토리카를 만나게 해준 당신한테 감사해야겠군요."

"후훗, 그거 빈정거리는 건가요? 뭐, 저도 보고를 받고서 예상 이상의 전개가 펼쳐져 놀라긴 했답니다. 설마……아니, 역시라고 할까요? 제 의도를 읽은 것도 모자라 그 사건을 자신을 위해서 이용하다니."

"안 넘겨줍니다."

"…………."

조용한 정원 안에서 두 여성이 서로를 바라보며 미소를 지었다. 옆에서 보면 참 아름다운 광경이지만, 같은 공간에 서 있게 된다면 두 사람이 뿜어내는 박력을 버텨내지 못하고 몇 초 안에 기절했을 거다.

"아~아, 메어리도 참 불쌍하네요. 속이 시커먼 왕비가 부려먹고 있으니."

"호호홋, 무슨 말씀인지 모르겠군요?"

엘리자베스가 화제를 바꾸자 이리샤가 웃으면서 얼버무렸다.

"당신, 왕자가 여자가 되었을 왜 여자로 살라고 명령했다죠? 그저 재미있어서 그런 건 아닐 텐데요?"

엘리자베스는 꿰뚫어 보는 듯한 눈동자로 웃으면서 얼버무리려는 이리샤를 쳐다보며 우아하게 다리를 고쳐 꼬았다.

"뭐, 재미있었다는 것도 틀린 말은 아닙니다만, 메어리가 기회를 줬구나 싶어서."

"기회?"

"예, 레이포스는 현명한 아이입니다. 좋은 왕이 되기 위해서 노력하고 있지요. 그래서 이참에 그 아이한테 여성이 사회적으로 어떤 위치에 있는지 체험시켜서 현실을 깨닫게 해주고 싶었습니다."

조금 전까지 미소를 머금고 있던 이리샤가 마음속에서 소용돌이치는 생각을 단숨에 토해내며 엘리자베스를 진지하게 쳐다봤다. 진심을 느꼈는지 그녀도 빈정거리지 않고 이야기를 들어주었다.

"여성의 미래, 작위나 직업……. 특히 레이포스 주변에는 우수한 여성들이 많습니다. 그 아이들이 낡은 풍습에 얽매여 가문의 정략적인 도구로 쓰이는 건 나라의 큰 손실이지요."

"특히 '그 아이'가 그렇겠죠."

엘리자베스가 맞장구를 쳐주며 말하자 이리샤가 고개를 끄덕였다.

"이번 사건을 겪으면서 레이포스는 자신이 몰랐던 여성들의 가능성을 봤을 겁니다. 아니, 분명 봤습니다. 그래서 돌아오자마자 그 아이는 여성의 지위, 처지에 관해 고민하기 시작했습니다. 평소에 어떻게 해야 그 아이의 의식을 깨우쳐줄 수 있을지 고민했는데, 어쩌면 메어리가 먼저 이쪽의 고민을 눈치챘는지도 모르겠네요. 설마 왕자를 여자로 변신시키는 직접적인 방법을 쓸 줄은 생각도 못 했지만."

이리샤가 숨을 돌리듯 차를 마셨다. 엘리자베스는 가만히 기다려주었다.

"지금에 와서는 그 아이가 신수님한테 일부러 그런 방을 찾도록 한 게 아닐까 하는 생각을 떨쳐낼 수가 없습니다. 마기루카의 말에 따르면 그 숨겨진 방 이외의 문제는 어렵지 않게 찾을 수 있었다고 하더군요. 그렇다면 그 아이는 왜 굳이 꼭꼭 숨겨진 장소를 굳이 찾아냈을까?"

이리샤가 신기하다는 표정으로 말했지만, 사실 메어리는 그저 스노우를 부추겼을 뿐이다. 그리고 스노우는 일부러 찾기 어려운 장소를 찾아내어 메어리의 코를 납작하게 눌러주고 싶었을 뿐이다. 한 사람과 한 마리는 그 이상의 생각을 한 적이 없다.

"그리고 늘 신중하던 메어리가 어째서 그 방에 레이포스와 단둘이서 들어갔을까. 그 서클릿을 가장 먼저 발견한 것도 그녀였고……. 생각하면 할수록 그 아이가 우리를 이 결말로 인도한 게 아닌가 하는 생각이 들어요. 결과적으로는 제게, 아니, 이 나라에 좋은 일이 되었습니다만."

이리샤는 들고 있는 컵 속에 비치는, 자조적으로 웃는 자신의 모습을 바라보고는 그 모습을 지우려는 듯이 한번 가볍게 흔들고서 받침 위에 내려뒀다.

"……그 진의를 헤아릴 수가 없어요. 그 아이가 너무나도 자연스럽게 행동해서."

엘리자베스가 이리샤의 말에 동의했다. 뭐, 메어리는 의도이고 뭐고 그저 정말로 자연스럽게 행동했을 뿐이다. 그러니 무언가 숨겨진 진의가 있을 리가 없다.

"뭐, 그런 견해도 있을 수 있겠군요. 아, 혹시 메어리가 고대의 숲에서 벌어진 문제도 해결해주지 않을까 싶어서 셰리를 그냥 놔두신 거였나요?"

이리샤의 견해를 듣고 엘리자베스는 한숨 돌리고자 차를 마시다가 문득 어떤 생각이 들었다. 그녀는 입에서 컵을 떼고서 말했다.

"예, 블러드레인가와 관계를 맺은 메어리라면 혹시나 카르샤나가와 인접한 고대의 숲에서 벌어진 문제도 해결해주지 않을까 싶어서 지켜봤습니다."

"설마 엘프와 연줄을 만들었을 뿐만 아니라 엘프 마을과 그리고 카르샤나 영지에 장차 닥칠지도 모르는 위기를 미리 막아낼 줄이야……."

엘리자베스는 보고받은 왕쥐와 히드라 사건을 떠올리며 말했다.

"예, 이번 사건 덕분에 카르샤나가의 딸인 사피나가 엘프의 차기 씨족장과 접점이 생겼고, 마을에 방문해도 좋다는 허가도 받았다고 합니다. 또한, 메어리가 말한 그 황금의 공주 이야기

덕분에 인족과 엘프와의 관계도 양호해진 듯하고요. 앞으로 숲에서 무언가 문제가 벌어졌을 때 엘프의 힘을 빌릴 수 있을지도 모릅니다. 메어리는 지금껏 해결할 수 없었던, 혹은 질질 끌어왔던 문제들을 잇달아 해결하고 개선했습니다. 내 예상을 훨씬 웃도는 활약이었어요."

"……우리의 생각을 뛰어넘어, 모두 메어리의 생각대로 흘러갔다는 건가요?"

두 사람은 서로를 마주 보며 자조적으로 웃었다.

"……든든하기도 하고, 두렵기도 합니다."

"그럼 제게 잠깐……."

"안 넘깁니다."

"아이참~, 이리샤 님은 쩨쩨해."

엘리자베스는 또다시 이리샤 앞에서 보란 듯이 토라졌다.

메어리가 모르는 곳에서 열린 이 차담회에서 두 걸물은 이렇듯 그녀에 관해 이런저런 대화를 나누었다.

저자 후기

여러분, 오랜만에 뵙겠습니다. 챠츠후사입니다.

「아무래도 제 몸은 완전무적인 것 같아요」도 벌써 4권이 출간되었습니다. 이건 오로지 책을 사주시고 응원해주신 여러분들 덕분입니다. 앞으로도 잘 부탁드리겠습니다.

전 글 쓰는 게 느리기로 정평이 나 있는데 이번에는 진짜 위험했습니다. 완전무적인 육체를 갖고 싶다고 생각했을 정도였습니다. 아아, 건강하다는 건 멋져라! 건강 만세! 인생 최초로 뇌 MRI 검사를 받고서 가슴이 콩닥거렸습니다.

뭐, 제 이야기는 이쯤 해두고 4권 이야기를…….

4권에서는 어떤 인물이 활약하도록 의식하며 집필했습니다. 바로 왕자입니다.

왜 그런 생각을 했느냐면 「아무래도 제 몸은 완전무적인 것 같아요」 만화판을 읽고 나니 그런 의문이 들었거든요.

'어라? 최근에 왕자가 아무것도 안 하는 것 같은데?'

그 사실을 깨달은 저는 그에게 활약할 기회를 주자고 마음먹었습니다.

그리고 그 기세를 이어서 펜을 잡고서 아무런 의심도 없이 이야기 첫 장면을 휙휙 써 내려갔습니다. 글을 쓴 직후에는 '이게 뭐야아아아아!' 하고 무심코 스스로 딴죽을 걸고 싶어지더군요.

하하핫.

아니, 진짜로 왜 왕자에게 활약할 기회를 주고 싶었는지, 왕자를 왜 공주로 변신시켰는지 지금도 제가 써놓고도 수수께끼입니다.

하지만 글을 다 썼을 즈음에는 '이번 권의 주인공은 누구지?' 하는 생각이 들 만큼 꽤 활약했다고 생각합니다. 재밌게 즐겨주셨다면 다행이겠습니다.

이번 권에서 진짜로 '왕자'가 활약했다고 말할 수 있을지는 매우 의문이 들긴 하지만…….

뭐, 이런저런 사정으로 집필한 4권을 출판해주신 마이크로매거진 여러분께 정말로 감사드립니다.

그리고 '이게 뭐야~(웃음)' 하고 딴죽을 걸지 않고, 이야기가 더 재밌어지도록 조언해주신 편집자 I님, 진심으로 감사드립니다.

또한, 일러스트를 담당해주신 후미 선생님. 왕자의 The 공주님 버전 일러스트를 그려주셔서 감사드립니다.

마지막으로 이 책이 출간될 수 있도록 애써주신 모든 분, 응원해주신 여러분 고맙습니다. 무엇보다 이 책을 사주신 독자 여러분께 진심으로 감사드립니다.

다음 권에서 다시 뵐 수 있기를 꿈꾸면서 이만 실례하도록 하겠습니다.

아무래도 제 몸은 완전무적인 것 같아요 4

2020년 4월 8일 1판 1쇄 인쇄
2020년 4월 15일 1판 1쇄 발행

저 자 챠츠후사
일러스트 후미
옮 긴 이 박춘상
발 행 인 유재옥
본 부 장 조병권
담당편집자 조찬희
편 집 1 팀 김민지 정영길 조찬희
편 집 2 팀 김다솜 이본느
편 집 3 팀 오준영 곽혜민
라이츠담당 김슬비 한주원
디 지 털 박상섭 박지혜 이성호
발 행 처 ㈜소미미디어
인쇄제작처 코리아피엔피
등 록 제2015-000008호
주 소 서울시 마포구 토정로222, 403호 (신수동, 한국출판콘텐츠센터)
판 매 ㈜소미미디어
마 케 팅 한민지 권지수
전 화 편집부 (070)4164-3962, 3963 기획실 (02)567-3388
판매 및 마케팅 (070)4165-6888, Fax (02)322-7665

ISBN 979-11-6507-477-7 04830
ISBN 979-11-6389-523-7 (세트)